昆虫寓話集

小野直光

産経リーブル

前書き

地球上の動物の種は、百七十五万種以上である。その内、昆虫で約九十五万種に上るという。哺乳類の象や鳥類の烏《からす》等は、その幾種類もの鳴き声の違いで、仲間との意思疎通を図っているというが、昆虫は何を考えているのであろうか。いや、思考そのものは可能なのか。可能であるなら、対人類をどうみているのか。敵視しているのかどうか。想像を巡《めぐ》らせる程興味は尽きない。所が、その昆虫を始めとする多くの動植物が、消滅・絶滅の危機に瀕《ひん》している。いや、大本の地球の存続が怪しくなり、もっと端的に申すなら、地球は存亡の大危機に直面しているのだ。核戦争の危惧ばかりではない。地球温暖化、地球汚染、自然環境破壊……それらが複合的にも折り重なり、もはや分秒刻みの大危難に晒《さら》されているのである。

これらの主因は、人類の得手勝手な行動、愚行、蛮行によるものである。それも現代では加速度的に悪化し、恰《あたか》も「秒退分悪」の如きである。それに比例するかのように動植物の絶滅種は増大する。もう、開発という名の所業は止めるがよかろう。デジタルもＡＩもなしの、そう、産業革命前の生活に戻すべきである、との説さえもある。

然《しか》し、斯《か》かる説に同調者は皆無に近く、同調する筆者の如きは気狂いとされるのであろう。この大問題は一先ず措《お》いておく。

近年では都会地で、モンシロチョウやシオカラトンボ等、最も身近な昆虫すら観られる事が稀《まれ》である。ホタルは零に近く、秋の夜長の虫の声も先ず無理であろう。何せ、個体数が激減しているのであるから、然《さ》もありなんなのである。それでも都会地を幾分離れた郊外や、田舎とされる所には、まだ田畑や森林、河川、小川、草原等等が残っており、そこらには相当なる種・数の昆虫他が健在だ。人類に於《お》ける喫緊《きっきん》の義務として、少なくとも、地球環境破壊の現状を、現在時点で停止する事が能《あた》うなら、爾今《じこん》、昆虫他の種・数の漸増も夢ではなくなるかも知れぬ。

筆者は小学五年生であった昭和三十三年の夏休み時、採集したギンヤンマ（オス）の動静に関し、今尚、解せないままとなっている宿題がある。その一、捕らえたギンヤンマをあの狭い虫籠に入れても、決して暴れたり、動き回ったりしないのは何故であろう。いや、ギンヤンマだけではない。クマゼミでもアゲハでも、トノサマバッタでも略《ほぼ》同様である。罠《わな》にかかった猪や熊がその檻《おり》から逃げ出そうとして、激しく騒ぎ、動き回り、暴れるのとは極めて対照的である。智能の上では遥かに高等動物である猪や熊より、無脊椎動物で節足動物の昆虫が、心理的思考に優れているのであろうか。人間に捕まったらもう、お仕舞《しまい》と知っての諦観であり、観念の為せる動静なのか。それ故、静かに生を全《まっと》うしているのではないか。その二、更に不思議なのは、シオカラトンボの胸部を割って、その身をかのギンヤンマの口元に差し出すと、これをむしゃむしゃ食したという事、及び、その後、当該ギンヤンマを我が指や樹木の小枝に止まらせた時の事である。さっと逃げ飛ぶかと思いきや、止まったままなのは、どうした心理的思考であろうか。この個体が特異なのかも知れぬと、後日、他のギンヤンマ二匹でも試みたが、同様の結果であったのだ。短時間の内に、人に馴れたのか、将又《はたまた》、餌を貰った人間に感謝して、そのまま飼われたいとしているのか……、他に因があるのか。

その三も高校一年の夏休み時であった。七月下旬のある日の昼前、生家近くの小径に一匹のカマキリが転がっていた。誰かに踏みつけられたものか、自転車に轢《ひ》かれたものか、右後ろ足が潰《つぶ》れていた。それ以外に致命傷らしきはないようで、取り急ぎ、頭部・胸部・腹部を軽く拭《ぬぐ》ってやり、イエバエやシジミチョウの一種を捕らえ、生きたまま口元に持ってゆくと、これらを食した。その後、生家の通路に夏草が少少生い茂る所に放ってやった。すると、僅か一坪位の叢《くさむら》に棲《す》みつき、十一月上旬に姿が見えなくなる迄、そこで姿を見せ続けていた。これも単なる偶然であろうか。それとも、当該カマキリに意志があり、それに従った行動なのか。人類の如き言葉を発せず、鳥獣のような鳴き声も出せないし、出さない虫が殆《ほと》どである。にも拘《かかわ》らず、叙述《じょじゅつ》の動静は一体何の為せるものなのか。筆者は昆虫にも心理的思考ありと考量するものである。但し、それは常時ではなく、何らかの条件があっての上であろう。

本書は、昆虫の心理的思念に基づいた闘争、共生、繁栄、葛藤、日常等等を人の言葉に置き換えた物語であり、人類の悪行《あくぎょう》を剔抉《てっけつ》し、厳しく糾弾するものが少なくない。地球上の動物種の多数を占める大勢力に敬意を表し、これらと未来永劫《えいごう》に共生を継続できるなら、人類にとって、これに優る欣幸《きんこう》はないのである。

令和七年三月

小野　直光

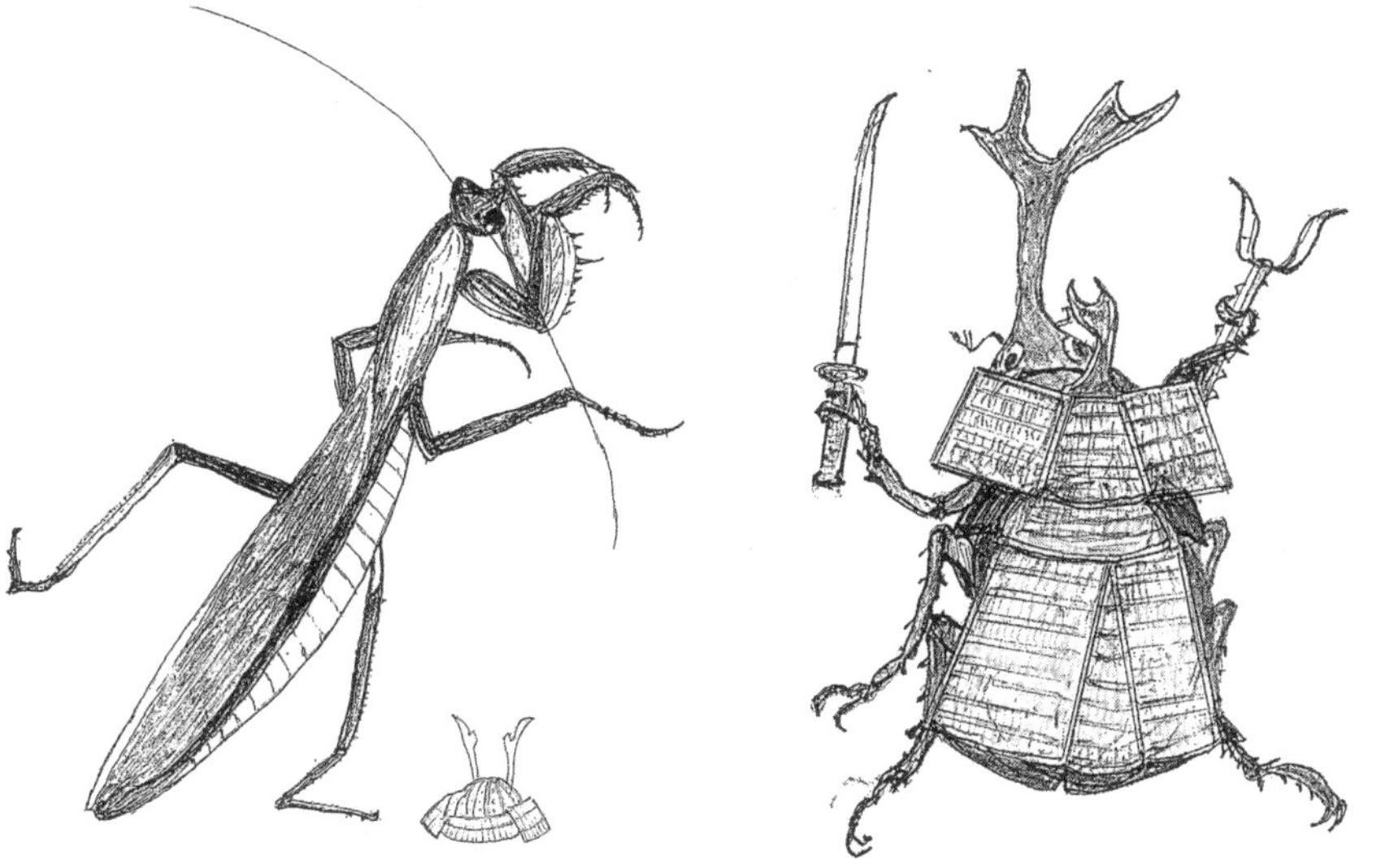

人類殲滅戦の先駆けを宣明した
昆虫界の二大猛者代表

目次

本作品はフィクションであり、登場する人物、
会社、恐竜等については全て架空のものである。

戯　画

「ピーヒョロロ、
きょうの獲物は、と」トンビ

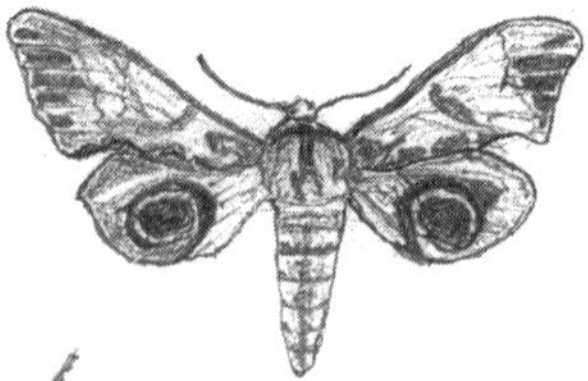

「不正を大目玉で見張るぞ」ウチスズメ

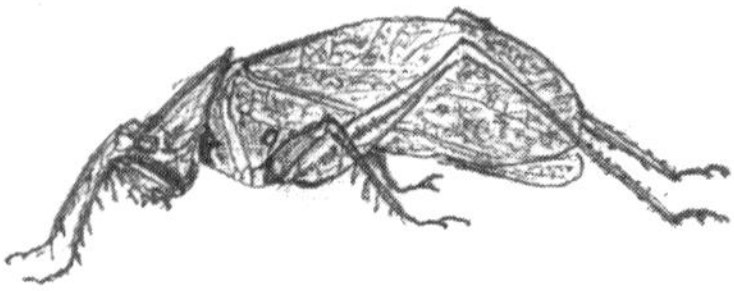

お辞儀の師匠　ウマオイ

鉄棒体操の覇者　ヒメカマキリ

ハチのどじょう掬い
トックリバチ

外套ルパン
カブトムシ

始祖 仮面ライダー
シロスジカミキリ

化物（昆虫タコ入道）

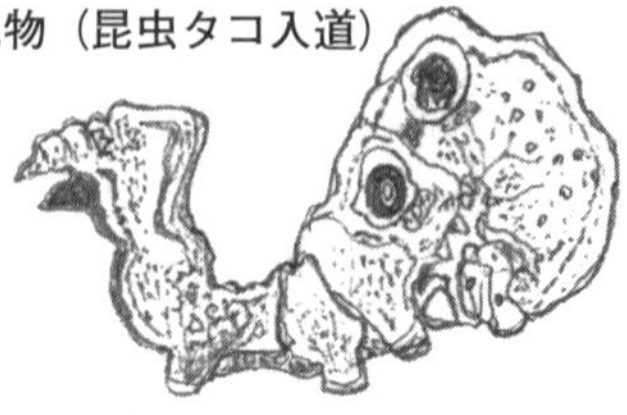

アケビコノハ幼虫

カラスアゲハ幼虫

「いないいないバア」

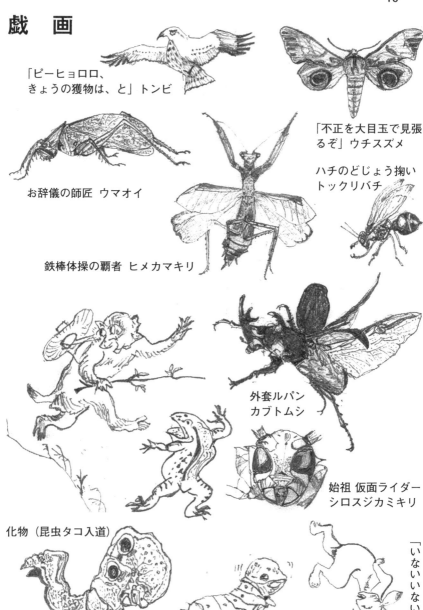

虫 獣 鳥

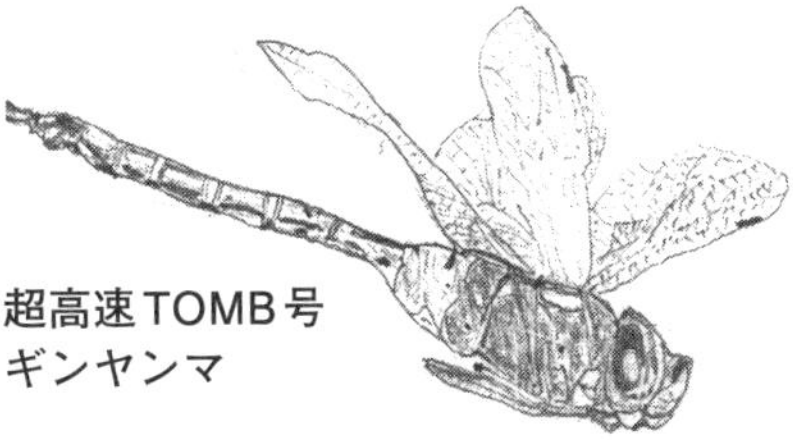

超高速TOMB号
ギンヤンマ

「おいらが国の代表よ」
国蝶 オオムラサキ

最強昆虫決勝戦
ミヤマクワガタ対カブトムシ

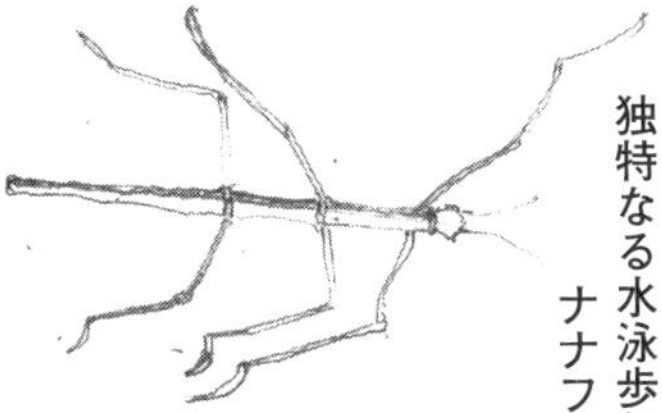

独特なる水泳歩行
ナナフシ

死しても杖を離さず
空蝉（蝉の抜け殻）

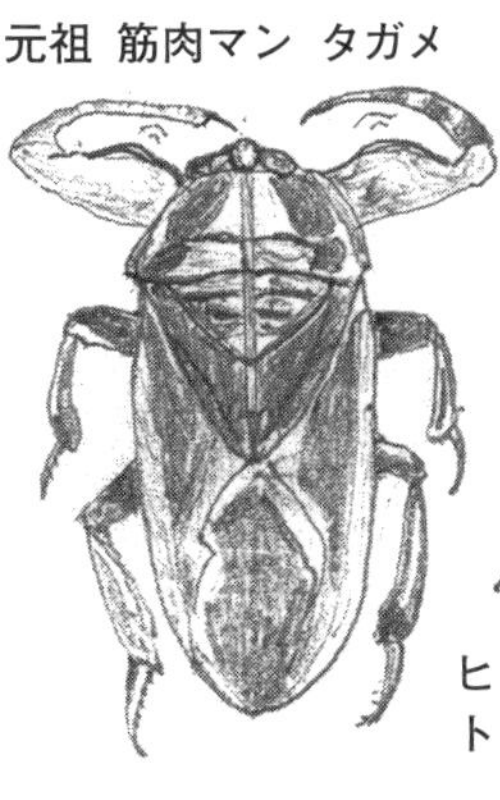

元祖 筋肉マン タガメ

ヒップアップショー
トビイロシリアゲアリ

地獄の使者
アリジゴク

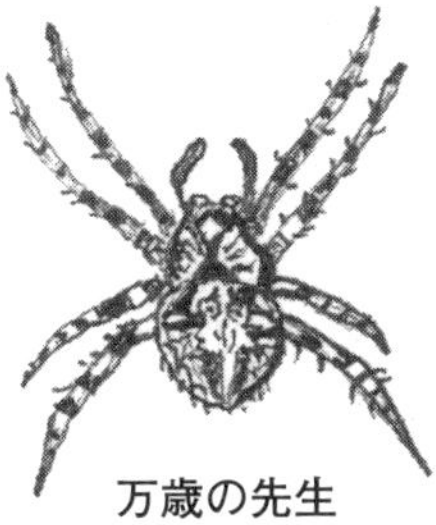

万歳の先生
オニグモ

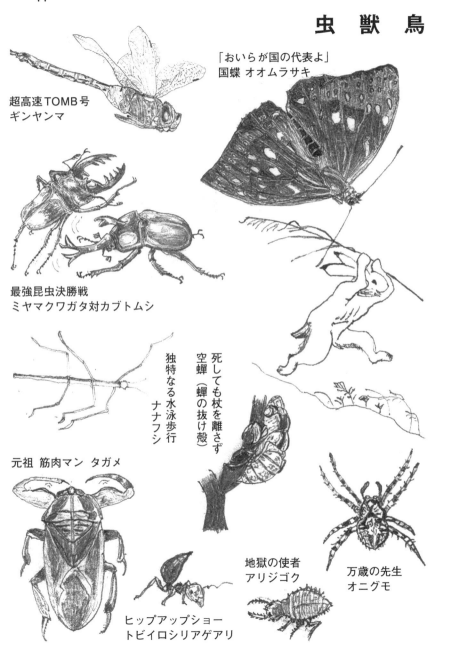

面白・変梃《へんてこ》昆虫大会

昭和の御代《みよ》の終わり頃であったろうか。「ヘンナガイジーン」なるテレビCMがあった。日常、至る場面で使用される、この「変な――」を、改めて、各種国語辞典を繙《ひもと》き、閲《けみ》してみた。それらの内、一つは「普通と違って妙な様子。不思議な様子。怪しい様子」とあり、更に「奇妙。奇異。奇抜。奇怪。奇矯。奇警。新奇。珍奇。珍妙――。風がわり。型破り。妙ちくりん。変ちくりん。変梃りん。不自然。目新しい。おかしい。珍しい。稀有。異な。乙な――」と、詳細に解説されていた。

地球上の動物種は大凡《おおよそ》、百七十五万種で内、昆虫が半分以上の約九十五万種を占めるとされている。自然環境破壊他で多くの種が、日日絶滅されてゆくのを見聞きするのは、真《まこと》に忍び難い。否、地球そのものが果たして、いつ迄持つのであろうか。来世紀を迎える事が能《あた》うのであろうか。人間界の猛省《もうせい》こそが第一義であるは論を俟《ま》たないのである。

多くの昆虫種を失ったが、令和の御代となりしも、相当数の種は何とか生き長らえている。そうした健気《けなげ》な昆虫種には、前述の「変な――」の意味に該当するものが少なくない。一例を挙げれば、左図の如き「ヒゲナガカミキリ」は、その触覚が体長の二、三倍もの十センチ以上有する。

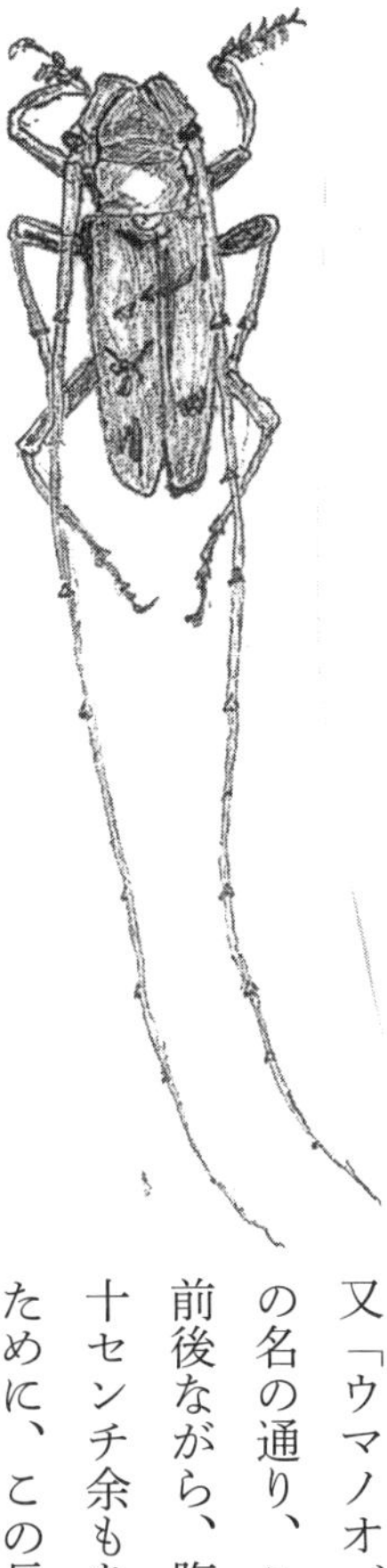
ヒゲナガカミキリ

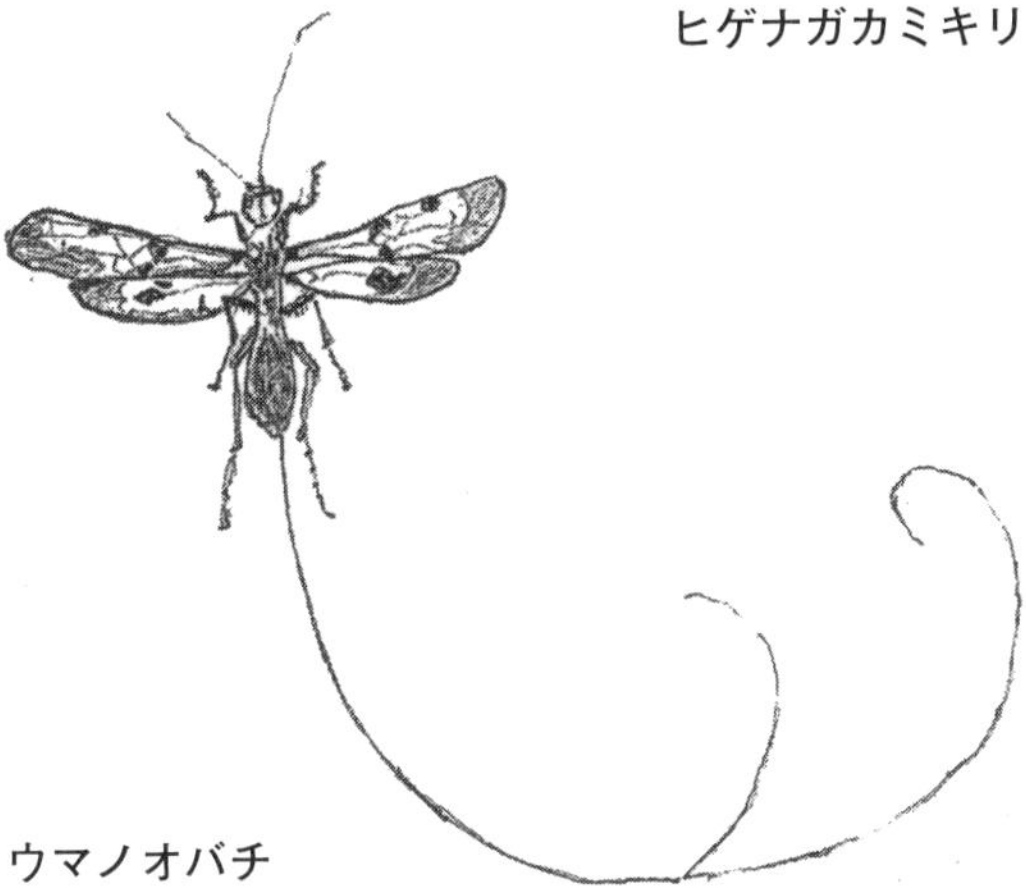
ウマノオバチ

又「ウマノオバチ」なるハチは、その名の通り、これも体長が二センチ前後ながら、腹部突端《とったん》からの尾長が十センチ余もある。これらは、何のために、この長い武器？を持つのであろうか、興味は尽きない。

さて、こうした自他共に認める「変な虫」が一堂に会して、その「変梃さ」「面白さ」を競う大会が開かれる運びとなりました。

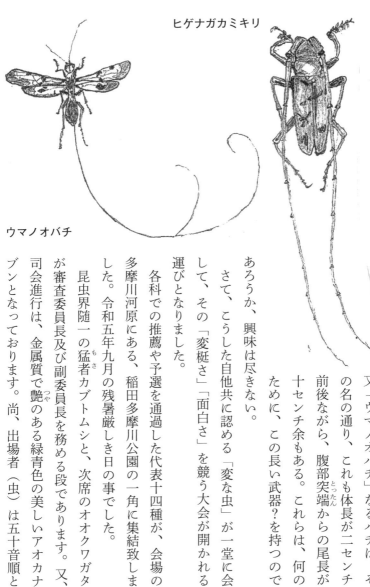

各科での推薦や予選を通過した代表十四種が、会場の多摩川河原にある、稲田多摩川公園の一角に集結しました。令和五年九月の残暑厳しき日の事でした。

昆虫界随一の猛者《もさ》カブトムシと、次席のオオクワガタが審査委員長及び副委員長を務める段であります。又、司会進行は、金属質で艶《つや》のある緑青色の美しいアオカナブンとなっております。尚、出場者（虫）は五十音順と決められており、出演の際には、自分のどこがどう特徴を有すのか、どう面白いのか、何が変梃なのか、どの程度優れているのか等等を、制限時間三分内で要領よく簡潔に、説明しなくてはなりません。

午前十時、愈《いよいよ》、大会が開始され真っ先に登場したのが「アケビコノハ幼虫」（蛾の一種）でした。これが登壇すると、どっと会場がどよめきました。それもそのはずです。アケビコノハと言ったって会場内の昆虫客の大半は、この幼虫は無論の事、成虫も見た事がなかったのです。今、初めて目にする、この幼虫はイモムシ型らしきは分かるものの、どこが頭部でどこが尾っぽかの区別さえ、一瞥《いちべつ》しただけでは見当もつきません。文字通り「変梃りん」な化物でありました。

それ故、自らが行う特徴や優越点の紹介、説明もどこかおざなり態に見受けられるのでした。それでもこの幼虫は、ぽつりぽつり物申し始めました。

アケビコノハ幼虫——あたいは、バケモノ代表として出場してますもんで、ご覧の通りの姿形なの、説明も不要でしょうね。後は、審査員のお偉方がどう評価してくれるかですね。あんじょうよろしゅうー頼んます。じゃあね。

と、虫（人）を食ったような辯《べん》を残して降壇《こうだん》した。

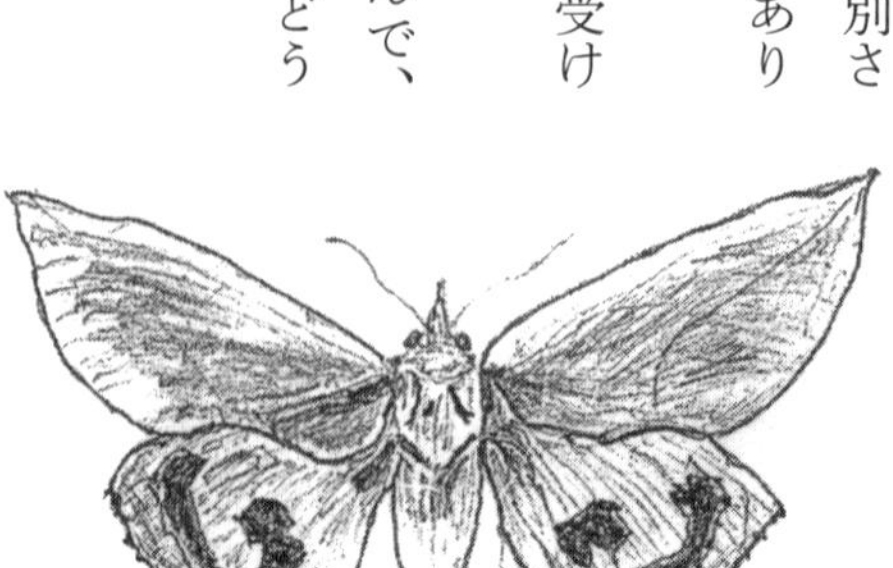

アケビコノハ成虫

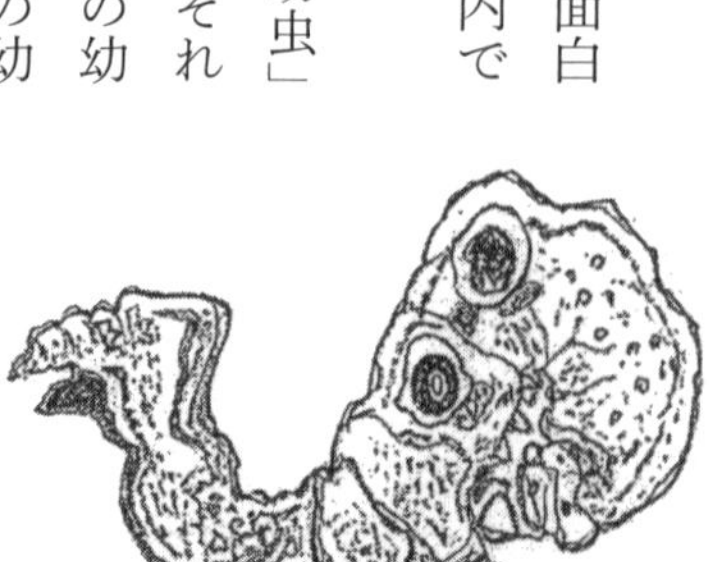

アケビコノハ幼虫

次に現れしは、その名も恐し、独特なる姿の「アリジゴク」（ウスバカゲロウの幼虫）でありました。鋭い大牙《おおきば》、六本足や全身の主に側面には、針のような棘《とげ》を多数鎧《よろ》い、正に、地獄より現れ出《い》でたる観、措《お》く能わず――と言った所でありましょうか。徐《おもむ》ろに登壇したアリジゴクは一気《いっき》呵成《かせい》に喋《しゃべ》り捲《まく》りました。

アリジゴク――乃公《だいこう》こそがアリジゴクである。抑《そもそも》、人間が付けた名前だが、言い得て妙じゃあねえか、なあ。姿形も不細工でな。親はトンボに似ているが、それに似ても似つかぬ姿よ。何様「地獄の使者」であるからな。俺の戦略を言って聞かそか。自分で言うのも何だが、小さいながらも頭脳と武器は天下一品だぜ。俺の擂《す》り鉢状の罠《わな》は、他の全ての昆虫、否、人間でも到底《とうてい》、よう作らんだろうな。この罠を仕掛けて、餌虫を待つてえのが頭脳的作戦である所以《ゆえん》さ。殆《ほとん》どの虫は、弱肉強食の自然界の掟《おきて》に晒《さら》されており、特別強いものはそれでいいかも知れんが、中どころから以下は、色色と勘考し工夫しなくちゃ生きてはいけないのだ。昆虫ではないが、クモなんぞも多くが巣を張って、掛かってくる虫共を待つ訳だが、あれでは自分より強いものが突撃してくる恐れがあるぞ。例えば、ベッコウバチなんぞは、その毒針の一撃を駆使《くし》して、クモ界一のオニグモを斃《たお》して、持ち帰る訳だから、のほほんと巣で待ってるだけでは芸もなく、危険極《きわ》まりないと申せような。翻《ひるがえ》っておいらの場合、もし擂り鉢状の罠に、俺より強い輩《やから》が落ちてきたとしても、おいらは潜《もぐ》って逃げる訳よ。又、其奴《そやつ》らも擂り鉢状の斜面から、飛んで上手く脱出できような。

アリジゴク（ウスバカゲロウ幼虫）

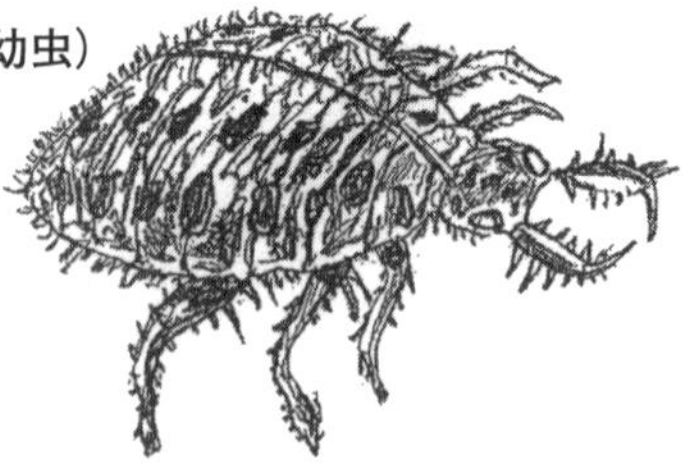

アリジゴクとその罠

元元、おいらの狙いは、羽のないアリやダンゴムシであるから、奴さんらが一たびこの仕掛けに嵌《はま》れば、一巻の終わりさ。悪いけどな。おいらも生きるために必死なんだ。まあ、人間共が「地獄」の名を冠《かん》したのもこれで分かったであろう、皆の衆。講釈が長引いたが、おいらの強調点はつまり、小さいながらも、この強靭《きょうじん》なる身体と、智略を堅持しているのを言いたいのでごじゃる。以上。

と言い放ち降壇した。

さて、ここからは司会進行役のアオカナブンにお後を譲りたい。

司会・アオカナブン——次なる変梃先生は「イネクビボソハムシ」殿の幼虫にござる。この極めて小さな先生こそ、廃物利用の神様とされまするが、さてどんなお話になりまするやら。さあ、イネクビ幼虫殿、いざどうぞ。

イネクビボソハムシ幼虫——皆さんようこそ、わたくし達ハムシの仲間は、小さいながらも種類が多くおります。然《しか》し、殆どが一センチにも満たない小物故、余り目立ちません。ハムシと言われる所以は、多くの仲間が、色んな植物の葉っぱを頂いて生きておるからなのですよ。あたしもそうで、好物はイネ科植物の葉なのですよ。さて、あたしの自慢と申しましょうか、他の方方が絶対的に真似《まね》のできない事を、幼虫時代の一生続けているという特技、いや秘技がございます。今この現《うつ》し身が、その生き証拠なのですが、あたし、ほら、自分の糞を背中に背負っているのですよ。オホホホホ、可笑《おか》しいですよね。申す迄もございませんが、糞は不要の排泄《はいせつ》物で、逸《いち》早く体外に出すべきものですが、あたしは違うんです。後生《ごしょう》大事に自分で背中に抱えておくのです。尾籠《びろう》な話ですが、抑、あたしの肛門は下向きではなく背面に向いているのですよ。オホホ、これも可笑しいですよね。それで、糞と同時に粘液も出して、背中の前方に押しやるのです。これを毎毎繰り返すと、背中が糞で覆《おお》われるのですよ。ですから、あたしは正に糞まみれなのですよ、オホホホホ。でも、人間やらの糞のように、悪臭ではないのでご安心召されませ、ホホホ。どうして、そんな物を背中に乗せてるのか――ですって。さあ、当のあたしもよく分かりませんが、とにかく先祖代代の変な癖《くせ》としておきますわ。恐らく、鳥などの天敵の目を欺《あざむ》くものと思って下さいな。では会場の皆さん、審査員の先生方よろしくね。

司会・アオカナブン――いやはや、何も申す事はありません。お見逸《みそ》れの限りです。感服《かんぷく》仕《つかまつ》りました。審査員ご一同も同様でござりましょう。さあ、次に参りますが、ウスバキトンボ殿、どうぞお出ましを――。

ウスバキトンボ――今日は皆さん、どうぞよろしく。先ず、自己宣伝の前に何故、難行苦行をして迄、我我が東南アジアから遥遥《はるばる》、日本に辿《たど》り着くかを申し述べまする。この日本は古から、

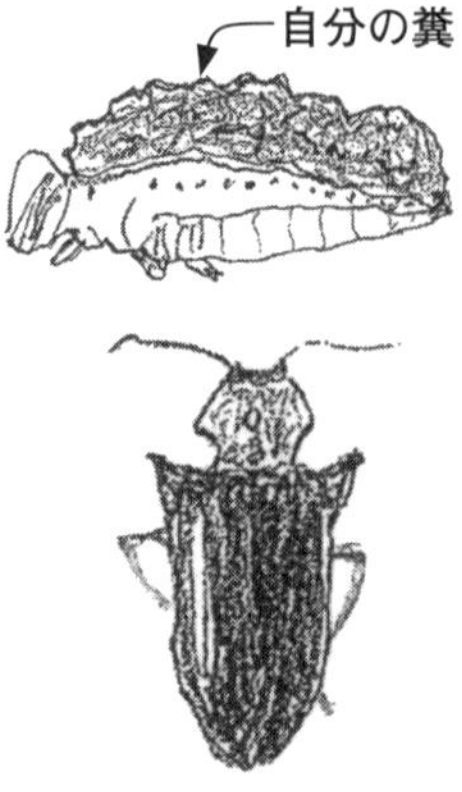

イネクビボソハムシ
（上が幼虫、下が成虫）

神秘の国であり、恐れながら、とんぼ王国なのでありました。第一代神武天皇が大和国から国見され、「蜻蛉の臀呫《となめ》の如し」と仰《おお》せられたそうな。臀呫とは、我らとんぼが雌雄連結で、あの丸まった様である。それ故、とんぼの古名は蜻蛉であり、秋津なのでありまする。その読みはご承知の通り、あきつ又はあきづでござる。この歴史的背景からしても、この秋津島即ち、日本がとんぼ王国とされる所以である。事実、我らの仲間も何と、この三十八万平方キロの国土——これは米中の略《ほぼ》、二十五分の一だが——に世界一とされる百八十種もの仲間を擁《よう》するのだ。仍《よ》って、当然、我らはその王国をめざして、遥遥、鵬程三千キロ以上を飛ぶのである。もはや、この前口上でお分かり頂けたと存じまするが、それがしの言わんとするは唯一つ、あの太平洋三、四千キロを只管《ひたすら》、縦断するという、この放れ技にござる。ガソリンの補給もなく、これ即ち、殆ど飲まず食わずの十余日、神秘の国、とんぼ王国にやって来るのでごわす。正に、千辛万苦《せんしんばんく》……これをお伝え致したいのでありまする。ご静聴有り難く存じまする。

司会・アオカナブン——いやあ、この千里比隣《せんりひりん》、皆もこの心持ちでウスバキ殿に接しましょうぞ。有り難うござった。次なるは、オオセンチコガネ殿でござるな、さあ、どうぞ。

オオセンチコガネ——先ず、名前の由来《ゆらい》からだ。センチとは西日本で昔、雪隠《せっいん》即ち、せっちんとする音がなまって、せんちとした由だが、まあ、わしらだから冷静だが、多くの昆虫輩は怒り心頭であろうな。便所のこがね虫というのだからな。まあそれはともかくとしてだ——先程のイ

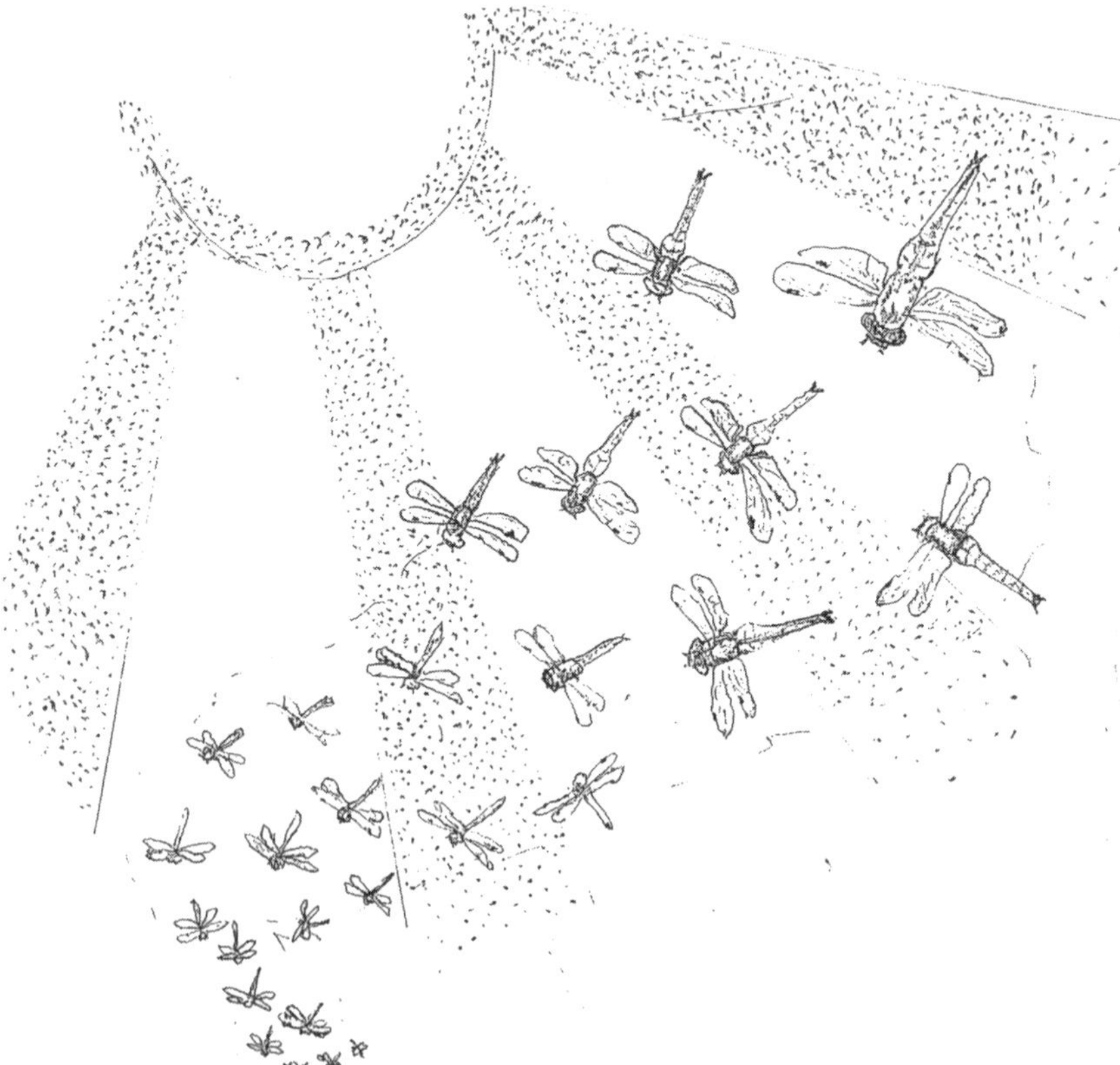

太平洋を縦断するウスバキトンボ

ネクビボソ嬢は自分の糞を背負って、幼虫時の一生を暮らすとされたが、わしらは幼虫時からずっと、他の動物のクソ否、糞を食らってやっているのだ。余り旨《うま》くはないがな。わしらは取りも直さず、地球環境浄化の先兵って訳だよ。百パー近い生き物が忌《い》み嫌う排泄物の糞を食ってやる事により、大地を清潔に保ってやっているのだ。延《ひ》いては地球存続に一役買って出ているという次第よ。詰まる所、わしらは老廃物再利用の鑑《かがみ》・手本という事、これを強調して、わしの主張を終えるぞな。

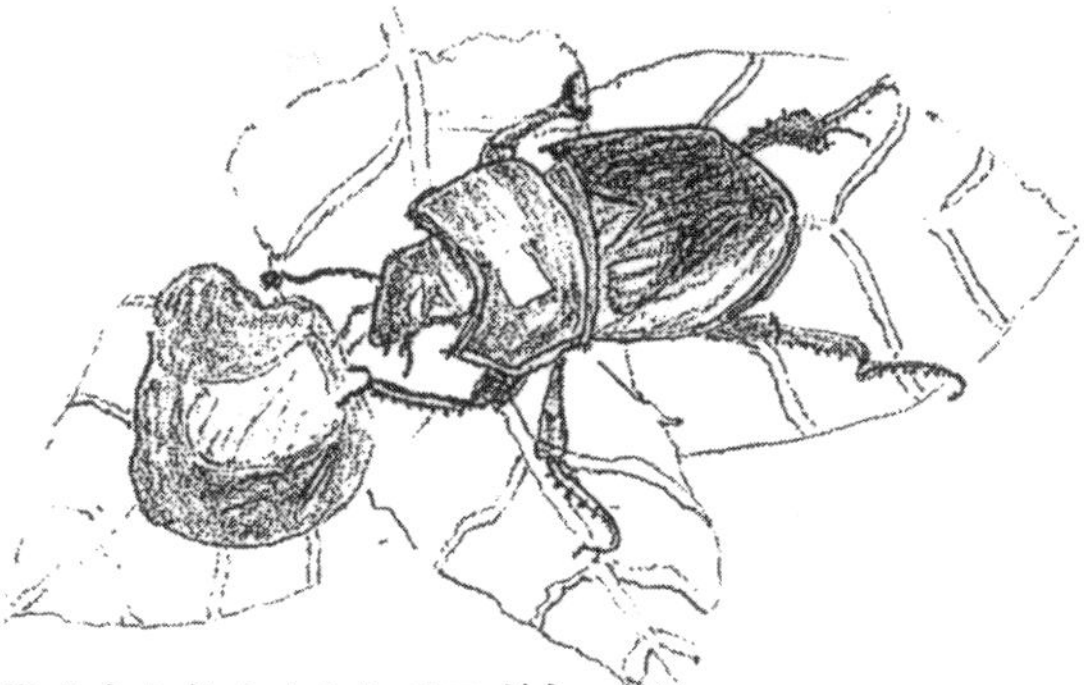

糞を食らうオオセンチコガネ

司会・アオカナブン――いやいや、皆皆さん達、それぞれ独特なる生きたお話、有り難う存じます。されば次なるも幼虫でのご登場、クロシジミちゃん、どうぞ。

クロシジミ幼虫――はあーい、皆ちゃま、あたちがクロシジミの子供なの。誰、可愛げがないって言ってるのは。チョウやガの子供は皆、変梃りんなの。知ってるでしょ。あたちはねえ、幼い時から養女として、クロオオアリの家に養われてるの。だって、そのアリが大挙して是非是非来てくれと、三顧《さんこ》の礼で頼むんですもの。それはねえきっと、あたちの背中から甘いワイン蜜が出て、それをクロオオアリの小父さん小母さん達が、殊《こと》

クロシジミ幼虫と自分の巣に運ぶクロオオアリ

の外好きだからよ。それを少しずつ上げるの。あたちはアリから消化した食べ物を、口移しに貰うのよ。そうしたらあたちは、益益、蜜ワインが湧《わ》き出るっていう次第なの。人間界ではこうした例を共生などと言ってるわよねえ。それで翌年の初夏には、蛹《さなぎ》となり羽化《うか》するのよ。その折にも、じっと見守ってくれるのよ、アリ小父さん達はね。そしてあたちは晴れて大人のクロシジミになるの。その門出をも見送ってくれて、さようならという事になるの。どーお、養子生活も満更でもないでしょ、以上、可憐なる、オホホ「養女物語」でした。皆ちゃま有り難さん。

司会・アオカナブン――うーむ、可愛いような、そうでもないような――とまれ、ご苦労さん。さてと、次なる御仁《ごじん》はコオイムシ殿であるな、お待たせ致した。さあ、どうぞ。

コオイムシ――お出で皆さん、おいらの恨《うら》み節を聴いて給《たも》れ。おいら達は文字通り、子負いを否応なく強制されてるんだ。それも同族のメスになあ。何しろ太古の昔から、強いメスがおいらの背に、次次と卵を産み付けるのだから、容赦《ようしゃ》も何もあったもんではないぞ、全くなあ。先に、イネクビちゃんは、背中に自分の糞と粘液の混ざった物を背負うと言ったが、おいらは卵背負いの半生さ。何様、この男手の育児を二億年も前からやってきたんだから、人間共とは月とスッポン、否、月と北斗七星の差だぜ。奴らは今頃、男も育児せよと騒いどるが、何万光年も遅いわ。まあ、それはどうでもいいんだが、おいらの宿命は一体、いつ迄続くのやら……。未来永劫《えいごう》かも知れんし、メスが猛省してくれればなあ……。まあ、解放される日の来たらん事を信じて、今日も生きるのさ。最後にせめてもの願望だが、メスの名前を変更させるための協力を、ここに在《お》わす皆さんにお願い申す。おいらの考えでは、メスの名を、子負わせ虫が、至極妥当《しごくだとう》と存ずるがな。いやはや、悲しき父物語の顛末《てんまつ》でごわした。

水中でのコオイムシ ♂

司会・アオカナブン――身につまされるお話、同情に堪《た》えない。わたし個虫（人）としては、協力に吝《やぶさ》かではないのですが……。ま、後程お話し致しましょう。次なるは俗に、泥棒バチと称されるサトジガバチ殿でござるが、ご本尊《ほんぞん》の名誉のため一言申しておきますが、我ら昆虫界に生きるもの全ては、唯唯《ただただ》、生を全《まっと》うするために、有りとあらゆる手立てを講じておる訳で、サトジガバチ殿もその一環に過ぎないものと存じまするが、いざご本尊にお伺《うかが》い致しましょうぞ。さあ、どうぞ。

サトジガバチ――はい、今日は。泥棒バチとは、聞こえが悪いが、我輩らに言わせれば、頭脳的高等プレー、即ち、花も実もあるファインプレーそのものだよ。アリジゴク殿も仰《おお》せだが、この虫界とてご多分に漏れず、弱肉強食の世であり、早い話が猛者がその腕力つまり暴力でもって相手を斃して、自分が食って生きているのだ。であるから、それらと比するなら、我輩らは博愛の天使みたいなものさ。他者の物を失敬するだけで、自らは先ず殺戮《さつりく》はしないのだ。残虐《ざんぎゃく》性はないのだ。要は、生きてる内に頭を使えという訳さ。人間共にもそう教えてやりたいものだね。我輩の結論はこうである――智能が昆虫界のトップクラスであるという事、及びそれを駆使して、この世知辛く厳しき浮世を愉快に生きているという点であるぞな。以上ご理解頂けたかな。

司会・アオカナブン――これはしたり！　蓋《けだ》し名言でござった。サトジガバチ殿、多謝、深謝でござる。さあ愈、大会も佳境《かきょう》、九番目となるは、シャチホコガ幼虫殿でござるな、お待たせ致した、さあ――。

シャチホコガ幼虫――お客衆、審査員各位、何も申される事はありますまい。俺もない。黙っ

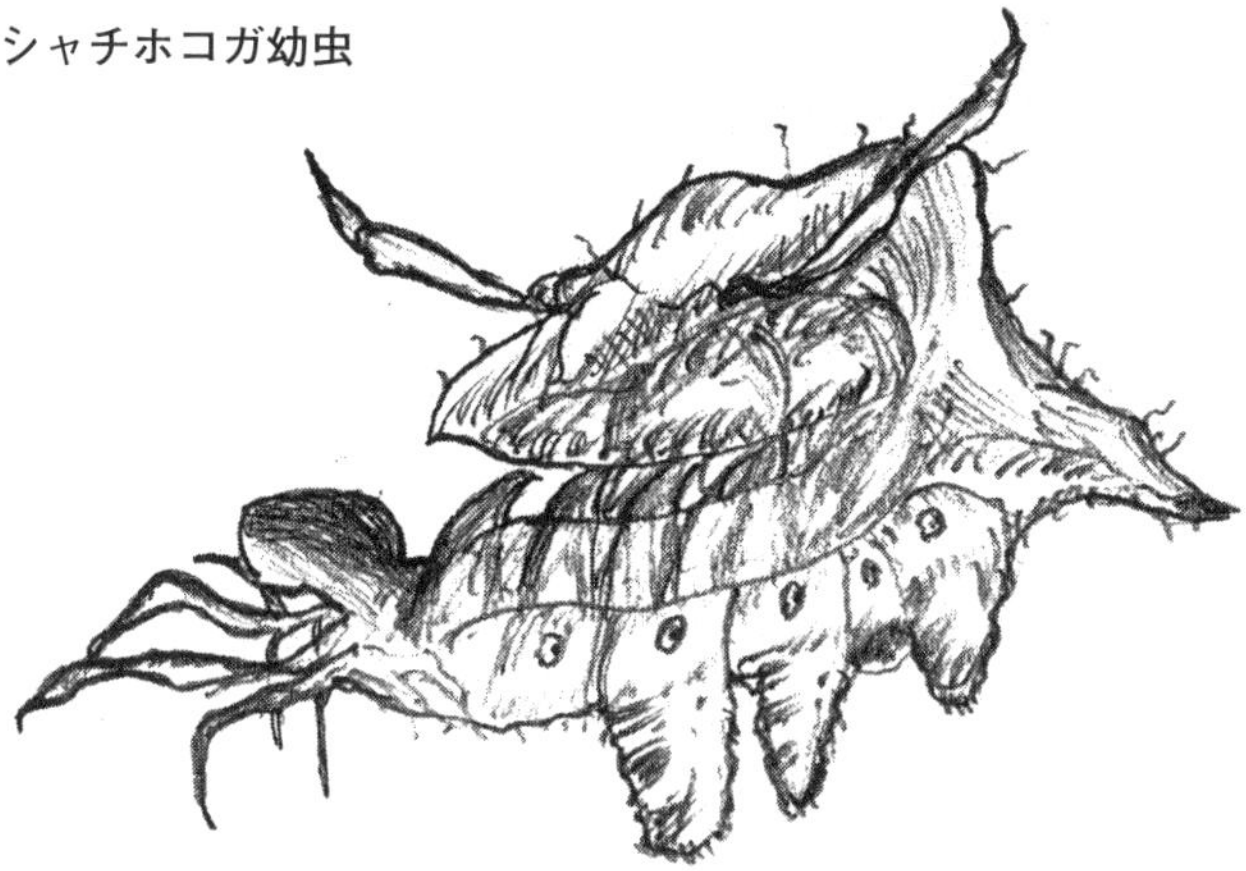
シャチホコガ幼虫

てても、変梃大賞は俺であろうな。この姿形だ、文句なしだろ。格別、その賞が欲しい訳ではないんだが、とにかく客観的にそう思うのさ。まあ、一言だけ申しておくが、抑、俺の名前にシャチホコを冠した位だから、あの想像上の動物に、俺が似てるという事だろうな。そのついでだが、それの頭部は虎、身体は鯱《しゃち》に似ているそうな。つまり、最強動物に俺が酷似《こくじ》してるって訳だろうな。然し、ここに在わす皆様には、この俺が最強には見えますまいな。それよりも、全くの変梃に映るだろう。何しろ、もう一度この俺を篤《とく》と観察してくれ給《たま》え。どこが何で、どこが何何と断言できるかい、無理だろ。本人の俺が分からないんだからな。結局、最強とは言わん、言わんが、最も変梃りんな代物としては、論を俟つまい。それだけでござるよ。

司会・アオカナブン――不肖《ふしょう》それがしも、今迄このシャチホコガ殿については、観た事自体が少なく、数少ない体験では本日の斯様《かよう》な姿とは異なっていたと存ずる。正に変幻自在のお姿、天晴《あっぱ》れの極みにござ候《そうろう》。されば、

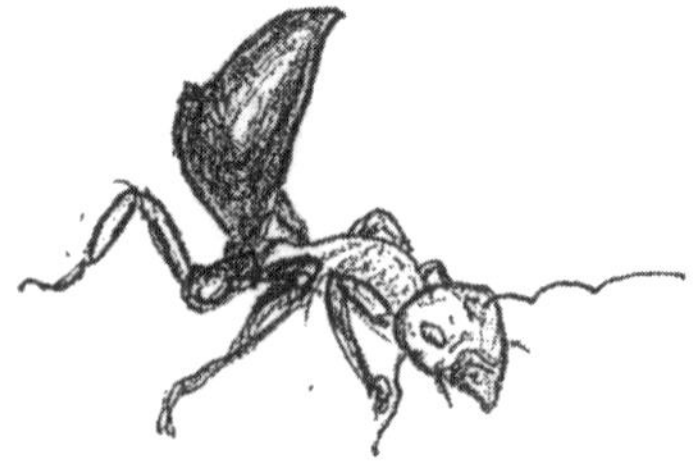

お尻美虫？
トビイロシリアゲアリ

十番目の御仁に登場願おう。その名もトビイロシリアゲアリ殿、お待たせ致しました、さればこちらに。

トビイロシリアゲアリ——どうも、長い名前で恐縮の極みなれど、それがしの名も皆さん同様、人間が勝手に付けたに過ぎません故、ご了承を——。我が、俗名も解読すれば「鳶色尻上蟻」であるから、人間てえのも単純なもんだぜ。まあそれはともかくも、恐らく皆さんの関心は、それがしがどうして尻を上げるのかについてでありましょうなあ。まあ、簡単に申せば、単なる癖、それに一種の脅《おど》し、体が小さいもんでね。及びスタイルをよく見せるためだな。人間だって、垂れ下がった老人の尻より、若者の上げ尻を見比べりゃ、一目瞭然《いちもくりょうぜん》だぜ、格好がな。まあ、この大会に参集され、これから登壇さるるマツモムシ君だって、普段から背泳ぎしているじゃあないか。先祖代代の癖と特徴だよ。ま、目立ちたがり屋と思うてくれ給え。ではよろしく頼んます。

司会・アオカナブン——擬態《ぎたい》も面白いが、この自然体でのお尻上げとは、諧謔《かいぎゃく》に富んだお振る舞い、見上げたものにござ候。さて十一番目となりしは、ブドウスカシバ殿にござるな。どうぞお上がりを——。

ブドウスカシバ——御意《ぎょい》、擬態も数数あれど、最前のシャチホコガ幼虫君は、自称天下のバケ

ブドウスカシバ

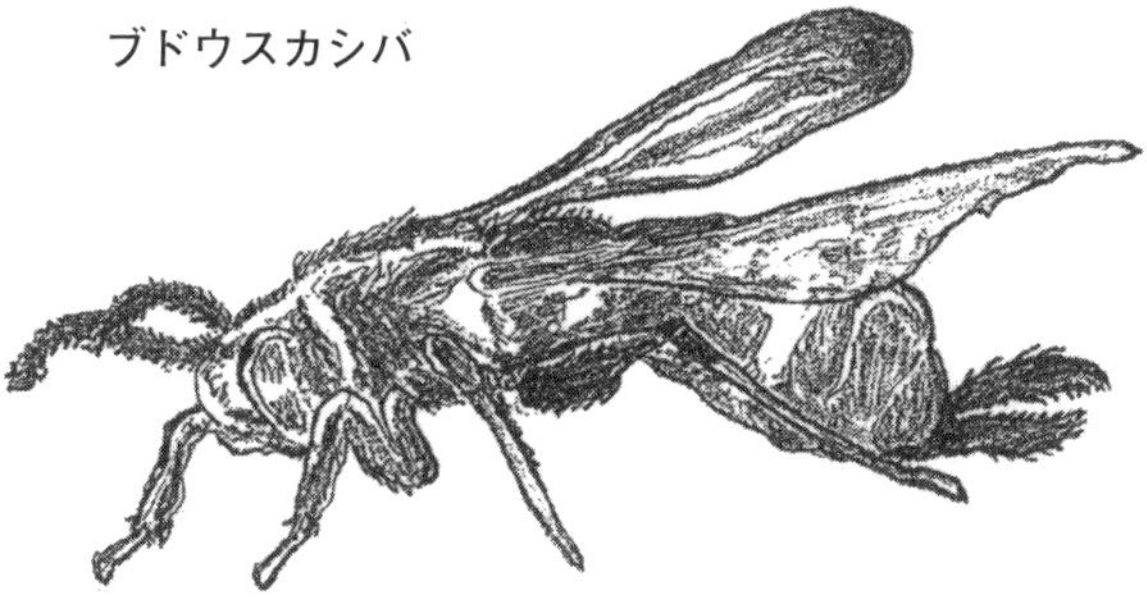

モノだそうだが、こちとらは虎の威を借る擬態よ。こちとらはガの一種なれど、皆、どう見たって、そうとは映らんだろう。誰もがハチの一種と思うに違いない。所が豈《あに》図らんや——歴としたガなのだが、その名もどうした事か、訳の分からぬ、ブドウスカシバなるを人間から賜《たまわ》った次第なり。伊達や酔狂でなく、ふざけて遊んでるのではのうて、我らの狙いは詰まる所、恐い天敵の鳥などから身を護《まも》るためよ。頭とこの身体的変化を、天文学的な年数をかけて実現したのだ。その計り知れない苦労をも汲《く》んで貰いたいものだね。皆さんよろしく。

司会・アオカナブン——何億年をもかけての身体的変遷——近頃のハロウインなる化け大会の馬鹿騒ぎとは次元が違いますな。いや、重畳重畳《ちょうじょうちょうじょう》。さてと、お後は三名さんだが、背泳ぎの元祖マツモムシ殿、お願い申す、いざ——。

マツモムシ——あっしも、コオイムシ殿とよく出くわす水生昆虫で、体長二センチ足らずの小型ながら、俊敏《しゅんびん》だけが自慢のケチな野郎でござんす。ご存知と思うが、水中にはタガメ、タイコウチ、ミズカマキリ、ゲンゴロウ、ガムシ等等、大型の強敵が多い中、何故、わざわざ背面泳ぎをするか、不審に思われるだろう、尤《もっと》もでござる。

端的に述べるなら、こうでごじゃる。腹部を上にする事により、聴覚を水面から僅かに水中に入れ、その水面に落下した虫などの振動を、逸早く察知し、素早く背泳でこれらに近付き、これを捕らえ、体液を吸って終《しま》うという訳なり。それに今一つは余談でごじゃるが、我我が背泳ぎ時の大脚開きは一見の価値あり。メスなどはそれの悩殺作戦で、小鮒《こぶな》などを近くに呼び寄せ、造《ぞう》作《さ》もなくこれを捕らえるんだ、然る後、その体液を頂戴するという訳よ。この手立ては存外、成功率が高いんで、近年、内輪での流行《はや》りだね。最後に人間共らを含め申しておくが、我我の口針に触れると、激痛が走るからな、捕まえん方がよろしい喃《のう》。以上にごじゃる。

司会・アオカナブン――いやはや、背泳ぎが得意とは、恐れ入りやのマツモ殿――でござるな、是非、それがしも改めて見せて貰おうぞな、その開脚もな、アハハ。さてと、〝取り〟お二人(虫)は、ムカシトンボ殿及びヤマトタマムシ殿でござるな。大和の国を代表するお二方が、有終を飾るとは、これも瑞穂《みずほ》の国ならではでござろう。さあ、ムカシトンボ様、お願い申し上げ候。

ムカシトンボ――今は昔、昔昔、その又昔、一億五千万年前にござ候。恐竜共が跋扈《ばっこ》し、裸子《らし》

水中悩殺ポーズ？
マツモムシ♀

植物は地を覆い、この地球は炎暑の只中、虫すら余り見る能はず。然るに、一匹の羽を拡げし妙なる生き物、飛びつ止まりつし、〇〇サウルスの怒り買い、その手で弾き飛ばされ候《そうら》えども、ふうわりふわりと飛びにけり。これぞ、我が先祖のムカシトンボになりにけり。爾来《じらい》、姿形を略変えず現代となりし今日、いまや微《かす》かに棲《す》みしは、この大八洲《おおやしま》たるこの国とヒマラヤだけにござ候。この一億五千万年前を地質学上、中生代の「三畳紀《さんじょうき》」と称し、更に遡《さかのぼ》る事一億数千万年を同、古生代の「石炭紀」と称するにござ候。この代に、我らトンボの祖「メガネウラ」が出現したとされるにござ候。その翅《はね》の幅、正に三尺に及ぶ巨大なものであった由にござ候。その太宗《たいそう》以降、地球自然環境の転変に馴化《じゅんか》させるため、我らの身体も徐徐に小型化され、この姿になりにけりに候。さて、現代トンボの形は、二つに大別され候。イトトンボ類の如き均翅《きんし》類と、ヤンマ類他の如き不均翅《ふきんし》類にござ候。目玉も前者は左右に大きく離れており候《そうら》えども、後者は左右がくっ付き候。所が、我らは翅はイトトンボ型になり候えども、目玉はヤンマ型にござ候。現代の二大別トンボの中間型であり候。それ故、我らが珍重される所以にあり候や……。とまれ、結論とするは「生きた化石」なるが、我らにござ候、という次第にござ候。

司会・アオカナブン——我ら昆虫界が歴史的にも、現代の観点から俯瞰《ふかん》しても、如何《いか》に広大か、正に曠古《こうこ》の種族であるという、生き証人がムカシトンボ殿でござる。いや、真、有り難うござった。さて本大会の出演者も愈、最後のお方となり申した。では有終の美を飾られたく、ヤマトタマムシ殿の、満を持してのお出ましにござ候。尚、同志からは、全般論の話をなさる故、時間延長のご要望があり、特別に七分迄可としておりますので、ご了承願います。

ヤマトタマムシ――皆様、お疲れの事と存じますが、今暫《しばら》くご猶予を賜り、我ら昆虫界全般の話と、我らが棲まうこの大和の国が直面する危機に国民の油断、抜かりに遺憾《いかん》の意を表し、併せこれらの打開の糸口を提示致したく、物申す者にござ候。先ず、恐縮ながら、何の能もなければ、特長もない己の話からでございます。本来、本日のこの大会に出る事自体、相応《ふさわ》しからざる昆虫侏儒《しゅじゅ》にございまするが、ウバタマムシ長老などタマムシ仲間からのご推挙を賜り、出場に至ったのでございます。恐らく、所謂《いわゆる》「玉虫色」表現の本家本元であるが故かと存じおるものにございます。それは、取り立てて説明すべきものでもございませんので、本論に入ります。以降、口幅《くちはば》ったい事を多多申す輩なれど、これ全て現下の国難を何とかしようと、一寸の虫にも五分の魂によるもの故、ご寛恕《かんじょ》願いたく存じ候。我らも何の因果か、この瑞穂の国に棲まう一命にござる。現代国民以上に、愛国心と郷土への愛着強しと、自負しおるものにござ候。然るに、国民の相当数――恐らくは略半数――にも及ぶ者が、この国を貶《おとし》めようとするは何の為すものであろうか。それは、終戦直後の米軍を中軸とする進駐軍、就中《なかんずく》、米国による大和国への徹底した壊滅《かいめつ》工作にその主因あり。戦後二十数年来この方、この秋津島の国民には米国による洗脳が浸透し、これ止まず、伝統、生活様式、文化、言語、教育、歴史、思想等等に及び、道徳の頽廃《たいはい》へと悪連鎖が継続、ついに今日の堕落《だらく》した国家となりに候。それは国防分野をも蝕《むしば》み、この国古来の「防人《さきもり》」の信念すら骨抜きにされて終ったのである。サンフランシスコ講和条約により主権を回復した、昭和二十七年以降も、その不当を真っ当なものへ戻そうともしないのであるから、彼らの大和民族に対する洗脳は全《まった》きものであった。国民は束の間の平穏に、うつつを抜かしておるが、我ら昆虫一同の危機意識こそ、この国の大難を表しているのである。総論はこの位にして各論に入るべきでありますが、本日の時間の問題もあり、後日改めてお耳を煩《わずら》わしたく存じ候。そこで、今からは、我ら昆虫に関する全般論に移り申そう。さてと――古来、文学や音楽――童謡・唱歌、流行歌・歌謡曲等――に、昆虫各種は多数登場致しております。それらは枚挙に遑《いとま》がなけれど、幾らか順不同で挙げてみますならば、左の如しでございます。

①「とんぼがえりで　今年も暮れて――」(『サーカスの唄』昭和八年、西條八十作詞)
②「夕焼け小焼けの　赤とんぼ――」(『赤とんぼ』大正十年、三木露風作詞)
③「あれ松虫が　鳴いている――」(『虫のこえ』)
④「ちょうちょう　ちょうちょう　菜の葉にとまれ――」(『ちょうちょう』明治七年、野村秋足作詞)
⑤「橘の薫る　軒場の　窓近く　螢飛びかい――」(『夏は来ぬ』明治二十九年、佐々木信綱作詞)
⑥「黄金虫は　金持ちだ――」(『こがね虫』大正十年、野口雨情作詞)

⑦「螢の光　窓の雪——」（『螢の光』スコットランド民謡）
⑧「夕空晴れて　秋風吹き　月影落ちて　鈴虫鳴く——」（『故郷の空』スコットランド民謡、明治二十一年、大和田建樹作詞）
⑨「朝夕馴れにし　学びの窓　螢のともし火——」（『仰げば尊し』明治十七年）

上記以外にも蜂や蟻、蝶他を題材とした歌は数多《あまた》ございます。これらの作品は全て「美しい国語」による詩歌であり、今日、吟《ぎん》じて尚、色褪《あ》せない錦繍《きんしゅう》と申せましょう。又、文学上では「蟬時雨」「飛んで火に入る夏の虫」「とんぼ返り」「玉虫色」——と、ここでも比喩《ひゆ》的に昆虫が登場し、活躍するのであります。翻って、現代人の多くは、その日常語として僅僅、数語から十数語で暮らしおり候。就中、極端な例では「めっちゃ——」及び「やばい——」で大半の会話をやり過ごしおり候。国語の語彙《ごい》（単語）数は何十万とされるが、それを数十で賄《まかな》う？のであるから、先達《せんだつ》の嘆きが聞こゆる程にござる。それのみか、僅かしかない日常使用の言語中に「造語」「新語」の類が、幅を利かせておるのであるから、二重にも始末が悪いのであり候。多くのマスコミに於《お》けるプロのアナウンサーが、それを発し、全国紙の記事

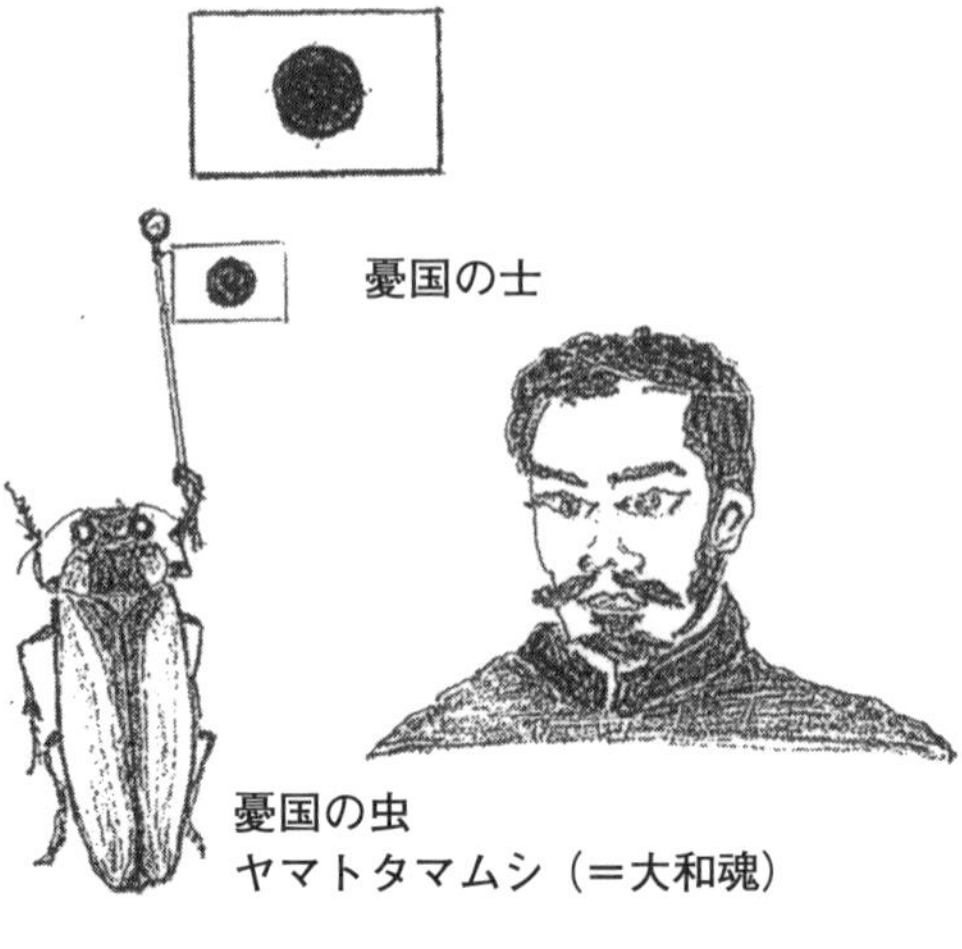

憂国の士

憂国の虫
ヤマトタマムシ（＝大和魂）

中にも、それらは跋扈しているのであり候。恰《あたか》も、それは悪貨が良貨を駆逐《くちく》する勢いで、燎原《りょうげん》の火となっているのであり候。それらの内、数例を挙げるなら――「立ち上げる」「真逆」「特化」「ほっこり」――。又、片仮名語を乙にすまして発するは滑稽《こっけい》なり。モチベーション、リベンジ、アイデンティティ、トッピング、エンターテイメント、アグレッシブ、シチュエーション、リスペクト、リーズナブル、イノベーション……。その状況等で的確なる語彙は幾らでもあるのに何たる事であろう。母国の数多ある美しき言葉を捨て、何故、斯様な造語・新語・新片仮名語に取り憑《つ》かれるのであろうか。「立ち上げる」は、起動、創設、設立、設ける、開始等等の意で用いているようだが、抑、この「立ち上げる」なる造語は、自動詞「立つ」と他動詞「上げる」を、無理に繋ぎ合わせたものである故、筋の通らない言葉である。つまり、日本語ではないのである。水と油を混ぜても決して融合しない。然るに、それを融合したように見せ付けているのである。「リベンジ」なるは、雪辱、報復、返報、仕返し、復讐……等等、その状況により的確なる言葉は幾らもあり、「モチベーション」なるは、意欲、やる気、能動的、積極的……。テレビ番組内容の低級化も指摘されて久しいが、その内容はともかくも、一つの番組として呆《あき》れて物も言えない――それでもここでは申すのだが――それを例示致し候。模型の女児らしき主役が有ろう事か、大人の浅薄《せんぱく》知識を怒鳴り散らしたり、民放のＣＭでは、目上の方と目下の者が倒錯《とうさく》したかの如き、やりとりを目にする。子供がその祖父や父に対し「爺ちゃん（父さん）頑張れ」と、命令形の言語を発するのであるが、それが罷《まか》り通っているのであるから、何をか言わん——であるが、もう少し言わせて頂きたく存じ候。それらのCMを製作する会社や担当者、それらを放映するテレビ局や関係者、それらのスポンサー、それらを視聴する国民……総じて、違和感すらないのであろうか。わたくしめは嘆かわしくて、夜も安眠を覚えぬ程にござ候。或いは、これらは大した問題とされないかも知れない。実はそれこそが大問題なのであり、その遠因は悉《ことごと》く先に挙げた理由に帰結するのである。詳しくは後日、再度論じたく存じ候。真、長長とご清聴を賜り厚く御礼申し上げ候。

司会・アオカナブン——正に憂国の士たる、ご高邁《こうまい》なる訓話、一同深く感銘致した所と推察致すものにござ候。是非、別途機会を設け、先生によるその「民族の優れた特異性喪失の主因とその復活の方途」を聴講致したいものにござ候。今日正に、我が国を取り巻く四囲には、侵略を窺《うかが》う無法国家がないとは言えないのでござる。それ故、それがしも早期に先生のご高説を改めて拝聴したく、その会開催実現に、微力ながら奔走《ほんそう》致す所存にござ候。先生のご芳名が「大和魂」に、似るも真、運命的とも申せましょう。とまれ、本大会も滞《とどこお》りなく進捗《しんちょく》致し、閉会の段となり申した。お客衆、審査員各位、出場者全員に対し、深甚《しんじん》なる御礼を申し上げ候。ここからは審査委員長による総評・講評及び、審査副委員長による各賞の発表に移りたく存じ候。では、カブトムシ審査委員長殿、お願い申し上げます。

審査委員長・カブトムシ――会場の皆さん、出場者各位、本大会にご協力、ご参会を賜り衷心《ちゅうしん》より深謝申し上げます。さて、本大会の主旨は申す迄もなく、美しいものや強いものを選出するのではなく「面白いもの」「変梃なもの」「風変わりなもの」「奇抜なもの」「見た事がないもの」「思いも寄らぬもの」等等を競うものであります。恐らくは人間界に於いても、未だ曾《かつ》て前例なしと思量されます。本大会の出場者十四名（虫）は、今挙げました観点からして、いずれ劣らぬ特異なる特徴を有し、審査員泣かせの面面でありました。故に、各賞選出には苦慮し続け、今の今迄その有様でありました。今回は初の試みでもあり、審査員全員の合意により、出場者全てに、各各に最適なる賞を設け、授与致す段と相なり申した訳であります。その詳細は後刻、オオクワガタ審査副委員長より披露申し上げます。今般のこの試みが成功裡に終える運びとなり、茲《ここ》に改めてご参会者全員に感謝申し上げ、わたくしからの講評、総評と致します。有り難うございました。

司会・アオカナブン――カブトムシ審査委員長殿、有り難うございました。ではここで十五分休憩とし、再開後に、審査副委員長から各賞の発表と致します。

休憩時には、キリギリスの音楽隊「チョンギース楽団」及び、ツクツクボウシ音楽隊「つくづく楽団」の各十数匹が出演し、得意の歌声と演奏、それに双方の鳴き声を取り入れた交響曲「ツクツクチョンホウシ」を披瀝《ひれき》し、会場から喝采《かっさい》を浴びたのでした。

さて愈「面白大賞」及び「変梃大賞」以下、各賞の発表であります。アオカナブン司会者に指名され、オオクワガタ審査副委員長が徐ろに登壇すると、会場は水を打った如き静寂に包まれました。

審査副委員長・オオクワガタ——皆様、お待たせ致しました。本日この大会出場者十四名（虫）は、いずれもが「変な姿形」「変な体勢」「変な行動」「変な習慣」「変な食い物」「変な生き様」のいずれかに該当する方方であり、中には、今申した項目に重複する方もありました。結局、いずれも甲乙つけ難き伯仲間にあったと申せましょう。斯《か》くの如き状況下、最前、委員長が仰せのように、全出場者に最適なる賞を授ける事と致しまするが、勿論「面白大賞」「変梃大賞」の二大大賞を選出し、それ以外に適切なる賞を授与致すという次第であります。尚、各各の賞は後程、副賞と共に授与致します。又、その副賞は各各に最適なる「四字熟語」としますが、これは昆虫界一の碩学《せきがく》者たる、ミツバチ審査員殿にお願いし、考案され決定された次第であります。それでは先ずは、二大大賞を発表致します。はい「面白大賞」には、タコ入道の如き形のアケビコノハ幼虫ちゃんであります。おめでとう、アケビ幼虫ちゃん。そして、副賞の四字熟語は「天衣無《てんいむ》縫《ほう》」であります。いやあ、ぴったりの熟語ですね。はい、今一つの大賞「変梃大賞」には、シャチホコガ幼虫君であります。文句なしの変梃ぶりでしたね、自身も自信満満でありましたものね。おめでとう。熟語は「支離滅裂《しりめつれつ》」であります。言い得て妙なるとはこの事ですな。以上が大賞でありもます。次に、出場順に各最適賞を発表致します。アリジゴク殿には「恐怖賞」を、副賞として「自画自賛」を。イネクビボソハムシ幼虫ちゃんには「世にも不思議賞」とし、熟語には「抱《ほう》腹絶倒《ふくぜっとう》」を当てます。ウスバキトンボ殿には「大遠征賞」とし、副賞として「鵬程万里《ほうていばんり》」を授与。オオセンチコガネ殿には「環境衛生賞」を授け、併せて「清濁併呑《せいだくへいどん》」を。続いてと、クロシジミ幼虫ちゃんには「温室育ち賞」を、副賞熟語は「金屋貯嬌《きんおくちょきょう》」を付与します。コオイムシ殿には「同情賞」を、熟語が「臥薪嘗胆《がしんしょうたん》」です。これにて臥薪嘗胆して下され。サトジガバチ殿には「失敬賞」を、副賞として「虎視眈眈《こしたんたん》」を。トビイロシリアゲアリ殿には「倒立歩行賞」を、併せ「唯我独尊《ゆいがどくそん》」を。ブドウスカシバ殿には「変装名人賞」を、熟語が「緯武経文《いぶけいぶん》」を。ええっと、もう三方でござるな。マツモムシ殿には「悩殺賞」を、副賞熟語としては「人口膾炙《じんこうかいしゃ》」を授与。ムカシトンボ殿には「化石賞」を、及び「温故知新《おんこちしん》」を授けます。最後に控えしはやはり、大和を代表されるヤマトタマムシ殿にござりますが、同士には正に最適なる「憂国の士賞」を謹んで捧《ささ》げ、四字熟語副賞にもこれでござる、はい「国士無双《こくしむそう》」でありまする。ヤマトタマムシ殿、是非、次なる機会には、その「——瑞穂の国復活の方策」を確《しか》とお願い致したく存じまする。以上、各賞発表でございました。では、アオカナブン殿、よろしく。

司会・アオカナブン——本大会は滞りなく、ここに閉会の運びとなりました。明年九月には代替わりの種が大半でありましょうが、是非、次世代にも連綿《れんめん》と継続致したく、我ら生ある限り、昆虫界発展のため尽力《じんりょく》致したく存じ、閉会の辯と致します。皆皆様有り難うございました。さようなら。

恐竜への忠言

気の遠くなる、現在から三億五千万年前の地質学的古生代のデボン紀に、史上初の昆虫が出現したそうな。無論、化石での推定である。それは現代で謂《い》うトビムシの一種とされるから、羽のないものであった。地球誕生は四十五、六億年前であるから、それよりも天文学的年月を経ての事である。地球上が森林に覆《おお》い尽くされる時代となったのが、このデボン紀である由故、多くの陸地出現と共に、昆虫の祖が次次と現れ出《い》でるという事となったのであろう。

その後、二億七千万年前頃の石炭紀には、羽を有する昆虫が種種出現、現代昆虫の祖先となったのであるとされる。

滔滔《とうとう》と時代は下り、二億五千万年前から七千万年前の、この間、一億八千万年が地質学的「中生代」とされ、太古順に、三畳紀、ジュラ紀、白亜紀の総じて爬虫類全盛時代となった。中でも、地球史上、最大最強の「恐竜」の出現となったのであった。それは改めて申す迄もないが、中には体長数十メートル、体重数十トンという超巨大な「怪獣」でもあった。今日に於ける獰猛《どうもう》なライオンや猛虎――阪神タイガースに非《あら》ず――ですら、五百キロ足らず故、百倍もの差となる。つまり、二桁違いの猛威を誇っていたという次第だ。そうした中、先述のように、石炭紀以降チョウ、ガの祖、バッタ、ハチ、甲虫の祖などが次次に出現、いずれも現代のそれらと比較するなら、その巨大さが際立っていたとされ、最も古い昆虫の一つとされる「メガネウラ」（トンボの祖先）は何と、五十センチもの体長を有し、翅《はね》の幅（左右の翅の端から端の長さ）が七十センチから一米にも及ぶ程でありました。又、シリアゲムシやムカシトンボ、ゴキブリなどは往時《おうじ》の特徴を残しているとされる。

この中生代の地球は、大部分の地域が現代での熱帯と亜熱帯の気候となっており、変温動物の爬虫類にとっては、正に天国でありました。更に、原始的植物の生い茂る森林が多く、それによってか酸素濃度が高く、前述のメガネウラのように、昆虫類の祖先が巨大化されたとも言われております。そうした頃、恐竜とそのメガネウラが期せずして、出会《でくわ》したのでした。

メガネウラは羽化《うか》した後から何回も、このような恐竜を目にしておりますが、この恐竜シナノサウルスは、こうした近距離での遭遇《そうぐう》事態が初の事であり、少少、戸惑った様子でもありました。それは無敵恐竜の真ん前に出現する動物はあらず——との長年に亙《わた》って染《し》み付いた自信でもあり、過信でもありました。恐竜シナノサウルスは言わでもの言を吐きました。

「やい、ちびすけ、お前は何だ！」

と、相手にとっては、天上から気圧《けお》されるが如き、不躾《ぶしつけ》なる大音声《だいおんじょう》での「挨拶」でありました。

メガネウラは平然と、

シナノサウルス

左右の翅の幅が1メーターにも
なるトンボの祖
メガネウラ

「わいはメガネウラという動物なり。そも、物を問う際は、問う者から名乗るのが礼儀であるが喃《のう》」

と、やんわり揶揄《やゆ》した。この僅か一言の返答で、恐竜は癪《しゃく》に障ったものか、

「生意気な事を言うな、ちびめが。お前のようなのを、ちび塵《ちり》って言うんだ、おおーう」

と、今にも跳びかかってきそうな威勢で畳《たた》みかけてきたのでした。メガネウラは平静に、

「会話が噛み合わんようだな。相手にならぬ相手だが今一たび申しておく。己の体が大きいからと、嵩《かさ》にかかるべからず。巨大になればなる程、愈《いよいよ》、頭を低くして相対すべし」

と言って、去りかけたる所、恐竜は、巨大な赭顔《しゃがん》で、

「こましゃくれたちび塵、捻《ひね》り潰《つぶ》してやるわ」

と言ったが早いか、どでん、どでん、どでんと、巨大な物体がメガネウラを追い詰めてきたのでありました。ここに至ってメガネウラは、聞き分けなしの相手と断じて、これの懲罰《ちょうばつ》策を脳裏に巡《めぐ》らせたのでした。

(よし、あの馬鹿でかを嘲弄《ちょうろう》し続けて、怒り狂わせてやれ。然《しか》る後に老大木に誘い上げ、地上二十メーター辺りから老木諸共《もろとも》に逆落《さかお》としにしてやれ)

「おおい、馬鹿でか、その十トンの体重では栄耀栄華《えいようえいが》は束の間だな。もう直ぐやってくる氷河期には全滅よ。アハッハッ、……お前らをデカタン動物てえ言うんだぜ」

シナノサウルスは、もう二、三メーターの所迄、メガネウラを追い詰めるのでありますが、そ

の都度、メガネはすうーと軽やかに飛び上がっては、ぜんまいなどの植物に止まり、再び追いつかせ、飛び——を繰り返し翻弄《ほんろう》の限りを尽くしました。

怒り心頭、カンカンとなったシナノサウルスは、見境もなく前後左右に相手を追尾、既に四半時も駆け廻っておりました。

頃よしとしたメガネウラは、近辺に茂る老大木に近付き、その上方の小枝に止まりました。固《もと》より、恐竜を誘《おび》き寄せるためであります。と、その老木の根方に辿《たど》り着いたシナノサウルスは、大木に登り上がろうともせず、息も絶え絶えに、座り込んで仕舞《しま》いました。この意外な持久力のなさに、メガネウラの戦略は一頓挫《いちとんざ》を余儀なくされ、自身はどこかに飛んで行き、姿を消したのでした。

恐竜が眠り込んで凡《およ》そ半時（現在の一時間）後、白昼というのに空が俄《にわ》かに暗くなり、遠雷が響きわたり、その轟音《ごうおん》でシナノサウルスは眼を覚ましました。と、その直後、今度は付近で雷鳴が轟《とどろ》き、棒の如き大雨が殴るように降ってきたのでした。恐竜は体を小さくして、この急雷をやり過ごそうとするも、迅雷は強まるばかりでした。

すると、どこからともなく、姿を消していたメガネウラが超高速で戻り、恐竜に告げました。

「おい、離れろ！　そこは危険だ。雷が落ちるぞ。感電死するぞ、逃げろ」

と、怒鳴るように急《せ》き込み、自分も飛び去りました。

恐竜は半ば懐疑的《かいぎ》でありましたが、血相を変えたメガネウラの表情を目にし、ともかく低い体勢でそこを離れ、五十メーターばかり西方の窪《くぼ》みに蹲《うずくま》りました。その途端、稲妻の強光線が走り、大轟音と共に雷霆《らいてい》が落下、寸時前迄にいた所の老木は火を噴《ふ》いておりました。

シナノサウルスは、メガネウラの眼力には感心したものの、感謝の念は稀薄《きはく》な上、メガネウラが何故、自分に助言してくれたのかすらの考量もなく、天の回復と共に間もなく、ゆっくりと立ち去りました。そして、大物の獲物を求めて、日常の山川跋渉《さんせんばっしょう》を開始したのでありました。

メガネウラはシナノサウルス等恐竜が、地球環境変化にも順応できるように、その超巨大な身体や、その生活行動を変革させようと、先ずは助言し、そのために反省を求めたのでありました。然し、恐竜は全く耳にもかけず、メガネウラの好意による行動は、全て徒労《とろう》に終わったのでした。

因果応報《いんがおうほう》であろうか。これよりもずっと後年即ち、一億数千万年後、隕石《いんせき》の激突もあってか、地球の環境は激変した。我が世の春を謳歌《おうか》していた、数多《あまた》の恐竜はそれに順応できず、ついに滅亡の淵へと追いやられたのでありました。

人と虫の共生

都会近郊に、一反（三百坪）の水田と、狭い畑がありました。

専業農家ではない、これらの持ち主（園主）は会社勤務の傍《かたわ》ら、専《もっぱ》ら休日を利用して、稲作と少しばかりの野菜を栽培しておりました。持ち主は製薬会社勤務でありながら、自社品を含め農薬の類を一切使用しなくなって、二年が経ちました。このため、過去二年の夏から秋にかけて、稲を食い尽くさんばかりに、イナゴやツマグロヨコバイ、ウンカ類が大発生しましたが、それでも園主は知らん顔で、農薬を使用しませんでした。

人間が農薬を使わないという事は、イナゴやヨコバイにして幸運に違いありません。が、今夏の炎暑で天敵の小鳥等の出現は少なく、その結果、稀《まれ》にみるイナゴの大発生に至ったのでありま す。恰《あたか》も、無秩序な我勝ちの「早食い競争」の観を呈してきておるのでありました。この辺一帯には、この僅かばかりの水田以外、イネ科の植物もなく、もしも、この水田の稲が食い尽くされ消滅したなら、その時点で、イナゴの生きる術《すべ》はなくなるでしょう。

ここの園主の主義主張は、大自然と人類の共存を図る方策を常に考えるというものであり、格別、昆虫愛好家という訳ではなく、イナゴ贔屓《びいき》でもありませんでした。身近な問題として例示するなら、己と虫との共存を図るに吝《やぶさ》かではなく、稲他の栽培植物に幾分かの被害なら目を瞑《つぶ》ろうとする御仁《ごじん》なのでありました。つまり、作物が全滅に至るような懸念が予察される事態となれば、このまま、手を拱《こまね》いてはおられないという程度なのです。

さて、ツマグロヨコバイやウンカ類も、稲を好物としておりますが、イナゴと打《ぶ》つかり合えば到底《とうてい》、勝ち目はありません。一時、ここの水田に、ヨコバイやウンカ類の偵察《ていさつ》隊が顔を見せましたが、この夏のイナゴの圧倒的な数に恐れをなし、尻尾《しっぽ》を巻いて飛び去りました。ですから、この水田はイナゴの独擅場《どくせんじょう》となっていたのです。然《しか》し、それにしても、自らが為す限度を知り、その弁《わきま》えが必要でありましょう。

八月下旬、既に六割程の稲が食い潰《つぶ》され、残りが四割足らずとなった頃、さしものイナゴもこのままでは、先行きに大きな不安を感じ取り、年長イナゴ二、三十匹での相談の結果、先祖が祀《まつ》られている近辺の藪《やぶ》に赴き、祖廟《そびょう》からの天啓《てんけい》を仰ぐ事と相なりました。

代表十匹が参上し、祖廟に恭《うやうや》しく尋ね出た所、奥深きからか神託の如き声が聞こえて参りました。それは、

「水田の持ち主と腹を割って、十分善後策を話し合えよ」

というものでした。

この天啓を頂くと、代表十匹は急ぎ水田に戻り、中堅、若手を交えた拡大代表者会議に於《お》いて、

イナゴの独擅場

この旨《むね》を告げ、同じ代表者十匹が、園主との会談に臨みました。翌八月二十五日の事でした。代表団は水田から至近の持ち主の自宅を訪れ、懇《ねんご》ろに挨拶をした後、先ず、自分達イナゴ集団の、食事情の現況と見通しを陳述《ちんじゅつ》致しました。その上で、忌憚《きたん》なき園主の考えを十分入れた上で、双方の妥協案を図りたく、就《つ》いては園主ご自身の意見をお聴きしたいと、口上を述べました。

するると、園主は開口一番、

「この世界中の大地、大海、大空は誰の物でもない。天が生きとし生けるもの全てに下さった、預かりものである。然《しか》るに、人類の身勝手な強欲《ごうよく》の様は真《まこと》に嘆かわしい。勝手に領地、領海や領空というものを設《しつら》え、それを巡《めぐ》っての戦争沙汰《ざた》は日常茶飯だ。国家間然り、個人間然り。真、他の生物に顔向けできんのである。せめて、わし一人でも生ある限り、お詫び行脚《あんぎゃ》を続ける所存なのである」

と説き、以下続けた。

「――それ故、自分もこの水田と畑を預かり、借用しておる身なのである。であるから、汝《なんじ》らの生活の要である食の部分に、極力《きょくりょく》関与せずに過ごしてきているのだ。然しながら、このわしも生きるため、幾らかの作物を栽培する必要がある。仍《よ》って、正に双方が歩み寄り、妥協点を探り出す必要ありとしていた所である。そこで、当方の提案であるが、汝らの申すように、既に稲の六割方が消え、残り約四割となっている現状を踏まえ、この残りを汝らと折半するとしたなら、汝らの仲間の如何程《いか》が犠牲、つまり餓死者が出る恐れがあるか」

　と問うた。

「はい。そのお答えの前に、先ず、皆を代表して、わたくしが御礼申し上げます。わたくし共は、今おります水田の稲が残り少なくなって、命運がどうなるかという心配の以前に、その持ち主であるあなた様の怒りを買い、その結果、農薬を使用され最悪の場合、皆殺しの厄《やく》に遭《あ》うのではないかと危惧《きぐ》し、実の所、戦戦恐恐であったのです。ですから、自分達の申し出も、一蹴《いっしゅう》されるのではと懸念しておりました。それなのに、あなた様のご慈悲《じひ》溢《あふ》るるお言葉を賜《たまわ》り、本当に深く、深く御礼申し上げる次第なのであります」

　と、代表団長が答礼し、本題に入った。

「――それで、お尋ねの件でございますが、大雑把《おおざっぱ》な推定で、現有生存数凡《およ》そ三万匹の内、三割前後にその恐れが生じるものと考えます」

「左様か。それではその三割方の仲間を、他の水田に移す手立てを考えたらどうか。就いては、ここより東方一里半の所に、相当広い水田があるので、受け入れの余裕は十分あろう。然し、その耕作者が、いつ農薬を使うかも知れない故、それに対する十分な注意が必要であるぞ。もし、汝らがよければ、このわしが三割約九千匹の仲間を、軽トラックで連れて行ってやってもいいが
……」

「勿体ないお言葉、重ね重ね御礼申し上げます。これより水田に帰り、皆と討議の上、お返事申し上げますので、明日迄お待ち下さい」

として、イナゴ代表団は一旦《いったん》、そこを辞去《じきょ》しました。

水田に帰った代表団は再び、拡大会議を招集し、先ず園主との会談の模様を説明すると、一同、感動の声一色となり、会議は沸《わ》き返ったのでありました。殊《こと》に、年長出席者からは、「残りの稲を折半として下さった上、三割の仲間の移転にも手を煩《わずら》わしてくれる由、畏《おそ》れ多き極《きわ》みなり。我ら年長者は先行きも短い。そのお方に対し喜んで犠牲となり、過分のご配慮に答えたいと存ずるが、年寄り連、どうじゃ」

この年長代表が言わんとするのは、園主の心温まる配慮に対し、甘えるばかりでなく、先行き寿命の見える年長者連は、他の水田には移らず、率先して犠牲になろうというもので、多くの仲間にとっても、この危地を救える行動の一つになるという訳だ。他の年長代表からも、「そうじゃ、そうじゃ、仲間の七割が救われるなら、我ら年寄り連は進んで、園主御仁の生贄《いけにえ》となろうぞ。この身、謹んで献上《けんじょう》仕《つかまつ》りたい。大してお役には立つまいが、佃煮《つくだに》等何らかの食料の材料にはなれるやも知れん……」

年長イナゴが挙《こぞ》って申し出た、犠牲的提案を賛《たた》え、それを受け入れて代表者会議は閉会した。結局、以下の二点を園主に返答する事となったのでありました。

一つ、園主ご提案の、別水田への我ら仲間の一部移転は、謹んでこれを拝辞《はいじ》する。

一つ、約三割の年長仲間の率先的・犠牲的精神を無にしないため、この受け入れを謹んで園主に申し出る。

――として、翌八月二十六日、再度園主宅を訪れ、この旨言上致しました。すると、園主は、

「そちらの犠牲的精神の美徳、我もその気持ちを頂いておくぞ。それで昨晩、熟熟《つらつら》考えたのであるが、どうであろう。残り四割の稲の量を折半するなら、汝らの七割が寿命を全《まっと》うできるという計算が成り立つ。そこでだ、全仲間がそうできる法を、わしも考えたのだ。その結論を申す……爾今《じこん》、一匹が食《は》む稲葉の量を、現在の三十%減とするのだ。言い換えるなら、今の一日量の七十%とする訳よ。さすれば、現有約三万匹の食い延ばしが一先ず確保されよう。これにより、多少の犠牲者が出るやも知れんが、俗にも謂《い》うぞ――腹八分に医者いらず――とな。まあ、皆にも少し我慢して貰うんだな。わしも時時、他のイネ科植物――そうだな、黍《きび》や粟《あわ》など――を入手して持って来てやるので、それを補助食としたらどうか」

この園主の提案に、イナゴ代表団一同、悉《ことごと》く愁眉《しゅうび》を開き、安堵《あんど》の表情を見せた。その上で代表団長が慇懃《いんぎん》に答えた。

「真にもって、当を得たご助言、浅はかな我らの考え及ばぬ所でございます。早速その旨実行致したく、帰りまして確《しか》と、皆に説得する所存にござ候《そうろう》。又、我らの好物であるイネ科の五穀に連

なる種をご提供頂ける由、重ねて深謝申し上げます。何卒、仰《おお》せのお取り計らい、切にお願い申し上げます」

「承知した。それでは達者で暮らせよ、皆の衆」

「我ら一同、あなた様の末永きご健勝を祈念申し上げます。ではこれにて失礼致します」

と、別辞《べつじ》を交わし、イナゴ代表団は園主宅を後にした。

寛厚《かんこう》の人、園主は結局延べ八割方の稲をイナゴ側に供する事となり、イナゴ側も一日に食する絶対量を三割減じて、全仲間の命を繫ごうとする妥協案が実り、二日間の会談は終わった。

秋闌《た》けて、イナゴ仲間の殆《ほとん》どは、その寿命を全うしつつあった。十月下旬の午後、畑では園主が、秋じゃが芋の掘り上げ、収穫に精を出しておりました。秋の日はつるべ落とし——で、夕方日が陰った頃、やにわに二人組の男が園主の至近に現れた。二人組双方が、ドスを突き付け「カネっ！」とだけ叫び、沈黙の脅《おど》しの態で身構えた。

園主は表情を変えず、無言で傍らの鍬《くわ》を手にして応戦の構えを見せた。将《まさ》に、その一瞬、至近の畦道《あぜみち》で、見張り役のイナゴ数匹が、パチパチと非常音を発した。と同時に、イナゴ集団の頭領が「主《あるじ》を助けよ！　賊《ぞく》を潰せー！」と号令した。

すると、その号砲下、稲葉のイナゴ軍団凡そ一万が電光一閃、一斉に飛び立ったとみるや否《いな》や、巨大な黒緑の猛煙の如き怒濤《どとう》となって、二人強盗に対し上下前後左右斜交《はすか》いに急襲《きゅうしゅう》、その身体を覆い尽くした。と思うや忽《たちま》ち地面に倒潰《とうかい》、恰も、その様は、未知の巨大且つ恐怖の「虫塊」そのものであった。

悪党二人組とはいえ、このまま見殺しにするには忍びなく、園主はイナゴ頭領に、

「命は助けてやってくれないか。猛省致す輩《やから》と見做《みな》してな……」

イナゴ頭領の合図で、無数のイナゴ軍団は、強盗の身体から全てが離れ、解放してやり、周《まわ》りに控えました。

二人組は身体中に怪我《けが》を負いましたが、意識はあり、先程の園主の情けの声も聴こえていたのでした。そして、懺悔《ざんげ》の声を上げました。

「我ら、今日迄の大罪、慚愧《ざんき》に堪えず、今からは真面目《まじめ》な人間となる事を、神前に誓います。園主様及びイナゴ衆殿、悪道から助け賜り、厚く御礼申し上げます。これにて御免仕ります」

と、言上し、足早に歩き去りました。

全イナゴ集団は園主に向かい、代表の頭領が一歩前に出て、恭しく今生《こんじょう》の別辞を申し述べました。

「我ら一代、これにて幕を下ろし、黄泉路《よみじ》へと旅立ちます。今生でのこの一年、数数のご厚誼《こうぎ》改めまして深く御礼申し上げます。明年も次世代に対し、

主様、今生での数数のご厚誼
深く御礼申し上げます
我ら一代、これにて幕を下ろし、
黄泉路へと旅立ちます

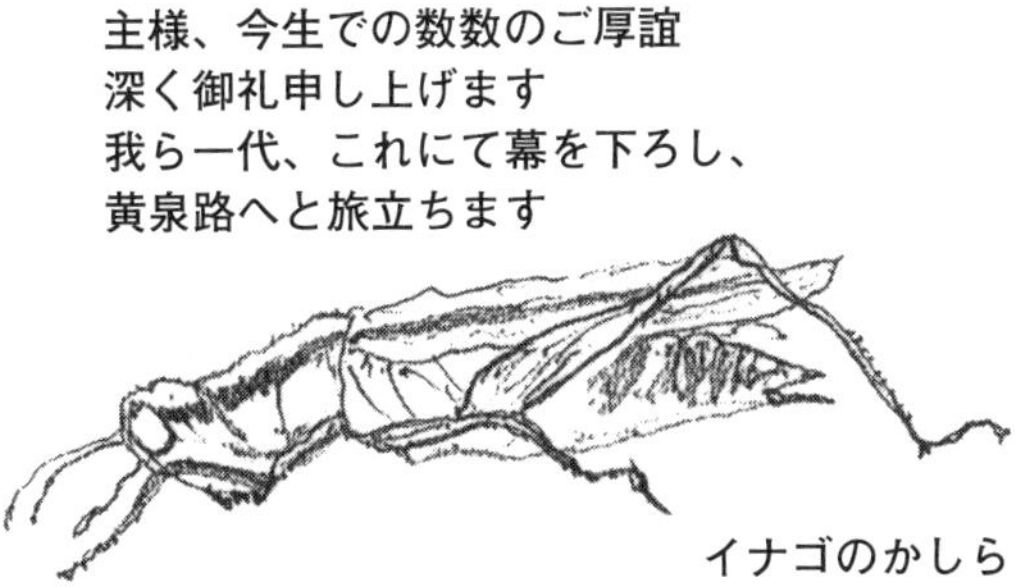

イナゴのかしら

寛大《かんだい》なるご配慮切にお願い申し上げます。最後になりましたが、あなた様の末永きご健勝をお祈り申し上げます」

と告げて、夕暮れの大空の彼方に消え去った。園主も、

「有り難う、命の恩人、さらばじゃ皆の衆」

と、暮れ行く空に向かって手を振り続けました。

イナゴ集団は命の尽きる迄に、何とか主への恩返しをしたいものと苦慮しておりましたが、図らずも、寿命の尽きる間際に、斯《か》かる事態が発生するとは、不可思議なる因縁《いんねん》とも申すべきでしょうか。その恩返しが叶《かな》い、一同安堵《あんど》して御霊《みたま》の眠る祖廟へと旅立ったのであります。

虫の歌声大会

秋の夜長、十月上旬の事でした。

この夜は又、仲秋の名月で、月明かりの下の叢《くさむら》には、鳴く虫達が大勢集まって来ていました。それらはコオロギとスズムシ、ウマオイ、マツムシ、カンタン、それにカネタタキの各グループで、先月の予選を通過した六つの選抜チームでした。

もうお分かりでしょう。今夜は年一度の、虫の歌声大会の決勝日なのです。六つの虫グループは、それぞれ二、三十匹程参集し、内一匹が代表として、自慢の声を競うのです。

審査員長はキリギリスで、クツワムシとヤブキリが審査員として加わっておりました。

夜八時、真ん丸のお月様が高く昇ってきました。と、その時、ヤブキリ審査員が大会の開始を宣言しました。

今大会の出演順は五十音順とされており、更には一匹が演じる制限時間が十五秒以内と決められておりました。

さてさて、真っ先に登場したのは、ウマオイの、うま夫君でした。うま夫君は舞台とされた草の上で、緊張した面持ちで歌い始めました。

「スイーチョン、スイーチョン、スイーチョン、スイーチョン」と、普段の声よりもやや上ずっていました。それでも、ウマオイ仲間からは一斉に拍手が沸《わ》き起こりました。

次に、カネタタキの、かね太君が出て参りました。かね太君は澄まし顔で、「チンチンチン、チンチンチンチン」と、軽く歌い流しました。カネタタキ陣営から、パチパチパチパチパチパチと、盛んな拍手が上がりました。

三番目にはカンタンの、かん太郎君が出場。かん太郎君は落ち着いた表情で、「フイールルルルル………」と、澄み切った声で、十五秒近く迄歌い続けました。歌い終えた後、仲間同士間でも合唱の声を響かせました。

さあ、大会も佳境《かきょう》、後半に入ります。そのトップはコオロギの、こう郎君です。彼は、大きな体を震《ふる》わせるようにして、「コロコロリー、コロコロコロリー、コロコロリー」と、俳句の五七五調の寂《さ》びたような声音《こわね》で歌いました。コオロギ陣は、やんやの喝采《かっさい》で沸き返りました。

次なるスズムシの、すず吉君は自信満満なる表情で舞台に上がり、「リーンリンリンリン、リーンリンリン」と、高らかに清亮《せいりょう》たる声で歌い上げました。スズムシ応援団からの万歳の唱和が、辺りに響き渡りました。

最後に登場せしはマツムシの、まつ次郎君で、彼は、

「チンチロリン、チンチロリンリン、チンチロリン」と、面白可笑《おか》しく、歌い踊り、自陣は固《もと》より他陣営からも、絶大なる拍手を得たのでした。又、カンタン陣からは、他のグループのそれぞれに、犒《ねぎら》いの合唱が送られました。

代表者による歌声競技が終わり、愈《いよいよ》、優勝者の発表であります。審査員長のキリギリスは、

「チョンギース、おっほん」と咳払いをして舞台に上がりました。そして、

「皆、ご苦労さん。さすがの歌声、感服仕《かんぷくつかまつ》った。甲乙付け難しのハイレベルな競技であったが、中でもカンタンの、かん太郎君の歌声は、音調良く澄み切っていた。更には時間内に上手く

名演奏家・スズムフスキー？

収めた。仍《よ》って、今大会の最優秀歌手に選考されました」と述べ、簡潔に講評をも申し添えたのであります。この直後、カンタン陣営からは万雷《ばんらい》の拍手が、一方、他陣営からはざわめきや不満の声が吹き荒れ続け、中中鎮《しず》まりそうもありません。

先程迄、うっとりと虫の歌声を聴いていたお月様は、この様子を残念に思うと、傍《かたわ》らの雨雲を呼び寄せ、何事が囁《ささや》き、直ぐにその雲の陰に隠れました。

すると、忽《たちま》ち野原には大粒の雨が、音をたてて降り始めました。さあ大変、虫達はてんでに雨宿り場を求めて、逃げ惑《まど》いました。中には「濡《ぬ》れ燕《つばめ》」然として、格好をつけ悦に入る輩《やから》もおります。とまれ、驟雨《しゅうう》は二十分余で止みました。黒い雲は、千切れたような様で所所にあり、お月様は見え隠れしております。

虫達の多くは元の所に戻り、一息ついております。所へ、キリギリスが濡れた壇上に上がり、諭すように語りかけました。

「今し方の雨は、天からの戒《いまし》めである。君達は、決定された事に不満があっても、これを受け入れなければならない」と。

この鉄槌《てっつい》の如き箴言《しんげん》に、多くの虫が神妙に反省、そして口口に、

「申し訳ございませんでした。かん太郎君おめでとう」と、祝言《しゅうげん》の声を上げました。

かん太郎は恐縮して、

「有り難うございます。勝ちに驕《おご》らず、尚一層練習に精励致します」と答え、審査員の方と、虫達のいる各陣営の方に向かって、何度も何度も深深と頭を下げました。この時、叢一帯は盛大なる拍手に包まれました。

会場を取り巻く野原には、バッタ類やカマキリ、チョウ・ガ類、アリやハチ、トンボ類他多種類の昆虫が名月の下に休息しておりましたが、彼らにとって、選抜された虫達による、琳琅璆鏘《りんろうきゅうそう》たる調べの会は、玉響《たまゆら》の至福時間となったのでした。

お月様と雲は莞爾《かんじ》として顔を見合わせました。

虫の智能戦

カマキリは強大なる武器を有す。申す迄もなく、それが鎌である。

狩りの対象は、昆虫全般、クモ類などである。近年の観察では、小鳥さえも捕らえた実績があるという。

それらに接近する際などには、抜き足、差し足、忍び足の忍者擬《もど》きの技巧を見せたり、葉隠れの芸当も得意とするのであった。

めっきり新涼の漂う九月中旬、ある日の午前の事でした。

百日草は、庭などで数か月にも亙《わた》って咲く、可憐な草花です。その葉陰には身を隠した、一匹のオオカマキリがおりました。花の蜜を吸いにやってくる、蝶などを待ち伏せているのです。

程なく一匹のナミアゲハが飛んで来て、蜜の出のよさそうな花を物色しておりましたが、これだと思う一花に止まりました。この蝶の名誉のため、一言申し添えるなら——ナミアゲハの「ナミ」

は「並」の意で、鮨《すし》や献立の「並」或いは「並肉」などを連想して、上等ではない気を想起させるが、そうではない。このアゲハは羽が緑がかった黄色で、黒い斑があり美しく、後ろ羽の尾状突起もアクセントとなっており「美蝶」と言っていいだろう。

その美蝶を捕食しようとして、オオカマキリが、そろりそろりと近寄りました。所が、あと五十センチ位のとこで、獲物と目が合い、驚いたナミアゲハは咄嗟《とっさ》に、飛び立とうとしました。が、一瞬速くオオカマキリは、出任せのおべんちゃらを、声高《こわだか》に言い放ちました。

「やあ、アゲちゃん、いつもきれいだね。所で、その口ばしのストローは、手品みたいに伸び縮みするよね。いつも感心してるんだ。一つ、それでの吸い方を観せてくれないかね」

と手招きしました。が、彼女はカマキリの魂胆《こんたん》を摑《つか》んでいますので、その手には乗りません。

「あらら、その手はくわなの蛤《はまぐり》よ。伸び縮みするストローなら、人間に頼んでみたらどう、何本でもくれてよ。じゃあね、御免遊ばせ」

と、強敵を翻弄《ほんろう》して飛び去りました。

さしもオオカマキリも、これには苦笑いするばかりでした。ままよとばかり、百日草に付いている露《つゆ》を、何口も飲み喉を潤しました。

百日草から降りて、庭に植わっている桜の木の根方を、うろついていたオオカマキリは、ふと、上方から蟬の鳴き声を耳にしました。それは古来からの名が法師蟬、現代では専《もっぱ》ら、ツクツクボウシと呼称されております。これもカマキリの御馳走の一つですが、かなり高い樹上に登るのは容易な事ではありません。

天は二物を与えず――で、忍者カマキリと雖《いえど》も、飛ぶのが下手で、短距離しか無理でした。そこで今回も向こうから、こっちに移動させようと企《たくら》みました。そこで殊更《ことさら》、親し気に話しかけます。

「いやあ法師蟬殿、いつもながら上手く歌うね。お見事、すごいもんだね」

と、先ずは煽《おだ》てた後、一呼吸置いて、

「どうしたら、澄んだいい声が出るのか、是非、後学のため教えてくれないか」

と、慎重に言い回しました。先程のアゲハでの失敗もあって、今回は間違っても自分の近くに呼び寄せる言は吐きませんでした。

然《しか》し、蟬もカマキリの狡智《こうち》を知っており、その狙いも把握《はあく》しております。が、わざと騙《だま》されたふりをして、

「お誉めのお言葉、恐悦至極《きょうえつしごく》に存じます。それがし、浅学非才《せんがくひさい》の身なれど、蟬特有の鳴き方の仕組みを、お教え致したく、只今からカマキリ先生の膝下《しっか》に伺いますので、今暫《しばら》くお待ち下さいませ」

と、馬鹿丁寧《ばかていねい》に答え、がさがさと音をたてて、さも下に降りるふりをし続けております。

オオカマキリは内心、

(フフフフ、うつけ蟬めが、今度はごっつあーんだな)

と、取らぬ狸の皮算用をして、ほくそ笑んでおりました。が、三分、五分……十分経っても、蟬は姿を皆目見せません。不審に感じたカマキリは、蟬が鳴いていた方に向かって、

「おうーい法師蟬殿、如何《いか》がなされた」

と、この期《ご》に及んでも尚、丁寧なる言葉遣いで、問い質《ただ》しました。然し当然、何の応答もなく、更に時が経過、当初のやりとりから十五分が経過し、オオカマキリはやっと、騙された事を自覚し、地団駄《じだんだ》を踏みましたが、全て「後の祭り」でありました。蟬側からすれば、見事な空振りを奪った形に、どこかでしてやったりと、破顔一笑であったのでしょう。

二回連続の失敗にオオカマキリは、相手もないのに激昂《げきこう》、独りごちを放ちました。

「うぬ、あの野郎、次こそ忍び寄って、引っ捕らえてくれるわ」

怒ると交感神経が昂進《こうしん》、喉が渇くのでしょう。又、叢《くさむら》の露をごくごく飲みました。そうしてオオカマキリは、その小規模の叢で休憩する事としました。
二、三時間後、ふと、この近辺民家の軒下を見渡すと、そこにクモの巣と、巣に蟠踞《ばんきょ》する主《ぬし》のジョロウグモが目に入りました。今度こそ、それこそ三度目の正直であるぞ、彼奴《きゃつ》を引っ括《くく》って食ってやるわと、オオカマキリは気も逸《はや》っておりました。作戦も此度は悠長《ゆうちょう》な事をしてはおられ

ぬとばかり、自ら、壁を這《は》って、クモに近付く戦法に変えました。

　このジョロウグモのメスは大形で黄色と緑青色の縞模様があり、妖《あや》しく艶《なま》めかしい姿態をしております。

　民家の外壁を攀《よ》じ登り、ジョロウグモの巣の至近に辿《たど》り着いた、オオカマキリは罵声《ばせい》を浴びせ、怒鳴《どな》り散らします。

「こりゃー！　クモったれ、巣から離れてこっちへ来い。おれと一騎打ちの勝負だ。どうした怯《ひる》んだか、このど阿呆《あほう》」

　と、最初から喧嘩腰《けんかごし》で挑発します。巣に突っ込めば、あのねばねばした糸に絡まれて、自由が利かず、その上、クモにぐるぐる巻きにされ、ついには息絶えるは必定《ひつじょう》――オオカマキリは知悉《ちしつ》しているのでした。

　ジョロウグモも敵の戦術を読んでおり、挑発にも動じません。じっと、微動だにせず、敵カマキリが業を煮やして、巣に突進してくるのを待っておるのでした。それに、クモ類の大方《たいほう》は相当の期間、飲まず食わずであっても、生き長らえる強みを持っており、その点、カマキリとは大いに異なっておりました。カマキリは何日も食物がないと、直ぐに弱ってくる特徴があり、気が急《せ》くのでありました。

　ジョロウグモの持久作戦に、オオカマキリは為す術がなく、妙案も浮かびません。捌《は》け場のない憤懣《ふんまん》と三連敗に、退却を余儀なくされ、疲労困憊《こんぱい》の態で、壁を下りるのでした。地面に到達した所で、溜息交じりに呟《つぶや》きました。

「きょうは厄日だな、赤口《しゃっく》だろうて」

と、己の拙劣作戦の反省もなく、日柄のせいにして憚《はばか》りなく、ぶすっと天を仰《あお》ぎました。その天は早、舂《うすづ》きオオカマキリは不機嫌なまま、叢で休む事としました。

オオカマキリはその晩、無性に腹が立って、眠りが浅かったようで、不思議な夢をみたのでした。それは見知らぬ父親が、頻《しき》りに説諭する夢でありました。説諭している対象は、恐らく、子たる自分であろう。日頃、傲岸不遜《ごうがんふそん》なオオカマキリも、これには神妙な面持ちで、反復するのでありました。その要諦《ようてい》、以下の如し――

一、小細工や奇策を弄《ろう》せず、オオカマキリ本来の正統的な狩りを全《まっと》うすべし。

一、小形のハエ類やカ類でも、大事な獲物と心得て、狩猟対象の選り好みをすべからず。

一、自らの力量限界を自覚し、弁《わきま》えて、無闇《むやみ》に、小鳥や昆虫強者と戦うべからず。具体的には、大形で外皮が鎧《よろい》の如く頑丈なカブトムシやクワガタムシ類らとの、争いは避けるべし。鳥類然り。状況によっては「三十六計逃げるに如《し》かず」の兵法《ひょうほう》を座右の銘とすべし。

一、最後に人間について、物申しておく。彼奴らの殆《ほとん》どは極悪で、善人は稀《まれ》である。先ずこれを服膺《ふくよう》して、肝に銘ずるべし。人類は現世最大の驕《おご》れる生物である。この地球を私物化した上、無限の人工物のゴミ捨て場に化した揚句《あげく》、恐るべき核兵器なる代物を造り、自分らで己の首を絞めているのみか、全生物を奈落の底に追いやっている、いとど無慈悲な動物である事歴然たり。彼奴らに正義、道理はない。全て自分本位の正義、道理の権化《ごんげ》である故、当方の正義、道理は通用しない。相手にならない相手とし、これを見たら静謐《せいひつ》を保ちながら、徐徐に遠ざかるべし。向こうから手出しされても、一切構わず同盟敬遠たる態度で、退避する事。その際、弱者と見做《みな》されると、嵩《かさ》にかかって攻撃してくる場合があるので、弱くも強くもないように見せかける等、より慎重な対応を取るべし。

傍若無人《ぼうじゃくぶじん》たる立ち居振る舞いや狡猾《こうかつ》さで、身辺の昆虫から警戒され、恐れられ、カマキリ類遠戚からも顰蹙《ひんしゅく》を買い、或いは猪武者《いのししむしゃ》と侮蔑《ぶべつ》されてきた、このオオカマキリでありましたが、亡父からの鉄槌《てっつい》と思《おぼ》しき戒告に、少なからず自省し、爾今《じこん》、正統派としての狩猟行動を、天の祖廟《そびょう》に誓ったのであリました。

正三角関係

由来《ゆらい》、夫婦喧嘩《げんか》は犬も食わぬ益体《やくたい》もない諍《いさか》いである。直ぐに元の鞘《さや》に収まるのであるから、世話がない。

所が、同じ人間界事でも所謂《いわゆる》「三角関係」となると、厄介極《やっかいきわ》まりないし、一筋縄ではゆかない。何せ、色情が絡む男女関係だけに、数多《あまた》の問題が付き纏《まと》う。三角形間に於《お》いて、疑心暗鬼《ぎしんあんき》、猜疑《さいぎ》心《しん》が行き交い、渦巻き、陰険で陰湿なる言動、執拗《しつよう》で因循姑息《いんじゅんこそく》な手練手管《てれんてくだ》などによって、心身の痛手を負う当事者を生じさせたり、家庭崩壊、果ては自殺や殺傷沙汰《ざた》に至る、悲惨な結末さえ稀《まれ》ではない。

翻《ひるがえ》って、昆虫界の「正三角関係」は生産的で可笑《おか》しみを包含《ほうがん》する。それを観てみよう。

六月中旬、ある日の午前の事でした。

ここは河内《かわち》の国、とある雑木林の中、広葉樹コナラの枝先の葉には、十数匹のアブラムシ（アリマキ）が群がっておりました。そこへ数匹のクロオオアリが地面から上がってきた所です。

クロオオアリ「やあ、アブラ君ら、きょうも元気で吸ってはるね。お尻を振り振り、楽しく吸いよるねえ」
アブラムシ「そうでんねん、アリ兄《あに》い、甘い汁が出まっせ。毎日毎日、この枝先からやんけ。フンも放《ひ》るんやがね」
クロオオアリ「それがええんやがな、そのフンが天下一品の醸造ワインやさかい、堪《たま》らんのやで。きょうも遠慮なく貰おか」
アブラムシ「へえ、さ、さ、どうぞ貰っておくれやす。ただ、アリ兄い、この下の枝を観ておくれやす。天敵のテントウムシが仰山《ぎょうさん》来ておりまんねん。わいらを狙って近付き寄るねん。何とかしてくれなはれ」
クロオオアリ「何、テントウが来とるんかいな？　ううーん、ほんまおるのう。よっしゃ、直ぐ、追っ払ってやったるわ」
アブラムシ「大きに。いつもアリ兄《あん》さんのお蔭で、助かりまんねん。フンワイン、仰山持って帰っておくれやす」
クロオオアリ「うん、そやけど、先ずテントウを懲《こ》らしめたるわ。ほな、ちょっと行ってくるで」
そして、翌日――
クロオオアリ「やあ、お早うさん。どや、あれからテントウは来よらへんやろ」
アブラムシ「大きに、アリ兄さん、テントウは来いへんけど、きのうあれから、変なイモ子

（イモムシ）が来てもうて、わいらの尻に齧《かじ》り付いて、甘い蜜を掠《かす》め取りょーるねん。けったいな子やねん。どうにかしてや」
クロオオアリ「うぅーん、どれじゃあ——ああっ、このイモ子かいな。あらっ、このイモ子の背中から何か、汁が湧《わ》き出ようるで、ちょっと舐《な》めてみたろ。うぅーん、こりゃ旨《うま》い、美酒やで、こりゃ儲《もう》けもんや」
アブラムシ「ほんま？　おかしなイモ子やんけ」
クロオオアリ「よっしゃ、この子を飼ってやるさかい、わしらの巣に連れて帰ったろ。そうす
りゃーあんたらも好都合でっしゃろ」
アブラムシ「あんじょう頼んます。そうしておくれやす。すっきりさっぱりしますねん。それ
に、この子が横取りしてたワインが助かりまんねん。兄いに、従前通りに提供できまっせ。わい
らも同行しましょか」
クロオオアリ「かまへん、かまへん、わしらで連れて帰るさかい——これこれ、いとはんや、
うちの家で御馳走するさかい、おいでや。一緒に過ごそや。安全で快適やで」
クロシジミ幼虫「ええ？　何やて——ほんまかいな、可愛がってくれるんやて？」
クロオオアリ「ほんまや、さ、行こか」
クロシジミ幼虫「家は木の上でっか？」

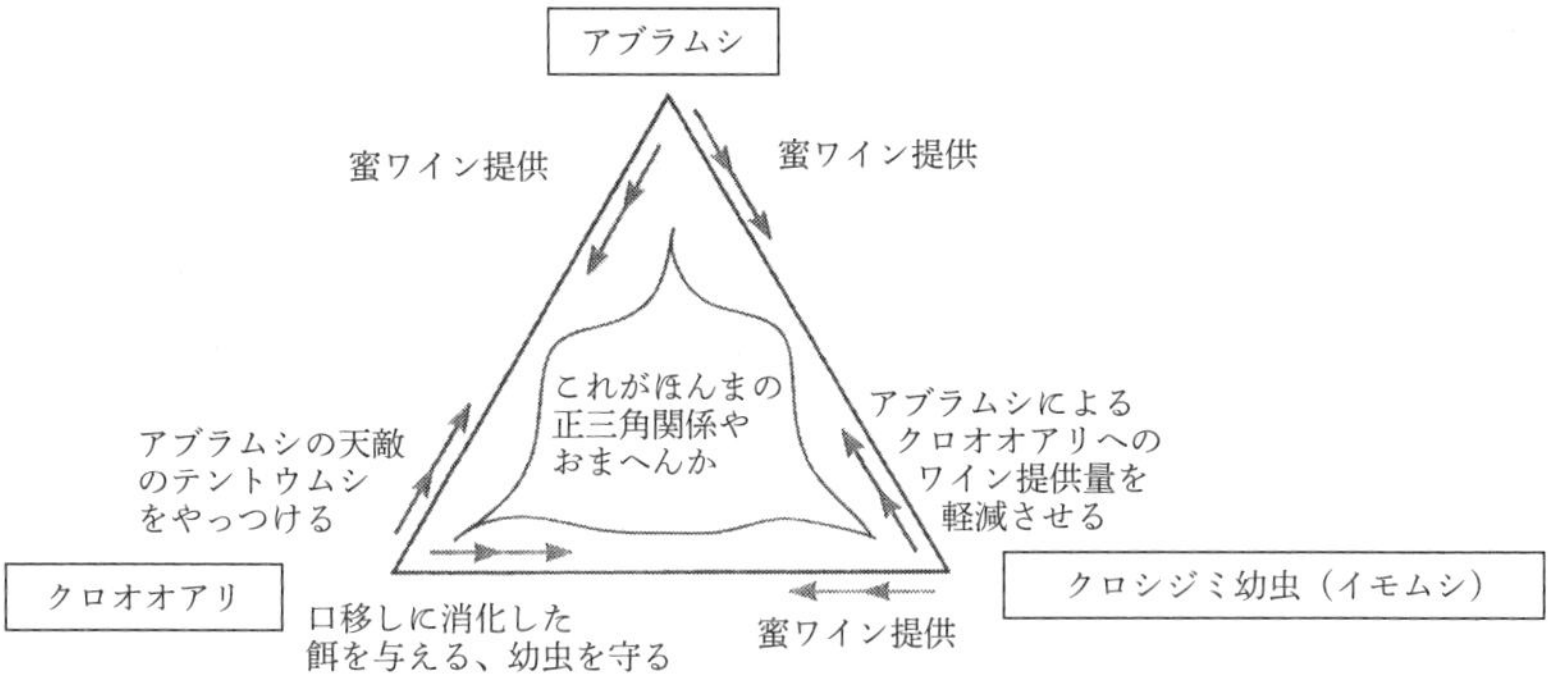

クロオオアリ「違いまんがな、地下の家や。そやけど、涼しくて快適やで」
クロシジミ幼虫「そうでっか。ほなら、連れて行っておくれやす」
クロオオアリ「よっしゃ。一つだけ頼みがあるんや——」
クロシジミ幼虫「何でっしゃろ」
クロオオアリ「ワインだけはどんどん造ってえな、わいらは飲《のん》兵衛《べえ》やさかい（笑）。それだけや」
クロシジミ幼虫「何や、そんな事かいな。任せなはれ、うちに」
クロオオアリ「大きに——アブラ君ら、ほな、さいなら」
アブラムシ「アリ兄《あん》さん、さいなら。また来ておくれやす。イモ子も元気で気張《きば》りーや」
昆虫界の正三角関係は、ほんまの三方一両得やおまへんか——てなもんやないかないか——ざんすざんすさいざんす——。

実況中継・窃《せっ》盗《とう》バチ

共に肉食獣であるハイエナとライオンは「サバンナの宿敵」とされる。単独でも強いが、双方共に群れで生活する。こなた、ハイエナの場合、その群れをクランと称し、二十頭前後の大所帯となる事がある。片や、ライオンの方は十頭前後が多いようだ。

さて、この両者、一対一の対決ならライオンに軍配が上がろうが、二十対十程であればハイエナが有利となる事が多いと言えよう。

斯様《かよう》な群れの数に何故拘《こだわ》るのか——実は、両者共、相手方が斃《たお》した獲物を力ずくで横取りするという、剛《ごう》の肉食獣たる特徴を有すが、その際に自明の理ながら、数がものをいうのだ。但、ここでの話は、数に頼る両者の死闘ではないのだが、昆虫界にも他者（虫）が捕らえた獲物を、失敬する輩《やから》が実在する。それも強奪ではない。又、多勢に無勢の如き、衆を頼んでのものでもない。

それは何と、単独でしれっと行う、知能犯もどきの「空き巣狙い」なのである。そもそれは誰（どの虫）か——

その正体こそは「窃盗ジガバチ」である。このハチは文字通り地下に営巣《えいそう》する中型のハチである。

では、そのハチが盗みを働く現行場面を、本職のアナウンサーが実況中継すると致そうぞ。

――皆さん今日は。わたくしはＲＡＣ放送の八野であります。本日は盛夏八月五日でありますが、本邦《ほんぽう》初の試みとして、ハチが泥棒をするという、その現場を実況中継するとの企画により、わたくしは広島市郊外の民家が点在する、二十坪程の空き地におります。この地には雑草が幾分生えておりますが、季節柄、乾燥と日照りによってか、その草草も勢いはないようであります。わたくしは昼前の十一時前からここにいます。現在の時刻は正午過ぎであります。スタッフの事前調査によれば、この界隈《かいわい》にその泥棒バチが出没するとの事でありました。既に、ここに参って一時間二十分が経ちますが、今の所、それらしきは見当たりません。あっ、今キャップの指示が出ました。場所を少し離れた所に移すという事になりました。わたくしも、今移動しながら話しております。二、三分歩いたでしょうか。ええっと、そうですね、元の場所から五十メーター余り離れた、比較的大きなお家《うち》の庭にやって来ました。手入れされた羅《ら》漢槙《かんまき》や木斛《もっこく》の翠《みどり》が美しい、五十坪程度の広い庭です。飛び石もあります。更には、コクチナシやリュウノヒゲ等の下木や下草も小ぎれいに植えられております。飛び石もあります。おやっ、よく観ると地面の所所には、ジガバチの巣穴らしきがわたくしの肉眼でも観られます。これは期待できそうです。現在、午後零時二十分です。おっと、何かハチが飛んでいます。どうやらこれがジガバチのようです。間違いないとの合図が、今、専門スタッフからありました。愈《いよいよ》であります。このジガバチを便宜上、ハチＡと致します。

餌を求めて辺りを飛び廻っているものと思われます。あれ、どうしたのでしょう——庭の北東寄りの半日蔭のフェンスに絡ませてあるクレマチスの葉っぱに急降下しました。葉の上にいたシャクトリムシに体当たりしたようであります。その刹那《せつな》にハチAは、毒針を刺しシャクトリムシを気絶させた模様、見事な一撃と言えましょう。おや、ハチAはそれを口に咥《くわ》えました。自分の巣穴に持ち帰るのでしょうか。持ち帰りました。今着きました。家即ち、巣は直ぐ近くの庭内——先程申した穴の内の一つでありました。そして——今その餌を咥えたまま巣穴の奥に入って行っております。こっそり、覗《のぞ》いて観ます。どうやら、シャクトリムシに自分の卵を産み付けておるようです。はい、次次に産み付けております。そして、穴から這《は》い上がり、地上に出ました。この間凡《およ》そ二分でした。おやおや、巣の出入り口に小石でもって蓋《ふた》をしました。几帳面《きちょうめん》な性格のハチですね。さて、これからどうするのでしょうか。ははあ、休む間もなく又、好物のシャクトリムシ狩りに出かけるようであります。今、飛び立ちました。さてさて、申し遅れましたが、その巣穴から八メーター余り離れた所で、同種ジガバチ——以下ハチBと略す——が、この一部始終を観ておりました。観てたのは、わたしだけではなかったのです。自分の巣もそこにあるようです。このハチBは、自らの巣穴近辺で何となく、うろついていたのです。いや、その真似《まね》をしていたと言う方がより適切でしょうか。いやいや、芝居上手の片鱗《へんりん》が窺《うかが》えたと申すべきでしょうか。そうした芝居行為をしながら、ハチAの行動をすっかり把握《はあく》していたのです。いやあ、芝居、演技が上手いですね。お上手お上手。——ハチAが飛び去ると、時も置かず、ハチBはハチAの巣穴に寄って来ましたよ、よ、よ、どうするつもりでしょうかねえ。わたし自身固唾《かたず》を呑んで見守っておる所です。あっ！　何とした事でしょう。ハチBはノックすらせず、ハチAの巣穴の小石蓋を取り除くが速いか、ずんずん奥に潜《もぐ》り込んでおります。これはちょっと問題です。いやちょっと所ではありません。不法家屋侵入罪になりかねません、いやそうなります。このわたくしめが驚いている間に、ハチBはハチAが捕獲して巣穴に安置しておいた、シャクトリムシを抱え出してきました。このシャクトリは麻酔で、ぐったりしており、造作《ぞうさ》もなく引っ張り出したんです。この間約一分、正に須臾《しゅゆ》の間での事でした。そのシャクトリをハチAの巣穴出入り口の直ぐそばに置いておりますよ。一体どうするのですかねえ——や、や、や、何と何と、ハチBは、ハチAが産み付けた卵を片っ端から食らい始めました。大胆不敵——むしゃむしゃと恰《あたか》も賞味するが如くに食《は》んでおります。然《しか》し、これは罪の二でありますぞ、そう、他人（虫）の子（卵）を食い殺した罪——即ち、殺虫罪であります。真《まこと》に恐い現実を観たものです。炎暑のはずですが、背筋が寒くなりました。それでも職務上、実況を中断する訳には参りません。あれ、れ、今度はそのシャクトリムシを、そっくり咥えて、持ち帰っておるようです。今、自分の巣に着きました。これからどうするのでしょう。と、と、即時に我が巣に引き入れました。この時点で罪の三、窃盗罪が成立します。いやこの窃盗罪よりもずっと重い罪を犯しておるのであれば、改めて申すのも憚《はばか》られます。そう、重罪は申すに及びません。然し、ハチの世界いや昆虫界には、それらを裁く機構や体制は、未《いま》だ整っていないのが実情でありましょう。ともあれ、わたしはここでも特権により、覗き見をします――どうれ、はてね――あっ、自分の、つまり、ハチBの卵を産み付けております。そう、産卵です。有ろう事でしょうか。わたしには信じられません。驚愕《きょうがく》の極《きわ》みであります。いやはや、何と申しましょうか――泉下《せんか》の怪盗ルパンさえ吃驚《きっきょう》を禁じ得ない光景でありましょう。ルパンばかりではありません。不肖《ふしょう》それがし――実況中継者――は齢《よわい》四十八になりますが、虫が泥棒を働く、ていうのを目の当たりにした事自体、生を得て初の事であります。知能犯による窃盗と、殺虫の重罪を併せた複合罪の現場を篤《とく》と、検分したのでありました。恐らくは、人類史上初のこの現場、現行犯のあらましを、お伝えしたのも何か、天の思《おぼ》し召《め》しでありましょうか。稀《まれ》なるこの実況中継したのはこの広島市地元のＲＡＣ、安芸

他のハチが捕らえた獲物を失敬するサトジガバチ

放送の八野でありました。それではこの辺りで広島市郊外の現地から失礼致します。

母ベッコウの決死行

梅雨が明けて真夏となった、七月下旬の事でした。

夜明けは早く、五時前に日は昇り始め、八時にもなると、その光線は公園にある青桐《あおぎり》の大きな葉っぱに、強く照りつけておりました。

クマゼミは朝っぱらから、シャーシャーシャーシャーシャーシャーシャーシャーと、大音声《だいおんじょう》で鳴き、午後になると今度は、アブラゼミがジージージージージージージーと、気怠《けだる》く鳴き騒ぎます。

暑くて長い夏の日が漸《ようや》く傾きかけた頃、一匹の母ベッコウバチが、公園近くの民家周辺を低く飛び廻っていました。これは羽が飴色《あめいろ》をした中型のハチです。

この母ベッコウは、子バチの餌を探し求めて、忙しく行ったり来たりしていましたが、夕刻に、とある家の軒下に、クモの巣を見つけ出すや、巣の端の方に蟠踞《ばんきょ》するクモに狙いを定めたのでありました。だが、それは最大のクモとされるオニグモでありました。固《もと》より、このクモ大王は巣にかかる色んな虫を待ち構えていたのです。

母ベッコウはオニグモを凝視《ぎょうし》した——自分より大きな相手と見据《みす》えた。負ければ、自分はこの

無二無三、突っ込むしかあるまいて

クモに食べ尽くされ、さすれば子らも餓死《がし》するは必定《ひつじょう》であろう。子らの顔が去来《きょらい》した。と、一閃《いっせん》、彼女の脳裏に甦《よみがえ》るものがあった。その記憶は、幼少の砌《みぎり》、慈母から何度も叩き込まれた教えであった――オニグモの巣に注意せよ。かかったらお仕舞《しまい》ぞ――と。母ベッコウは呪文《じゅもん》を唱えた――然《さ》は然《さ》なり然《さ》りながら然《さ》はさせじぞと然《さ》にならず――と。母ベッコウにとって呪文は、形のない護符《ごふ》であった。

母ベッコウは意を決した。そして、オニグモの巣中央よりやや下側に自ら突っ込んだのであった。正に乾坤一擲《けんこんいってき》の大勝負に打って出たのだ。

巣にかかったとみるや否や、オニグモ大王はベッコウ覚悟！とばかり、間、髪を入れず、自分の出糸突起《しゅっしとっき》から出す糸でベッコウを、ぐるぐる巻きにしかかった。と、その瞬間、将《まさ》に電光石火、母ベッコウは捨て身ともいうべき、一撃をオニグモの腹部に浴びせた。それは刺し違えと思《おぼ》しき渾身《こんしん》の早業《はやわざ》で、クモ・ハチ両者が転《まろ》ぶように地面に落下した。

オニグモは間もなく、母ベッコウの麻酔攻撃に気絶、止《とど》めを刺された。

母ベッコウは勝った。そして、倒した相手を獲物として、子らの待つ巣に持ち帰る事もできた。が、然《しか》し、母ベッコウも痛手を負い、明日からの狩りがどうなるのか、全く予断を許さない。

これが自然界の厳然《げんぜん》たる日常なのである。

それでも、母ベッコウは生ある限り、来る日も来る日も子のために、命懸けの狩りに出向き、強敵と相まみえ、死闘の限りを尽くすのである。

独断と偏見を斬《き》る

蛾に対する人間の眼差《まなざ》しは、略全《ほぼ》てが好意的ではない。
曰《いわ》く――姿形が醜《みにく》く、茶色系や黄色系の埃《ほこり》の如き粉（鱗粉《りんぷん》）を、撒《ま》き散らし不潔千万。殊《こと》に大型種は気味が悪い。
曰く――腹太に小頭の不気味さを有す上、夜には眼光鋭く光線を放つ。
曰く――飛翔型が支離《しり》滅裂《めつれつ》で、塀や壁に打《ぶ》ち当たったと思いきや、人間にさえ突撃して、顔に打つかるものすらある。
曰く――一度、何かに止まると、長時間静止したまま生きているのやら、何を企《たくら》んでいるのやら不審千万、可愛げが全くない。蝶類の艶《あで》やかさとは雲泥《うんでい》の差あり。
――等等、散散なる批評であるが、当の蛾は金輪際《こんりんざい》動じない。
十数万種類を擁《よう》する、蛾連合の代表としてヤママユは、人類の蛾に対する偏見を一刀両断の下に斬って捨てた。
「人間共の偏見と独断は古来、普天率土《ふてんそつと》に染《し》み透っているが、烏滸《おこ》の沙汰《さた》よ。聞き分けのない彼奴《きゃつ》らに申しても無駄であるが、僅かなりとも改心者の出現を信じて、不逞の輩《やから》共の言の葉を糾《きゅう》弾《だん》しようぞ——抑《そもそも》、カイコからは絹糸、わしらヤママユやクスサンなどからも、糸を提供してきた恩も忘れ、随分と身勝手な動物だで、人間てぇのは……近代では、我らの仲間であるススメガを模して、飛行機や戦闘機を製造している程ではないか。我らの鱗粉を不潔千万などと抜かすが、言語道断である。人の体毛と同様、蛋白質でできている、れっきとしたもの故、よく覚えておきな。勿論、毒などない。じゃあ、ドクガ・チャドクガは何だと、直ぐに短絡的反論で絡むであろうから、これにも先回りして申し添えておく。ドクガ・チャドクガは毒を持っているが、鱗粉

ヤママユ

に毒があるのではない。幼虫時の毒針毛が成虫となる過程で、その毒針毛が繭《まゆ》に付き、更にその後、成虫に付くという寸法だ。まあ、ドクガ類だけは注意されるがよろしい喃《のう》。次なるは、我らの幼虫についてだ。この時代の形態を称して、イモムシ、ケムシ、シャクトリムシ等等としたのも人間である。この是非についてはー応置いておくが、これらは総じて人気はなく、怨嗟《えんさ》の的となっており、別名「大害虫」と烙印《らくいん》されている始末だ。迷惑千万なるこうした呼び名も、身勝手な人間の仕業《しわざ》と言わざるを得ない。一方的な観点が許されるなら、人間こそは「大害人」であるぞ。わしらから言わせればな。立場が逆になれば、正反対になるのさ、当たり前の事だで。わしらの幼虫だって、野菜や果樹を食い荒らすとされるが、一方でハチ他の昆虫やクモ、小鳥の餌となって、この大自然のバランスに必須となっているは、言う迄もないのだ。勝手千万は程程にするがよろしい喃。独断や偏見はまだまだあるぞ。独断と言うか独善とするか、いずれにせよその最たるものが、守られもせず、反故《ほご》にされ、不履行ばかりの約束事を定めたり、交わすのは何故であろう。摩訶《まか》不思議と言わざるを得んのである。例えば、道路交通法上の制限速度四十キロの道路があったとする。それは平坦で略直線、幅員二・五メーターの一車線の舗装道路である。住宅街にあり混む事も先ずない。その道路を通行する自動車の運転手は、その法律を如何《いか》程の割合で遵守《じゅんしゅ》しているであろうか。我が畏友《いゆう》のカレハガ殿が、その実態を調査した実績がある。今申したその道路に於《お》いてである。詳細に申すと、その場所は川崎市多摩区にあり、九月一日、金曜日、午後三時から行ったもので、天候が晴れ時時曇り、気温三十三度であった。我が友のカレハガ君は、その道路の中央分離帯に植栽されている、桜並木中の気に入りの一本に止まって観測したという訳よ。交通量の少ない住宅街の道路で観測地点は、信号と信号間凡《およ》そ四三〇メーターの略中間点であった。交通量は少ないものの、百台が通過し終えた時刻は、三時十四分であった。百台の内訳――バス四台、軽トラックを含むトラック二十八台、乗用車六十八台であったそうな。結論――四十九キロ以下での走行は、遵守したものとして、その合計はたったの十一台であった。つまり、略九割が法律を犯していたという訳よ。斯様《かよう》な単簡《たんかん》で容易な法律が守られない人間に、国際間で纏《まと》まった条約等の約束事が、遵守されようはずもない。例えば、第一次世界大戦（一九一四～一九一八年）終結後、英・仏・米の連合国側主導で行われた、パリ講和会議からその後の国際秩序は、ベルサイユ体制とされ、主要敗戦国の独にとっては、懲罰的、報復的なものに他ならず、その内の賠償金に至っては、天文学的な途方もない額であった。ために、独の経済は破綻《はたん》、凄《すさ》まじいインフレを惹起《じゃっき》させた。その一例を示すと、一九一四年（大戦勃発の年）に、一ドル＝四マルクであったものが、一九二三年には、一ドル＝四兆マルクと、これ又天文学的数値に迄、マルクは暴落した。これ即ち、缶ビール一本が二五〇円であったものが、数年後には同、二五〇兆円になったという次第よ。冗談にもならない事が起きるのが人間世界であるな。尤《もっと》も、一九三二年にはナチス政権により、対外賠償は破棄されたのであるから、これをみても、人の世の条約なんざあ、屁《へ》の突っ張りにもならぬもんだあね。ついでに申せば、ナチスドイツは、一九三三年に国際連盟を脱退、一九三五年にはベルサイユ体制の軍事条項を破棄して、再軍備に直《ひた》走る事となる。それにしても、人間界に於ける戦争後の沙汰を観ていると、滑稽《こっけい》千万なり。勝った方（国）が、負けた方（国）に懲《こ》らしめの如き、領土の割譲《かつじょう》や賠償金を出せとしているのであるから、わしらに言わせれば、本末転倒の大倒錯《とうさく》さ。大戦を終えたばかりの交戦国は、共に大損害を蒙《こうむ》り疲《ひ》弊《へい》しているが、敗戦国はその極《きょく》にあろう。それこそ、息も絶え絶えの瀕《ひん》死《し》状態と言ってよかろう。これに莫大《ばくだい》なる賠償金他を課《か》すのであるから、そんな余力は全くないはずだ。到底《とうてい》不可能なのである。謂《い》うなれば、死者に鞭《むち》打つようなものだ。根強い恨《うら》みを晴らそうとて、そのものから何も出てはこない。ま、わしらなら、過去は全て水に流し、勝者が敗者に救済の手を差し伸べてやるがな……。恩讐《おんしゅう》の彼方に——だよ。この世に生かされている、わしらも人間もな」

銘蝶殿堂

ある年の仲秋、蝶界は他の昆虫二十種の協力を得て「蝶界コンテスト」を実施致しました。人間界で謂《い》う所の「人気コンテスト」と同類のものであります。
その結果、日本に棲息《せいそく》する蝶類凡《およ》そ二百四十種の中で、選ばれた上位十傑が以下の通りでありました。

コンテスト上位十傑（ベスト10＝五十音順）

アオスジアゲハ
オオゴマダラ
オオムラサキ
カラスアゲハ
キチョウ
キリシマミドリシジミ

ホシミスジ
ミヤマシジミ
モンキアゲハ
モンシロチョウ

　さて蝶界では、この上位十種間で決戦投票を行う段となり、優勝者以下、確定順位を決める事となりました。審査員も前回とは異なる、三十四の各種昆虫に委嘱《いしょく》、快諾《かいだく》が得られた次第であります。選ばれた昆虫は各種族に偏《かたよ》りなきよう、又、外見上の派手さ、地味さ等にも配慮し、公平、公正を期しました。その審査員種を以下に列挙《れっきょ》します。五十音順。

　アオカナブン、アオゴミムシ、アメンボ、エンマコオロギ、オオクロヤブカ、オンブバッタ、カイコ、キイロスズメバチ、キンバエ、ギンヤンマ、クルマバッタ、クロオオアリ、クロカメムシ、クロタマムシ、コカマキリ、ショウジョウトンボ、スジモンヒトリ、セグロアシナガバチ、ツクツクボウシ、ツチイナゴ、テントウムシ、ニイニイゼミ、ハグロトンボ、ハンミョウ、ヒトノミ、ヒラタクワガタ、ベニカミキリ、ベニスズメ、ヤブキリ、ルリボシカミキリの以上三十種類の多岐《たき》に亙《わた》る昆虫であります。又、審査委員長には、昆虫界多くの種から推挙《すいきょ》されたムカシトンボがその任に当たります。このトンボは、一億五千万年前の恐竜全盛の太古の時代から生き続けている種で、この地球上の全生物を知り尽くし、就中《なかんずく》、昆虫界の生き字引とされる程の権威《けんい》でありまず。現在では、ヒマラヤ山中と日本の渓流のみに棲息するという、超貴重種でもあり、個体数も僅少とされております。このムカシトンボが日本に棲息する所以《ゆえん》は、この国がとんぼ王国であるを知っているからなのでありましょう。古より日本は、神秘の国であり、とんぼ王国でもあったのです。何故そうであったのか。彼らが棲《す》むに適した環境として、気候が温暖且つ適当な湿潤である事が第一でありますが、各種とんぼが棲息する適地が、どうであったかという点でありましょう。その条件に適《かな》うのが、日本という国なのです。開発という名のもと、地球規模での自然破壊が止めどもなく昂進《こうしん》、日本も同様に指摘されて久しいが、それでも今日尚まだ、都会地を離れると、小川、山野、湿原・湿地、渓谷・渓流、池、湖沼、田畑等等が相当残っている現実があります。これらがとんぼ類にとって、格好の至適環境と言えるのであります。が、とんぼ王国の謂われは、それだけではありません。抑《そもそも》、神国日本の古の国名は「秋津島（あきづしま・あきつしま）」でありました。紀元前六六〇年に即位された神武初代天皇が、大和（現奈良県）から国見をされ、その風景を「蜻蛉の臀呫《となめ》の如し」と仰《おお》せられたとされます。「臀呫」とは、とんぼが雌雄連結で、丸まった状態で飛ぶ様とされます。とんぼの古名を記すと「蜻蛉」又「秋津」であり、読みはいずれも「あきづ」或いは「あきつ」でありました。叙上《じょじょう》の歴史的背景からも、この国は古来、とんぼの島（国）であり、現代の「とんぼ王国」に通じるという訳であります。

事実、棲息するとんぼの種類も凡そ百八十種と言われ、世界一とされているのであります。主題から逸《そ》れた、とんぼ王国の講釈が長引きましたが、本題の蝶界コンテストに戻します。

愈《いよいよ》、蝶界コンテスト決戦の日となりました。晩秋十一月上旬、好晴の中、場所は都内の「蝶類博物館」での開催です。三十にも上る審査員の評価ポイント項目と、点数配分の内訳は左記のようにされております。尚、前回のポイント点数は、今回の審査員に公表せず、それは潜在的思惑《おもわく》にも配慮したという訳であります。


【評価ポイント項目と配分】
①優美性……30点
②固有のそのものが有す特長……20点
③清楚性、庶民性等……20点
④強力性、協調性等……20点
⑤その他（特異性、色彩性、知能性等）……10点
以上、合計百点満点であります。

審査員三十による採点総計は当然、一候補につき三千点満点となるが、評価を簡素に表示させるため、（総計点）÷（30）とする。これによって、最終評価が百点満点となる訳であります。

尚、計算の結果生じた小数は、小数点未満を、四捨五入するとされております。

午前十時に開始された本大会で、三十審査員が十種の採点票を投じ、係員がその集計をし終えたのは、夕方四時近くでありました。日没の早いこの時期、会場周辺は薄暗くなっておりましたが、蝶類を始め各種昆虫らの大観衆を呑み込んだ会場内は、熱気に溢《あふ》れ返っておりました。

さてさて、四時過ぎ、審査委員長代行で司会のアオカナブンが壇上に立ち、発言致しました。

「本大会の優勝者及び確定順位発表に先立って、代表出場十種の講評を公表致します」

と、自分では洒落《しゃれ》たつもりの澄まし顔で宣言しました。そして、その講評が壇上正面壁上方に設置された、大スクリーン五基に映し出されました。向かって右から出場十種の五十音順に、一基につき二種の講評が、表示されたのでありました。

ではそれを左に転記致します。


アオスジアゲハ……リズミカルな飛翔と、前後羽にある美しく鮮明なる青水色の帯（筋）が、動と静を織りなし、宛《さなが》ら、大自然界の美の頂点に君臨する一種と言って過言ではあるまい。

オオゴマダラ……数ある蝶の中でも、その幾何学《きかがく》的模様は、極《きわ》めて独創的であり、他に類を見ず、大型と相俟《ま》って迫力十分である。非常に個性的なその幾何学模様は、直線、曲線を自在に操り、水玉模様や蝶形模様、白抜きもある。影絵を散りばめたような部分もあり、白地に黒模様の単純明快な自然造形美の最高峰の一つであろう。残念な事に、本土には殆《ほとん》ど観られず、主に南方の島嶼《とうしょ》部に棲息する。

オオムラサキ……日本の国蝶である。オスは紫色の恰《あたか》も、宝石の如き色彩と模様を有す。雑木林に縄張《なわば》りを設け、侵入者（虫）には容赦《ようしゃ》なく鉄拳《てっけん》を浴びせる。蝶界第一級の強者でもある。優美さと強さで群を抜く。

カラスアゲハ……名前こそ小憎たらしいが、一際大型なアゲハである。羽は金色、銀色、螺鈿《らでん》を巡《めぐ》らせ、青色から緑色の鱗粉《りんぷん》を散りばめ、光輝く蝶の最右翼。

キチョウ……中形のすっきり感が特徴で、黄色系では第一級の蝶であろう。羽の大部分が鮮黄色で、前羽の外縁の黒色部が濃く、黄色と黒の対比が素晴らしい。モンシロチョウと共に比較的、身近に観られ郷愁を誘う懐かしさも有す。活動期間も長い。

キリシマミドリシジミ……蝶類にしては珍しい緑色を基調としており、対馬などに地理変異したものがあり、得も言われぬ雅趣《がしゅ》と神秘さを持つ特異なシジミチョウである。

ホシミスジ……一文字や二筋、三筋模様を有する蝶類の代表。夜空に星を散りばめた様が風流で、或いは夜景のようにも見える。前羽と後ろ羽にまたがる「つ」の字模様が夜の曲線道路での遠近感の如き、奥行きがある。

ミヤマシジミ……オスの表が瑠璃《るり》色、裏はくすんだ白地に、黒点や小さな黒玉を多数散らし、その黒点の中には青緑色に輝く鱗粉を持つ。縁は薄オレンジ色を呈し、裏側さえ可憐な蝶である。

モンキアゲハ……黄白色の大きな紋が優雅な上、後ろ羽側部辺縁には、赤い三日月模様の紋をも有す。美麗で可憐、清爽《せいそう》さも兼ね備えている。後ろ羽の尾状突起が太く雄大さを醸《かも》す大型アゲハである。

モンシロチョウ……古来、園児や学童に歌われてきた「てふてふ（ちょうちょう）」

オオゴマダラ
（マダラチョウ科）

オオムラサキ
（タテハチョウ科）

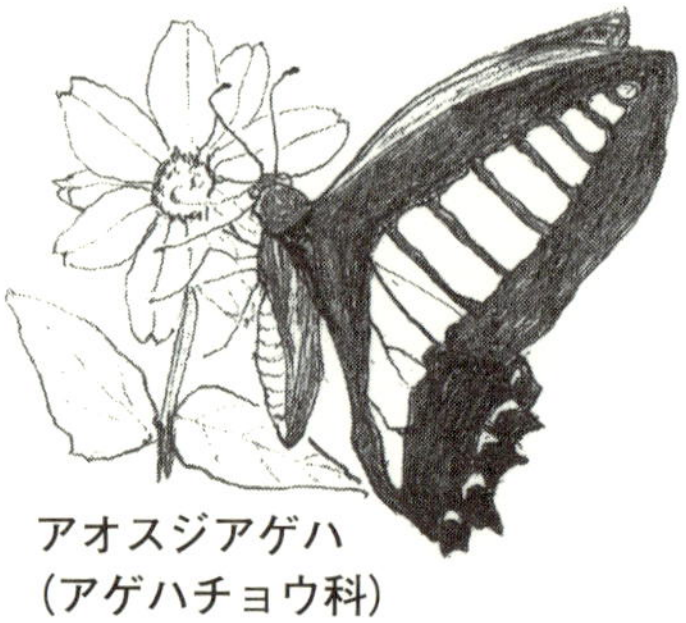
アオスジアゲハ
（アゲハチョウ科）

の主人公で、楚楚《そそ》とした清純派の代表。物心ついた人類の子供が、最初に目にしたり、採集の第一対象となる、庶民派代表でもある。幼虫の青虫も馴染《なじ》み深く、蝶類の代表ばかりでなく、汎《はん》昆虫の代表と言って過言ではない。大自然が崩壊しつつある今日、その姿は人間共の救いでもあろう。

さて、司会による代表十種の短評も終わり、愈、注目の委員長による総評となり、優勝蝶や確定順位が発表される時間となりました。

徐《おもむ》ろに登壇したムカシトンボ委員長は、冒頭、会場の衆と大会関係者に、謝礼の辞と犒《ねぎら》いの言を述べ、本題の発言に入りました。以下にそれを示します。

「九十五万種もの厖大《ぼうだい》なる昆虫界の中でも、一際光彩を放つ部門が、申す迄もなく、本日の主役たる蝶類であります。その中で選び抜かれた十種で更に、甲乙をつけようとするのが、本大会の主旨でありました。然《しか》るに率直に申し上げて、三十審査員の多くは、採点に苦慮したのであります。それは人間界で謂う所の――『いずれが菖蒲《あやめ》か杜若《かきつばた》』であり『春蘭秋菊《しゅんらんしゅうぎく》』であり『兄《けい》たり難く弟《てい》たり難し』との比喩《ひゆ》に似た心境ではなかったかと存じます。実際、三十審査員による十種の採点を観ると、全てが97点から93点の範疇《はんちゅう》にあり、トップタイが三種もあった程であります。仔《し》細《さい》を申せば、上から97、97、97、96、95、95、94、94、93、93点でありました。仮に、敢《あ》えてこれを以て、順位を付けたとしたなら、無意味なものになってしまうでしょう。そこで三十審査員にも諮《はか》り、全十種が優勝という計らいに致したのであります。何卒、こうした間の経緯・事情をご賢察賜《けんさつたまわ》り、昆虫界各位及び蝶界のご了承を頂きたくお願い申し上げます。その上で、今一つお願い旁《かたがた》、提案申し上げます。本日この開催場所である『蝶類博物館』の一角に『銘蝶殿堂』を設け、代代の銘蝶を展示し、後世に伝えたいと存じます。その初代銘蝶として、本日のこの十種を先ずもって、列したく思量致した次第であります。爾後《じご》、三年に一度程度の選考委員会を開き、殿堂入りの銘蝶を選抜致したく存じます。就《つ》いては、選考委員会の構成を下記と致したく、ご協力の程よろしくお願い申し上げます。先ず本家本元の蝶界からは、アゲハチョウ科—一、シロチョウ科—一、シジミチョウ科—二、マダラチョウ科・タテハチョウ科・テングチョウ科で二、ジャノメチョウ科—一、セセリチョウ科—一の計八匹。次に、蝶界以外では、ガ類で二、甲虫類で七、バッタ類で二、トンボ類で二、セミ類・カメムシ類他で二、ハチ類で二、アリ類で一、ハエ類・アブ類・カ類他で一、上記以外で三の計二十二匹、蝶類を含む合計が三十四匹となります。原則このメンバーで、選考委員会を構成致したいと存じます。如何《いか》がでしょうか。会場の皆様、関係者各位の忌憚《きたん》なきご意見を賜りたく存じます」

ムカシトンボ委員長は斯《か》くの如く結びました。アオカナブン司会も、意見発表を促しましたが、会場からも、役員他関係者からも異存なしの声が次次と沸《わ》き上がり、委員長による三大案件である①本日の決戦に臨んだ十種の蝶を、全て優勝者として表彰する　②蝶類博物館に「銘蝶殿堂」

を設けて、初代銘蝶に本日の十種を展示し、列する　③今後、三年に一度、殿堂入り蝶を選考する。その方法と選考委員の提案――が滞《とどこお》りなく可決、決定されました。

日本には棲息しないが、世界には数多《あまた》の美麗《びれい》なる蝶が存在する。一例を挙げるなら、スマトラ島などのオビクジャクアゲハ、ブラジルなどのアナクシビアモルフォ、ニューギニア島などのメガネアゲハ等である。願わくば、世界の蝶類を始め全昆虫の繁栄、弥栄《いやさか》を祈る次第である。

都《と》鄙《ひ》ガラス

昔昔、初夏の洛北《らくほく》郊外の事でした。

四羽の雛鳥《ひなどり》が樹上にある巣内で、親鳥から餌を貰って、盛んに啄《ついば》んでおりました。これは巣立ち真近の烏《からす》でした。

親鳥夫婦は前もって決めていた事を、明日旅立ちさせる四羽の子に言い渡しました。それはこうでした。四羽の内、二羽は洛内《らくない》の中心で、残る二羽は、人跡稀《じんせきまれ》なる山奥で生きるようにとの命令伝達でありました。四羽はここ幾日も飛翔の稽古《けいこ》をさせられておりました。

翌日早朝、親鳥夫婦は手分けして、子らを連れて巣立ちさせました。父親は二羽を連れて、三十分余りも飛翔、丹波の国の山奥にやって来たのでした。父子は杉の枝に止まり、そこで父鳥は、二羽に叱咤《しった》激励致しました。

「ここで生きるためには強くなる事だ。敏捷《びんしょう》性も磨けよ。食い物、獲物は鼠《ねずみ》や栗鼠《りす》、蜥蜴《とかげ》、川魚などの小動物を捕れ。腕が上がれば、蛇も狙えるんだ。但し、頭が三角形をした奴は毒蛇じゃ、注意しろよ。小鳥や昆虫も餌としなければならん。選り好みなんぞするなよ。人間は少ないが気をつけろ。達者でな、さらばじゃ」

一方、洛内中心に連れて行った母烏も、別れ際、二羽に助言しました。

「ここには仇敵《きゅうてき》の人間が大勢いるから、十分に注意しなさい。刀なんぞも持ってるからね。食べ物は、その人間が残した物を漁《あさ》ったり、人が外で食べる弁当の中味を、上空から急降下して素早く、掠《かす》め取ったりしなさい。その技も必要よ。それに、都でも野犬や野良猫、狐、狸なども出没するから、絶えず緊張して生きるのよ。では元気でね、さいなら」

この洛内組二羽は兄妹で、暫《しばら》くは梢《こずえ》に停止したまま辺りを眺めておりました。今から後は全て自分達でやらなければなりません。先ず、塒《ねぐら》と食料確保が急ぎの問題です。見渡せば、都会と雖《いえど》も木木は多いようで、夜はそのいずれかに止まって休めば、何とかなりそうでした。然《しか》し、食べ物となると、差し当たってどうすべきか、全く当てがありません。そこで二羽はとにかく、この洛内の低空を飛んで、下界を観察する事にしました。

母親から仇敵ぞとされた人間共は、ここかしこに仰山《ぎょうさん》見られ、彼らの一部は、奇妙な物さえ所持しております。固《もと》よりそれは、武士らによる刀や弓でありました。初めて目にするのはそればかりではありません、馬や鳳輦《ほうれん》、牛車《ぎっしゃ》、寝殿造りの御殿など、瞠目《どうもく》すべきの多さに、驚嘆措《きょうたんお》く能《あた》わずの態でありました。二羽は尚も興味深く観察を継続しました。太陽が高くなる頃、人間共の一部は、庭園や川辺他で、破籠《わりご》と称する携帯の食器に入れた、中食を使うようである。ははあ、これだな、これを狙えと仰《おっしゃ》ったのだな、母上は――と、二羽はそう悟ったのでありました。が、これを掠め取るとは容易な話ではありません。二羽は嘆息を禁じ得ないのであります。両親が申された事には、我が種族にとって、人類は不倶戴天《ふぐたいてん》の敵であるそうな。彼らは、素手でも我らに向かってくるが、本日の観察では武器さえ所持しているではないか。斯《か》くの如き強敵を向こうに回せとは、何という危険極《きわ》まりない事か。娑婆《しゃば》の姿を初見した幼若鳥は、恐れ戦《おのの》きつつも、先天から備わった、あの不屈魂を次第に募らせたのであります。更に兄妹鳥は、強敵に勝ち、獲物を得る方策について、その夜、塒とした大木の上方の枝で語らい続けたのでした。彼らの武器は嘴《くちばし》と頭脳である。強靭《きょうじん》なるものとなれば、嘴が唯一であろう。それで、人類や犬猫、狐狸、鳶《とび》などの強敵と戦わねばならんのである。しかのみならず、食料調達を果たさねばならんのである。明日、夜が明ければ早速、この武器での練習を行おう。先ず相手は子犬や子猫を照準とする事を、二羽は決めました。実際、翌日から、生存のためにこの二羽は日日、格闘の練武《れんぶ》に励みました。その結果、嘴は徐徐に研ぎ澄まされ、愈《いよいよ》尖《とが》り、太く、強大化したのでありました。後世謂《い》う所のハシブトガラスとなったのである。この二羽こそが、その祖なのであった。

　転じて、山奥に暮らす事となった、二羽はどうであったろうか。これらは、四羽の内の三番目と末の、きょうだいであった。姉弟である。親鳥から教えられた通り、人間の姿は稀である。僅かに、樵《きこり》か狩猟人、もしくは世捨て人程度だ。仍《よ》って、人間を敵とする場合は先ずあるまい。父親によれば、ここでの食料は鼠、栗鼠、蜥蜴、川魚、小鳥、昆虫等等とされた。即日、二羽はそれらを、飛びながら鳥瞰《ちょうかん》、或いは地面を跳び歩きながら、探してみたが、全く見当たらない。これには早早に困窮《こんきゅう》した。初の体験というのもあろうが、意想外であった。山間部にしろ、平地主体の田畑地にしろ、田舎は総じて大自然に恵まれ、広広としているが、獲物となりそうな小動物が、そこかしこに観られる訳ではないようだ。天敵の目を避け、巣穴などに隠れてもいるのか。余程《よほど》、性根《しょうね》を入れ鵜《う》の目、鷹《たか》の目、烏《からす》の目で俯瞰《ふかん》し探求しないと、御馳走には与《あず》かれそうもないのだ。これでは、この身が持たんぞ。ようし、明日こそは捲土重来《けんどちょうらい》だ――二羽には期するものがあったのでした。

　翌朝、まだ暗い内から二羽は、山奥に多少ある野に出《い》でてみた。今度はじっくり観察しようとして、灌木《かんぼく》に止まって地面を主体に、周辺を見廻した。季節は青葉若葉が茂り、野草が萌《も》え立つ候である。ふと、二羽の目に入った。それは荒地の草葉の間に、ちょろちょろする小動物であった。何か分からんが、生き物には違いあるまい。三寸前後の大きさなら、食い物になりそうである。父親が注意せよとした、三角頭の「へび」ではなさそうだ。よし！　とにかくこれを捕らえてみようと、姉が弟に告げ、自ら飛び上がり、直ぐに空中から舞い降り、着地した。が、そこには何もおらず、がっかりしただけであった。御負《おま》けに、着地の拙《まず》さからか、足の痛みさえ覚え、狩りの手始めは散散なものであった。気を取り直して又、辺りを見廻した。すると、やや遅れて着き、一緒にいた弟烏が、見付けたものがありました。それは、地面を草葉で隠すようにした所にあった、二寸程の穴でした。二羽は同じ洞察《どうさつ》でした。対策も同様でした。おや、これはさっき観た生き物の巣穴ではないか。それがここに逃げ込んだのじゃな、と。されば、少少離れた所に身を潜《ひそ》め、奴さんが出てきた所を捕まえてやるわさ、と。実の所、全て二羽の透察《とうさつ》通りでしたが、肝腎の地下住人が穴から這《は》い出てきません。もう、四半時（現代の三十分）余りも、じっと待ち続けた二羽には試練の持久戦となりました。諦《あきら》めてここを後にしようかと、相談し始めた時、相手の鼠がきょろきょろと、顔を覗《のぞ》かせました。はたと、二羽が駆け寄ったが、一瞬で野鼠は、その身を沈めたのでありました。二羽の感情は昂進《こうしん》、交互に嘴を穴に突っ込み、咥《くわ》え捕ろうとしましたが、手応えはありません。激情家の二羽は、見えぬ相手に怒り心頭に発し、やたらと、穴をほじくり廻したのでした。ために出入り口から、三、四寸程の深さ迄

都ガラス（ハシブトガラス）

鄙ガラス（ハシボソガラス）

の土が崩れ、散らばって終《しま》っただけであった。かくして二日目も成果なし。唯、野鼠の巣はどこにあるかだけは知り得た。姉弟鳥は空腹のまま、飲み水を求めて大空に飛び立ったのでした。

夕されて、虚《むな》しく樹上の塒に戻った二羽は、熟熟《つらつら》反省を重ねた。勿論、獲物を得るための方策である。ここでは、小動物をその巣穴から引っ張り出せれば、大した危険もなく、事が運ばれそうである。その巣穴は野鼠を始め、樹上に営巣する栗鼠や啄木鳥《きつつき》などのそれも狭くて細長い。仍って、我らの唯一の武器である、この嘴をより細長く、鋭利にせねばなるまい。きょう日中の学習は徒労《とろう》ではなかったのだ。明日からは早速、獲物を探しがてら、啄木鳥などの空の巣に、嘴を突っ込み、突っ込み、出し入れ出し入れし、その武器の鍛錬《たんれん》に励もうぞ。二羽は互いに誓い合いました。

元来、鳥は鳥類きっての智能を有し、勉強家、熟慮断行家《じゅくりょだんこう》でもある。後の連綿《れんめん》たる代代も、日日鍛錬を欠かさず、悠久《ゆうきゅう》の時を経て、現代のハシボソガラスとなったのである。この二羽こそ正に、その祖である。現在でもこの種は、郊外や田舎を本拠地としているのである。

環境と命運

その仁は喜寿《きじゅ》を迎えようとしておりました。

その老爺《ろうや》は遥か昔日の幼少時代から今日、変わらぬ「昆虫党」を自負しておりました。既に還暦《かんれき》の頃より、時間的余裕を、草花栽培と虫類観察に当て、今では自らケージを製作し、その空間にカマキリを入れ、生態を観察するという凝《こ》り性でもありました。そのケージは大型虫籠とも称すべき物で、縦、横、高さが共に約五十センチの立方体様でありました。側面には細かい網状の物で覆《おお》い、地面に接する底に、培養土を高さ十センチばかり入れ、そこに矮性《わいせい》の百日草（ジニア）を九本植えて、小型の花壇風に設《しつら》えました。

六月下旬、その老人は付近の叢《くさむら》で捕獲した、体長三、四センチ程の「青少年オオカマキリ」を持ち帰り、そのケージに入れ、一日おきに生き餌を放り込んでやっておりました。それらはチョウ類やガ類、ハエ類、小型のバッタ類、クモ類、ゴキブリ類等、身近に捕らえられる物ばかりでした。全く同じ餌ばかり与えると、食思《しょくし》が振るわず、活力が低下するので、こまめに献立を考慮してやっているのでした。

そうそう、カマキリは「大酒呑み」ならぬ「大水呑み」故、頻繁《ひんぱん》なる水やりも欠かせません。

百日草への灌水《かんすい》時には、株元の培養土だけではなく、茎葉にも「葉水」をやり、これらに水滴を拵《こしら》えます。さすれば、カマキリは欣喜雀躍《きんきじゃくやく》して、その水をごくごく呑むのであります。

そうした日日を過ごした八月下旬のある日、隣にある三十坪程の空き地の叢に棲《す》む、同種カマキリがケージに近付き、外側から中にいるカマキリに話しかけました。

「お前さんはいいなあ。自分で餌を求めて狩りをしなくても、定期的に人間（住人である主《あるじ》）から御馳走や水を貰えるのだからなあ」

と羨《うらや》み、歎息《たんそく》したのでした。

すると、ケージ内のカマキリは直ぐに反駁《はんばく》しました。

「わしは『篭の虫』であるぞ。自由も何もなく、この狭い空間で一生暮らさねばならんのだ。座《ざ》敷牢《しきろう》同然だ。お前らが羨ましい限りだ」

「贅沢《ぜいたく》言うじゃあねえか。一日おきに色んな御馳走を貰ってなあ。俺らは下手をすると、一週間も十日も食えねえのだ」

「それはお前の狩りが拙《まず》いからだ。この時期、頑張れば毎日、獲物に事欠かないはずだぜ」

「それでも君はその篭から逃げようとしないではないか」

「篭の虫にどうしてできようぞ。妙案があるなら教示してくれ給《たま》え」

「君はぼんくらか。篭の鳥でも智慧《ちえ》ある鳥は――ではないが、網と土が接している所を、我らのブルドーザーの如き強力なる前脚で、掘っくり返せば外に出られるぜ」

この斬新《ざんしん》なる外カマキリの提案に、内カマキリはケージ内で思わず、膝《ひざ》を打つが如くに前脚を翳《かざ》す様にして、体軀《たいく》を反《そ》らしたのでした。そうして曰《いわ》く、

「おお、そうか。わしはうかとして思いも寄らなんだわね、ほんの事――。君は大したもんだわね。上手くそこから出入りできるようになれば、わしら二人の境遇をそっくり逆にしてみるかい――」

「願う所だ。では早速、明朝五時頃でどうだ。俺が又ここにやって来るから。その時分なら、お前さんの主もまだ起きてはいまい」

「心得た。君が申す様に、網と土が接している部分の、南東角を、わしは内側から、君は外側から迅速《じんそく》に掘り返して、行き来可能としようぜ。ではその時にな――」

「オーケー、ではな、あばよ」

翌朝、この二匹のカマキリは、いずれも約した時間よりも二十分前の四時四十分前後に姿を見せ、早速ケージ（大篭）の内外から、南東角の土掘り除き作業を行い、二十分程で、出入り可能な状態に仕上げ、直ちに入れ替わって、別れました。

さてさて、生活環境が劇変した、双方のオオカマキリの、その後の運命や如何《いか》に――。

ケージ（大き目の篭）から普天率土《ふてんそっと》の大下界へと羽ばたいたカマキリの方は、その感激もそこ

そこに、食料漁《あさ》りの問題が当然、焦眉《しょうび》の急でありました。何様、少年時代の六月下旬から丸丸二か月余りもの長期間、自らは全く狩りをしておらず、唯、主から隔日毎《かくじつ》に、様様な御馳走を頂いたという次第で、狭いケージ内での、これらの捕獲はいとも、楽ちんでありました。

細叙《さいじょ》した通り、多種類の餌を隔日毎、放り込んでくれるという事は、縦令《たとい》、ケージ内を飛び廻ったり、跳びはねて恐いカマキリから逃避しようとする、餌の虫があろうとも、せいぜい、数日の内には次第に弱って、地面に落下したり、動きが緩慢《かんまん》となるは必定《ひつじょう》でありました。それ故、篭内で与えられ、放たれた餌の虫類は遅くも数日内には、悉《ことごと》くオオカマキリの御馳走となる訳でありました。つまり、主から貰った生き食料に対し、食《は》み頂いた割合は略《ほぼ》百％という実態でありました。斯《か》くの如く食生活に関しては、質量共に何ら不足はなく、寧《むし》ろ、人間界で謂《い》う所の「飽食」の様にも、傍《かたわ》らの同種カマキリらには映っていたのでした。

然《しか》し、それ以外の殊《こと》に住環境を観るならば、あの五十センチ四方・立方内での有様は、恰《あたか》も、動物園内に於《お》ける虎やライオン、或いは鳥篭内の目白《めじろ》の如き、窮屈《きゅうくつ》この上なく圧迫感に日日苦しめられ、強いストレスに襲われていたのでもありました。

そうした住環境から、人間の多い都会の一角ながら、自然の中に放たれたカマキリでしたが、叙上《じょじょう》の様に、長期間、本来の狩りから遠ざかっており、果たして狩りが上手くゆくものか、自信はありませんでした。

実際、餌となりそうな虫は少なからず目の当たりにするものの、それらに忍び寄るも下手で、至近に寄る事ができても、今度は肝腎なる捕獲が上手くできません。最後に、わっと跳びかかるタイミングが適切でなく、相手に逃げられて終《しま》うのです。幾度《いくど》試みても、全ての動作運動に鋭さが欠如しており、野生の性《さが》を喪失《そうしつ》したとしか考えられません。

老いさらばえた、一頭の野生オスライオンの彷徨《ほうこう》に似てもおりましょうか。三日後、空腹のまま、ぼんやりと疲れた体を草葉上に横たえていた所、そこに大きなメスオオカマキリが出現したのでした。本来なら、そうした折、オスは自己子孫を遺《のこ》すべく、交尾に向かうはずでありますが、すっかり去勢《きょせい》された意気地ない醜態《しゅうたい》をメスの眼前に晒《さら》し続けたままでした。

これを野生の強力メスが見逃すはずがありません。オスオオカマキリは為す術《すべ》もなく、一瞬の内にそのメスの餌食となったのでした。

大自然の下に解放されたかと思われたオスオオカマキリではありましたが、僅僅三日後、同族のメスオオカマキリに食い殺され、敢《あ》えなき最期《さいご》となったのでした。

他方、ケージ（大篭）内のカマキリを羨み、謀略をもってそれと入れ替わり、そこに闖入《ちんにゅう》したオオカマキリの運命は如何がしたものであったのでしょうか。

カマキリの姿や形だけを、人間から観れば、その差異《さい》を識別する事は至難の業《わざ》であったと言えましょう。

然し、この闖入した野生のオオカマキリには、主から与えられた餌を、上品に頂く術が備わってはおりませんでした。空腹の上、ケージに入った当日は、休食日であり、翌日の昼前になって漸《ようや》く主が現れたのでした。暫《しば》く主は篭内のオオカマキリを凝視《ぎょうし》しておりましたが、二、三分後、やおら、餌としてのセセリチョウを三匹、投げ入れました所、空きっ腹カマキリは、この小型のチョウを、素早く捕獲し食さんとして、跳びはね廻り、先の住人とは明らかに異なる運動を示したのでありました。こうした食い意地汚い動作を目の当たりにした主は、当該個体が昨日迄の飼育し馴致《じゅんち》させた、あのカマキリとは違う個体である事を看破《かんぱ》したのでした。

主は左の如くに感知したのでありました。この不躾《ぶしつけ》なるカマキリが元からいた住人を食い殺し、このケージ内を我が物顔で跳梁跋扈《ちょうりょうばっこ》しているに相違ない。然もこの事変は昨日今日の事であろう――と。

主は眼前のカマキリに激しい憎悪《ぞうお》を抱き、入念に出入り可能な箇所を石やブロックで封鎖し、餌の投入も中止したのでありました。牢獄《ろうごく》と化した、ケージ（大篭）内の、このオオカマキリの運命は容易に察せられましょう。

両者共、「滄海桑田《そうかいそうでん》」の如き、環境の劇変に順応できず、短時間の内に破滅に至った理由は何であったでしょうか。欲に目が眩《くら》めば、現状を失い、生命の危険にも晒される事を肝に銘じるべきであります。

隣家の花は美しく、芝生は青く見えようとも、己の現状生活に感謝を忘れず、他者の生活を羨まず、日日努力を積み重ねなければなりません。

神の國の虫

暮れ泥《なず》む夏至の候の事でした。神の在《ま》します出雲の國、出雲大社に程近い山林には、ブナやクヌギ、ナラ等の高木廣葉樹が、新緑を茂らせております。その中で一際、目立つ喬木が一本ありました。それがブナ科の落葉廣葉樹で、クヌギでありました。十米《メーター》近くの高さに育っており、秋にはどんぐりが実る樹木の一つです。曾《かつ》ては木炭の材料にもされたものでした。

この時期の夜明けは早く、五時頃には仄仄《ほのぼの》と明るくなり、七時頃からは早早各種昆虫が、このクヌギに集まり始めます。勿論、申し合わせて集結し談笑する訳でもなく、會議を開くものでもありません。全ては、このクヌギの樹液を求めて、どこからともなく來たるのでありました。その主な來訪者を挙げるならば――

先ず、蝶類では國蝶で有名なオオムラサキ、アサギマダラ、キタテハなど。蜂類ではオオスズメバチやセグロアシナガバチなど、甲虫類では、カブトムシ、ノコギリクワガタ、ミヤマクワガタ、カナブン、キマダラカミキリ等等であります。

所が、毎日のように、これらのメンバー間では、小競り合いが絶えません。それは各各が、樹液のよく出る樹皮の裂け目を狙って、そこに集中するからでした。

こうした連中の中では、最も大きくて重く、堅い鎧《よろい》を纏《まと》ったカブトムシが、総合力で勝《まさ》っておりました。それ故、縦令《たとい》、遅れて當該《とうがい》クヌギに來着しようが、その特等席を力尽くで強奪《ごうだつ》する有様でした。これには他のメンバー全てが當惑《とうわく》し、怒りが積もり積もってくるのでした。

積もる遺恨《いこん》に堪忍《かんにん》の限界を痛感した、オオスズメバチ五匹は、七月五日の午前、例のクヌギの木ではない、別の木に集合して、密談を開始しました。それは固《もと》より、樹液のよく湧出《ゆうしゅつ》するクヌギの特等席を常に、占有するカブトムシ数匹を、いかに懲《こ》らしめ驅逐《くちく》するかについてでした。我が物顔に跋扈《ばっこ》し、傲慢《ごうまん》さの増長ばかり目立つ昨今のカブトムシの振る舞いには、他の虫全てが、瞋恚《しんい》のほむらに燃えていたのでした。

そこで、オオスズメバチ精鋭は、いかに効率的にこれを叩き、驅逐するかが密談の焦点となっていたのであります。鳩首會談《きゅうしゅ》の結果、①敵カブトは足の棘《とげ》を木に食い込ませ、がっちりと踏ん張っている　②そこで、この六本の足を標的とすべし　③敵の最主力武器は巨大な角であり、これは避けるに如《し》くはない。それには我らの機敏なる飛翔力が物をいう　④敵カブトは通常、例の木には三、四匹で蜜を吸っているので、一匹ずつ確実に驅逐する。即ち、我ら五匹が一匹に集中砲火を浴びせ、これを木から下に屠《ほふ》る。然《しか》る後に次次と片付ける

以上を戰法骨子《こっし》として、翌六日早朝、カブトがクヌギに來次第、決行する事と致しました。尚、雨天の場合は順延としております。

その六日は梅雨の大雨で中止。翌七日は折しも七夕で、運よく晴天となり、彦星と織姫にとっては、願ってもない空模様となりました。オオスズメバチ精鋭らの首尾《しゅび》はどうであったでしょうか。

朝方七時過ぎには、カブトムシ五匹が相次いで飛來、いつもの上席を占めた。それを待ち構えていた、オオスズメバチ精鋭團《だん》は、予《あらかじ》め練った戰法通り、敵カブトムシ一匹の足に集中攻撃を加えた。が、他の魁偉《かいい》なカブト四匹が仲間の危急を知ると、挙《こぞ》って助太刀として参戰、あの強靭《きょうじん》な角を振り翳《かざ》し振り翳し、ハチを叩き潰《つぶ》そうとかかってきた。この意外な敵の反転攻勢に、オオスズメバチ精鋭團は、持ち前の敏捷《びんしょう》性に富んだ機動力で、身を躱《かわ》しつつも悪戰苦闘、次第に形勢は逆転の様相を呈してきました。

中立でこの戰の成り行きを見定めていた、ミヤマクワガタ三匹が丁度その頃、オオスズメバチ團に対し、

「スズメバチ殿、それがしら加勢加担仕《つかまつ》る」

と、一番の味方を宣告し、直ぐ様ノコギリクワガタ三匹も続いた。彼らは自慢の巨大な鋏《はさみ》のような鍬《くわ》計六丁でもって、ハチがカブトの足を噛みつ、離れつしている間隙《かんげき》を縫ってカブトの角を挟《はさ》むが早いか、えいっとばかりに投げ捨てようと試みた。すると、二番手味方の名乗りした、カナブン、キマダラカミキリら数匹もカブトの触覚や複眼に噛みつく、作戰に出たのでした。更には、蝶類とアシナガバチも、カブトの頭上をぶんぶん、うるさく羽ばたき敵の思考を混乱させる

波状攻撃を繰り返します。こうした幾種類もの昆虫軍による立体的作戦が奏功《そうこう》、共通の强敵であるカブトムシを、クヌギ良木から追い払う事が実現に至ったのでありました。然《しか》し、明日からは再び、別のカブトムシが押し寄せる虞《おそれ》は十分にありました。そこで、クワガタ類、スズメバチ他の蜂類、カナブン類、カミキリ類、蝶類らが主軸となって、正式に同盟聯合《れんごう》軍を結成、今後もこの强力聯合軍によって、カブト軍に對處《たいしょ》するを決めたのでありました。

然しながら、この異種間には、新たに大きな問題を抱えておりました。それはカブトなき後、このクヌギの特等席の優先をどうするかでありました。この聯合軍を構成する者同士での戰いは避けるべきであるが、然《さ》りとて、皆、樹液のよく出る好位置を占めたい――この葛藤《かっとう》をどう解決するかが焦眉《しょうび》の急でありました。

樹液を求めて、後から來着した昆虫をも含め、全員での會議を主宰《しゅさい》したのは、ミヤマクワガタの親分らしきでした。午前九時過ぎからの會議は喧喧囂囂《けんけんごうごう》の様相となり、中中纏《まと》まりそうもありません。結局、ノコギリクワガタやカナブンらの動議もあって、出

雲大社に在します大國主命《おおくにぬしのみことだいみょうじん》大明神に、教えを乞う事となりました。そのお使いに白羽の矢が立ったのはギンヤンマでした。その理由はこうでした――神代の太古の時代所か、それよりも更に更に、遥か遥か、何と一億五千万年前の恐竜時代から生き続ける、ムカシトンボは現在では、日本の渓流とヒマラヤ山中にしか棲息《せいそく》しておりません。それ程、この國はトンボ王國なのでありますす。仍《よ》って、神様のお使いには、この神の虫とも称するべき、トンボが最適であろうとの結論に至ったのであります。即日、ミヤマクワガタが出雲大社から南南西一キロ程にある神西湖を本拠とする、ギンヤンマの許《もと》に赴き、然然《しかじか》と説明した上で、懇《ねんご》ろに依頼しました。トンボは神妙に受諾、翌日早早、代表の三匹が飛び立ったのでありました。

出雲大社に到着した三匹は、何はともあれ、御神酒《おみき》と櫟《くぬぎ》蜜を神棚に供えました。然る後、神による思《おぼ》し召《め》しを賜《たまわ》りたく、神官を通して伝奏を願い上げました。その後三匹は參籠《さんろう》し、お告げを待ちました。三日後、神官が來訪し、ご託宣《たくせん》をふみにして携え、ギンヤンマ代表に下賜《かし》致しました。代表は恭《うやうや》しく礼拝《らいはい》、押し戴いたのでした。

神官の辞去《じきょ》後、早速、代表は深く黙礼《もくれい》し、畏《おそ》れながら封を除きました。

ふみご託宣の冒頭には――民主主義の根幹である、天《あめ》の下にあらゆる動物は平等であり、この普遍《ふへん》的原理を尊《とうと》ぶべし――とあり、続いて――汝《なんじ》らの今日の問題に於《お》いても同様である。茲《ここ》に、問題解決策一例を示し供す。汝らは參考にし、己らの方策を熟慮勘案《じゅくりょかんあん》するがよろしからん――と結び、左の例を提示されておられました。

①クヌギ樹液の湧出する當該木の、樹皮區域を、壹區《いちく》、貳區《にく》、參區《さんく》の三つに分ける。

②樹液を欲する昆虫グループを三つ（い組、ろ組、は組）に分ける。

③右の①及び②を下表の組み合わせとすれば、略《ほぼ》平等なる樹液を舐《し》犢《とく》する事が能《あた》う。

爾今《じこん》、この方策により、例のクヌギの大木に集まる昆虫全ては、安樂《あんらく》に樹液を舐《な》める事が実現、安寧《あんねい》なる日日を暮らしました。

神の霊験《れいげん》あらたかなるは出雲の國である。

	壹日	貳日	參日	四日	伍日	六日
壹區	い	ろ	は	い	ろ	は
貳區	ろ	は	い	ろ	は	い
參區	は	い	ろ	は	い	ろ

方言蟷螂《とうろう》

ここは出雲の国、松江市のすぐ西隣、宍道《しんじ》湖《こ》沿いにある宍道町の、とある旧家の庭であります。真夏の夕方、庭の叢《くさむら》で遠戚《えんせき》関係にある、ハラビロカマキリとオオカマキリが出会いました。元元、朋輩《ほうばい》でもあるこの二者は、近時ここの所の、互いの獲物事情に関する話題で対論しております。以下、ハラビロカマキリは「ハラカマ」と略す。オオカマキリは「オオカマ」と略す。

ハラカマ「ばんずまして、どげですか、景気は」（訳＝今晩は、どうですか（獲物捕獲の）調子は）

オオカマ「ただもの、ちょんぼ宛《あ》てしか見らんし、がいな事はにゃあ」（訳＝毎度、（獲物は）少ししか見当たらず、大した事はないですわ）

ハラカマ「そげですか、だども、この頃きゃ、オンブバッタが出よーるげなけえ、こなを食わや」（訳＝そうですか、だけども、ぼつぼつオンブバッタの出現する頃になりましたから、これを（獲物として）食いましょうや）

オオカマ「しゃんもん、こもうて、つまーへんけえ、餌にさんゆう仲間もいるだども、わしらは捕り行かや」（訳＝そんなもの（オンブバッタ）小さくて、つまらないから、餌にしないと言う仲間もいるが、わしらは（選り好みせず）捕りに行きましょうぞ）

ハラカマ「そげ、そげ、こにゃあだ、うちげの仲間のだらは、がいなもんしか食わんゆうて、きゃーからはキリギリスを捕ってごせえゆうけえ、せたもんだわゆうちゃったわ」（訳＝そうそう、先日、うちの仲間の馬鹿は、大物しか食わんと言って、これからはキリギリスを捕ってきてくれとほざくんで、ふざけるな！と言ってやりましたわ）

オオカマ「ほんの事、わしんとこじゃあ、あげじゃあこげじゃあゆうて、じゃじゃするだらがおってのう、こにゃーだも、蛾は嫌いじゃあゆうて、がいなスズメガに逃げられたもんだあね。若い奴にゃあ、おべたわ」（訳＝本当ですよ、わたしの

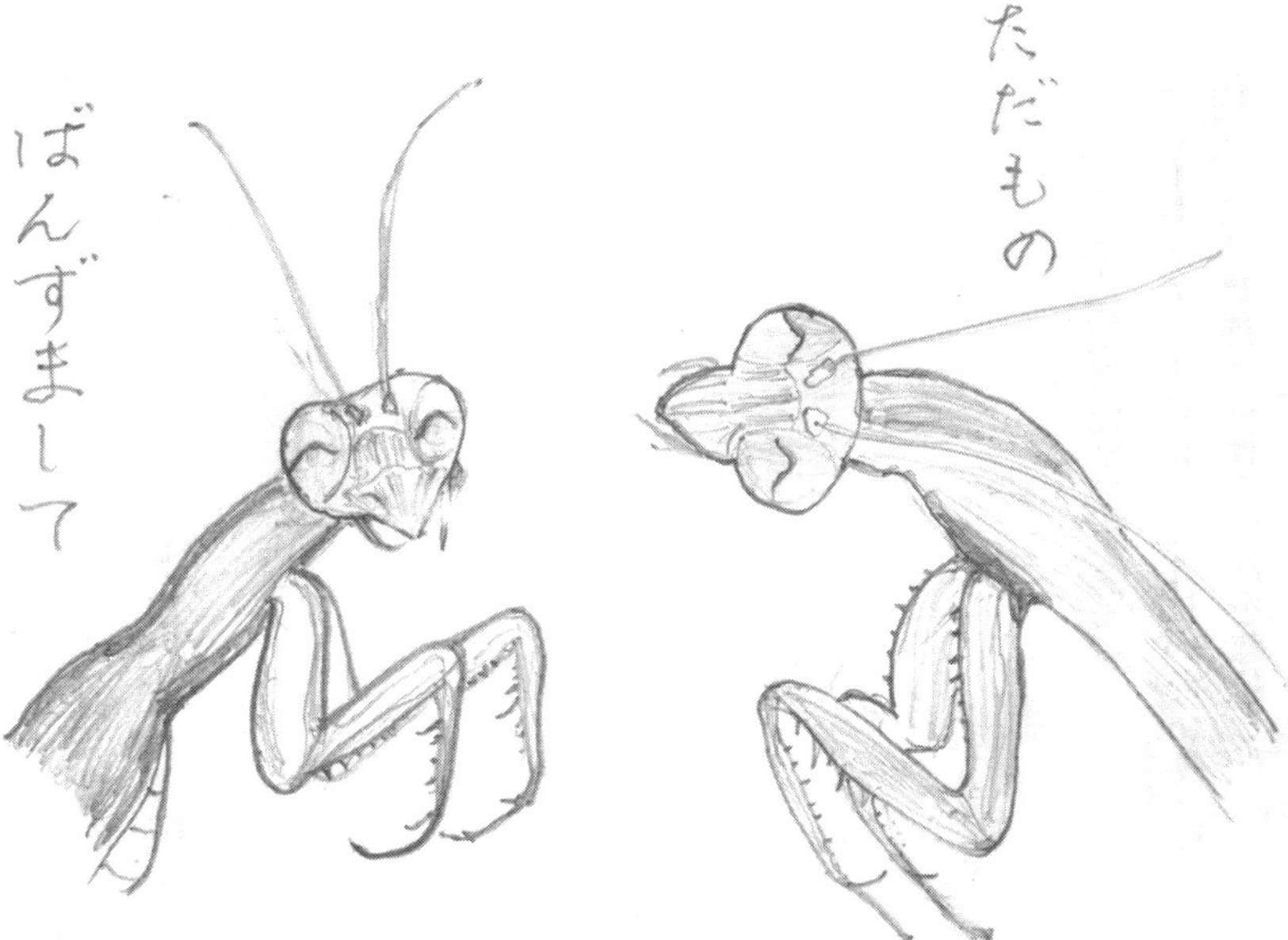

とこでは、ああじゃこうじゃあと言って、無茶苦茶する馬鹿がいて、先般も（餌としての）蛾は嫌いと言って、大きなスズメガに逃げられたもんですわ。若い者には恐ろしいくらい困りますわ）

ハラカマ「一つ、うちげらの若い奴に、喝《かつ》を入れてやってごしないや、がいな先生」（訳＝一つ、わたしら共の若い世間知らずの奴原《やつばら》に、気合を入れてやって下さいや、偉大なオオカマの旦《だん》那《な》さん）

オオカマ「何が、おめーさん、わけーのは、何ばゆうてやっても、反省してごさんけえ、わしらはわしらの道を行かこい」（訳＝何を、あなた、若い奴らに何を言い聞かせても、反省してくれんので、自分らは自分らの道を行きましょうぞ）

ハラカマ「そげですにゃあ、そうやらや、だんだん、だんだん」（訳＝そうですね、そうしましょう、有り難う、有り難う）

オオカマ「だんだん、又会わや」（訳＝有り難うね、又会おうや）

ハラカマ「そげそげ、たばこしないや」（訳＝そうそう、お休みなされ）

ここで、独断専行の「出雲辯《べん》」の番付表を左に掲げておこう。

異説御免　出雲辯　新番付表

東方	出雲辯	標準語訳	西方	出雲辯	標準語訳
横綱	だんだん	有り難う	横綱	たばこ（しないや）	休憩(しなされ)
張出横綱	ばんず(晩時)まして	今晩は	張出横綱	せた(饐えた)もんだわ	論外だ、碌でもない
大関	べたべた	度度、いつも	大関	ただもの	毎度
張出大関	ちょんぼし	少し、ちょっと	張出大関	だら	馬鹿
関脇	どげ・そげ・あげ・こげ(ですか)	どう・そう・ああ・こう(ですか)	関脇	(やって)ごす	(して)くれる
関脇	じゃじゃ（した）	無茶苦茶（した）	関脇	だどもにゃあ	だけどねえ
小結	きゃんもん	こんなもの	小結	(もう)さん	(もう)しない
小結	おべた	脅える、驚く	小結	おぞ(い)	恐(い)
前頭筆頭	がいな	巨大な	前頭筆頭	なんがおめーさん	何が、あなた(どういたしまして)
同二枚目	つまーへん	つまらない	同二枚目	やらや	やろうや
同三枚目	いかこい	（是非）行きましょう	同三枚目	いかいや	行こうぞ
同四枚目	ほんの事	本当の事	同四枚目	来ないや	（こっちへ）来いや
同五枚目	でこ	人形	同五枚目	こな	この人

キボシカミキリの処世術

岡山市中心街の高いビルの屋上から望めば西方、倉敷市役所の上階から眺望《ちょうぼう》すれば北方に、曾《かつ》て山手村という静かなる郊外地がありました。県庁所在地の岡山市と、観光都市・倉敷の双方から至近の自然環境に恵まれた、この山手村に所在する一軒の邸宅での事でした。

この屋敷の主《あるじ》は、四十代の夫婦で、小学生の子供が二人おり、男子学童でした。夫は地元出身、妻は輿入《こしい》れ迄、広島市郊外に住んでおりました。

この邸宅の広い庭には、無花果《いちじく》の大木が一本植わっています。

初夏の頃から仲秋の間には、低いながらもこの大木に、カミキリムシが姿を見せます。そうして、大勢の仲間が無花果の樹皮を、食い荒らすのでした。

それはキボシカミキリで、堅い前羽に文字通り、黄色の星模様があります。秋から翌年の初夏には、この子供（幼虫）が木の中に入り込んで、無花果の木を食い荒らします。それ故、人間からすれば、成虫も幼虫も大害虫とする訳です。

平日の午後には、ここの男子学童の連れが、二、三人やってきてはテレビゲームに熱中しますが、時として庭に降り、無花果にいるこのカミキリムシを採集して遊びます。その度にカミキリムシ仲間は、幾分減りますが、それでも数百匹の仲間が健在で、一生を終える事ができたのでした。でも、それは昨年迄の事でした。

六月上旬のある夜、晩御飯時に妻が言いました。

「あんたあ、無花果の木を観てみんさいや。ようけ、いなげな虫がおるけえ。うちゃあ、あんとな虫を知らんよね。いびせー程おるけえ。はよう退治せにゃあ、ことしゃあ、実が生らんよ。ほいじゃけえ、直ぐ観てみんさいや」

と、広島辯《べん》丸出しでした。夫も負けずに、おきゃーま（岡山）辯で応戦します。

「ごじゃばー言われな。まだ（酒をゆっくり）呑んどるんじゃ。きょうは、てーぎなけえ、あしたの休みに観ちゃるわ、よう。でーれーおるゆうのは、どねーな虫じゃあ」

「何か、知らんわいね。子供が何とかカミキリゆうとったよ。はあ、それに咬《か》まれたんと。ほいで、そこ（咬まれた部位）が苦《にが》るげな」

「そりゃー、きゃー（気）が悪いし、恐《きょう》てえのう。そうじゃ、カミキリムシやこうに、殺虫剤をかけちゃろてえ。あしたり、スプレー（殺虫剤）を買ってこられー、よう」

「お父ちゃん、抓《つま》んで殺してつかーさいや」

「あんごうじゃのう、ぼっこおるゆうのに、無理じゃや。やっちもねえ事言われな」

「ほうかねえ、ほいじゃあ、買《こ》うてくるけえ」

去年迄、ここの主は無花果に群がるカミキリムシに対し、平然と何らの対策も施さず、放置しておりました。所が、今年はどうした事でしょう。叙上《じょじょう》の如き、やりとりで、家庭園芸用殺虫剤を購入して、六月十日の「時の記念日」から、週に二度程度、このスプレーを使用し虫に直接噴霧して参りました。そのためか、六月下旬になるとキボシカミキリの数が激減しております。

これではいかん。このまま手を拱《こまね》いていれば、我らこの部隊のキボシカミキリは、全滅させられるぞと、危機切迫状況下にある、この仲間の勇健の士は、生き残り戦略会議を強く提案し、多くの賛同を得、ここに開会の運びとなりました。

現存数はピーク時から半減の、凡《およ》そ百五十四であり、この全部が無花果大木の根元に参集致しました。そしてこの日——六月二十四日の午後三時に開始された、この「生き残りを図るための戦略会議」は、喧喧囂囂《けんけんごうごう》の議論が沸騰《ふっとう》、止まる所を知りません。何分、斯様《かよう》な会議は初の事であり、侃侃諤諤《かんかんがくがく》、甲論乙駁《こうろんおつばく》の有様でもありました。その具体的な二例を挙げれば——

武断派とも称すべき、猛者《もさ》・強者の一部グループは、少数の人間ならば、我ら仲間総勢が、一斉にその強力牙《きば》でもって、攻撃を敢行すべきである。文字通り、嚙み切って駆逐《くちく》すべきだと強訴《ごうそ》。俗にも謂《い》うぞ「断ジテ行エバ鬼神モ之ヲ避ク」と意気盛んでありました。

一方、穏健・実情派とも申すべき一派は、今のこの場所から、そう遠くない別の無花果の木がある、新天地へ移るべきであるとして、こちらも譲りません。

結論が纏《まと》まらないまま、夜が更けてきた時、三匹の古手でリーダー格の内、一匹が申し述べました。

「このまま、延延と討議を重ねても、結論は出まい。そうなれば家人に、薬剤を撒布される機会を増やすだけだ。もはや遷延《せんえん》は許されないのだ。そこで提案する。今からは、我らが自然死する迄の間、無花果の木にやって来るであろう、人間共の見張りをする。無論、交代でだ。毎日、三交代制即ち、八時間単位として四六時中見張るのだ。人間てえのは、いつ何時来るやも知れんからな。丸一日の当番を、五匹単位の三グループの計十五匹とすれば、十日に一度の割合で当番となる訳よ。もし、その人間がやって来れば直ちに、警戒警報たる我ら特有の「キーキー声」を上げるのだ。その声と共に全員が、約八十メーター離れた、神社に一時退避《たいひ》するという訳よ。そこの樹上にて一、二時間も待機すれば、再び元の無花果に戻れようぞ。勿論、神社からの偵察《ていさつ》も、先の当番グループで実行する。こうする事により、人間共が次にどう打って出るか観察するのだ。我らの住む、あの無花果の家主が、もう我我カミキリムシがすっかりいなくなったと、早合点してくれれば勿怪《もっけ》の幸いよ。予断は許されんが、いなくなったと思ってくれてても、当分は時時、見廻る恐れがあろう。故に、間断《かんだん》なく、見張りを続けるのだ。どうだ、皆の衆、そうであろうが、なっ、これでいくぞ」

参集百五十余のカミキリ連中で、尚多くは、それでも少なからず、異論ありの雰囲気であったが、このリーダー言――そうであろうが、なっ、これでゆくぞ――が効を奏したか、将又《はたまた》、気圧《けお》されたのか、或いは遷延を許されないとの理解が浸透したか、又は今にも人間共が来る予兆さえもがあったのか、皆、黙りこくった。

透かさず、リーダー自認者が再び、声を張り上げた。

「そうと決まったからには先ず、今夜の見張り番を決め、八時間後からの逐一《ちくいち》のそれをも、決めておかねばなるまい。ええっと、今九時前であるが、最初の見張り役――歩哨《ほしょう》だな――を、それがしら古参五匹とし、これを「い組」とする。次なる当番は明朝五時から八時間の、午後一時とし、これを「ろ組」と称する。これには、黄さん、白さん、黒さん、青さん、紅さんの五匹が当たる。更に次の当番「は組」は、その一時から夜九時迄となるが、これには髪さん、切さん、虫さん、岡さん、山さんとする。それから――」

と、十五組の略《ほぼ》全員分の分担計画を通知した。このリーダーの積極的な政治力により、一同には異存の声もなく、これがそのまま、総意という形となって、この長い会議が終わった。

翌六月二十五日、日曜日の午前十時前の事でした。主は遅い朝食後、休日の日課ともなった、殺虫剤撒布（噴霧）に取りかかろうとして、そのプラ容器を片手に、勝手口から出ようと、ドアを開けた。否、開けかかった瞬間「そら来た！」とばかりに、見張り番カミキリ「ろ組」五匹は、昨夜の方針通りに「キーキー」「キーキー」と、喧噪《けんそう》たる鳴き声を上げ、仲間に危険切迫を告げ、同時に百五十余りの総勢が、一斉に飛び立ち、神社に向かったのである。このキーキー声は、離れた所にいる人には、確《しか》と聴取しにくい音でした。主には聴こえておらず、飛び去った姿も目に入っておりません。

これはやはり、警戒体制側の「態勢」勝ちと言えるであろう。この家の住人の誰ぞが、休日には必ず、無花果の木の所に来るものと見做《みな》し、いつ来るか、いつ来るかと、待ち構えていたのであるから、勝手口のドアが少しでも動けば、すわっとばかりに対応できたという訳だ。つまり、全神経を研ぎ澄ましていた次第故、正に、宜《むべ》なる哉《かな》であった。

大邸宅の住人ら、人間側の足跡を顧《かえり》みれば逆であった。勝手口から当該無花果の木迄は、十四、五歩を要する。その一歩踏み出した時点で、カミキリは残らず、飛び去ったのであるから、ぼんやりとでもなくとも、凡人なら多くが、その飛び去る様を見届けられなくても、致し方あるまい。人の世は、その凡人が殆《ほとん》どであるのだから……。尤《もっと》も、庸人《ようじん》であろうが、勝手口を出た瞬間から、無花果の木方向からその上方に、焦点を合わせておけば、退避するカミキリを、或いは確認できたかも知れない。

かくして、此度のカミキリ対人間の攻防は、キボシカミキリに軍配が上がったのである。後日も当分、この〃飛び逃げ・舞い戻り作戦〃は、効を奏しましたが、そうそういつ迄も上手く、やり過ごせられるものでもありませんでした。初めての成功から凡そ、二か月後の八月下旬、子供の夏休みも、もう数日で終わるという、ある日の事でした。小学五年の兄が、宿題である自由研究テーマに未《いま》だ、悩んでおりました。その日も、テーマ探しの一環でなのか、縁側からぼんやりと、外の庭を見ておりました。ふと無花果の木に目が移り、そこにカミキリムシの大群を発見しました。因みに、ここ暫《しばら》くは、連れの子供らも訪れず、従って、庭を見たり、そこに降りる事もなかったのです。小学生の子供は直ぐ、母親に告げました。母も縁側から子供用の望遠鏡で確認すると、自ら退治すべく、殺虫剤を片手に裏口から出た

キボシカミキリの見張り番五匹

所、例によってカミキリは飛び立ち、逃避《とうひ》しました。然《しか》しながら、今度はその様をはっきりと、母親に見届けられたのでした。殺虫剤を使用してもいないのに、ドアを開けた途端、飛び立つとは不審な、あ、あ、あると直感した母（妻）は、何と、二、三十分間隔で、縁側から様子を窺《うかが》いました。懸念した通り、カミキリムシは元の無花果に戻っておりました。何故このような事態となるのか、奥方は不審の極《きょく》「きびが悪いねえ」と、独りごちを放ち、夫の帰りを待ちました。主が帰宅すると、奥方は御飯の用意すら後回しにして、話を切り出しました。子らをも交え、相談の結果、爾《じ》後《ご》、平日は妻と子供の計三人で、日に十回前後見廻り、休日は夫の役目と致しました。然も、不意打ちを計るため、異なる所からこっそり探ろうという、念の入れようでした。

早速、翌日の午前、当番として奥方が噴霧に行く際、いつもの勝手口ではない、裏門から忍び寄ったのでありました。これにはカミキリ側も驚愕《きょうがく》、直ちに飛び逃げ、神社に辿《たど》り着きはしたが今回は帰還せず、そのまま桜の大木根元に於《お》いて、対策会議を開く段となったのでした。この対策会議も前同様、議論百出の態でしたが結局、此度は次の三案に絞られました。

一案――今迄通りの見張り当番制による〝飛び逃げ・舞い戻り作戦〟を踏襲《とうしゅう》する。但し、我らの作戦実態を看破《かんぱ》された模様であり、度度の、飛び逃げ・舞い戻りを、日に何度も繰り返さざるを得ない。こうした状況に鑑《かんが》みて、敵の目を欺《あざむ》くため、飛び逃げ一回につき、一日～三日程、帰還しない。つまり、飛び逃げてから無花果木に帰る迄の間隔を、開けるのだ。それを適宜《てきぎ》、一日から三日程度とする訳である。

二案――この神社には、我らの好物の無花果や桑の木は植えられていない。然しながら、比較的安全性が保持されると思料される。仍《よ》って、好物ではない木木の樹皮を食料にして、当面、この安全域にて臥薪嘗胆《がしんしょうたん》の生活をする。

三案――あくまでも、好物の無花果乃至《ないし》桑に拘《こだわ》り、これらを探し求めて、この神社から半径十キロ程度を放浪《ほうろう》し続ける。この範囲に於いても、希望が叶えられない場合は、ここ神社に戻り、暫くは様子を窺い旁《かたがた》、別途、施策を勘案する。

三つに絞られても、最終結論には程遠く、埒《らち》が明きません。前回会議の古参リーダー三巨頭も今は隠遁《いんとん》の身となっており、現在、実質的に集団を統率しておるのは「黄」なるリーダーであります。

黄隊長は、昼過ぎとなりし頃、この三案での多数決動議を出すべく、

「既に、対策案も出し尽くされ、大勢として三案に集約された。ここからは最終的に、一本とするため、全員での挙手投票とするので、了承願いたい」

と告げ、総勢を見廻した。強《し》いて反対の声はなく、直ちに、挙手（前脚）投票に移った。

その結果、
一案――57票、二案――38票、三案――61票、無効3で、三案が可決されました。

これに沿って、黄隊長は具体的展開の私案を提示しました。それは、現在の全勢力159匹を四つに分ける。即ち、40×3グループ（A・B・C）と、39×1グループ（D）の計、四グループとする。その上で、Aグループは東方面、Bグループは西方面、Cグループは南方面、Dグループは北方面を担当する。三案に謳《うた》っている如く、半径約十キロ程度を目安に、我らが棲《す》むに適した無花果（畑）又は桑（畑）を探す。一応、明日・八月二十九日から一週間を目安として、九月四日には、ここの神社に戻る事。尚、早い内に格好の物件が見つかった場合は、至急神社に帰り、留守番兵に報告する。尚、爾後神社を便宜的に本部と称する。このため、各グループから三匹宛《あ》て本部に駐留させる事。又、黄隊長他幹部計五匹も本部に残る事。以上が決定され閉会致しました。

翌八月二十九日早朝、四グループ計百五十九匹から、各三匹の駐留兵及び幹部五匹を除いた百四十二匹は、担当方面に飛び立ちました。

さて、山手村にあるこの神社から、西南西に四キロ前後離れた所に、清音村があります。山手村を含め、この清音村一帯は、ぶどうや白桃の名産地で、既に早生品種の出荷が始まっております。そうした中、その西方面に向かったBグループは、探索《たんさく》初日の本日午前、比較的広く、ゆったりとした無花果畑を発見、早速、連絡兵をもって本部に報告致しました。即座に本部から、黄隊長他の幹部が、その現地に飛来、当該無花果畑を視察しました。

その結果、木の本数は二十で、樹高三、四メートル程度と、棲息《せいそく》するに適している旨《むね》が判明致しました。但し、問題があります。ここには近縁のゴマダラカミキリが、推定二千匹以上も陣取っており、友軍百五十九匹の比ではありません。が、二十本の木の内、三、四本はそのゴマダラが占拠《せんきょ》してないようであり、当面、そこに移り、棲む手も考えられます。

とまれ、幹部以下そこでの全員は一旦、神社の本部に戻る事とし、又、各方面に散ったグループにも連絡員を派遣、急ぎ帰還すべしと致しました。

その日の夕方には、一匹の落伍者《らくご》もなく無事帰還、再び検討会議となりました。議題は申す迄もなく、探求《たんきゅう》した清音村の無花果畑に移り棲むかどうかでありました。今回も多少揉《も》めたものの、多くが移住に賛成し、明日にも移転する事が決まったのでありました。

但し、先住のゴマダラに対し、どう対応するかが、差し当たっての問題でありました。何しろ、個体の大きさからして、仮想敵の体軀《たいく》は、我らの一・五倍は優にあり、その全勢力も十三倍程度と察せられるのであります。もしも、全面的な戦いとなったならば、到底《とうてい》、我らに勝ち目はないと、断定せざるを得ません。この大問題に対して、検討会時での結論は、幹部に委《ゆだ》ねるという、曖昧《あいまい》で責任逃れのような成り行きにて、終わっております。

五匹の幹部は、古参五匹の協力を仰《あお》ぎ、引き続いて鳩首《きゅうしゅ》会議を主宰《しゅさい》致しました。そこで、黄隊長は挨拶もそこそこに、開口一番申し述べました。

「不肖《ふしょう》それがしの知る限り、ゴマダラの生態は、我らと大いに異なる。肝腎要の生命力をみるなら、奴さんらは殆どが、出始めも六月と遅いが終わりが八月なのだ。つまり、早晩寿命が尽きるという訳よ。昨今、馬鹿人間共のせいで、地球温暖化とされるが、それでもゴマダラらは、遅くも九月半ば迄には、全てが死滅するものと予察されよう。そこで、それ迄は奴さんらを刺戟《しげき》せず、静謐《せいひつ》戦術で参りたいと考量するが、各各方、如何《いか》がであろう」

理路整然たる黄隊長の辯《べん》に、誰も異存はない。そこで、幹部と長老連の十匹は、自分達が移る新天地に蟠踞《ばんきょ》するゴマダラに対しては、下手下手に出て、極力《きょくりょく》刺戟せず、彼らの寿命が尽きるのを待つ「待避《たいひ》作戦」を執《と》る事に決めたのである。更に、その使いには、隊長と副隊長二の計三匹が、明朝出立《しゅったつ》する段となった。

翌日、幹部三者は四十分足らずで、清音村の新天地になるかも知れない所に到着した。取る物も取りあえず、そこを本拠とするゴマダラカミキリの首領に、取り次いで貰い、先ず、献上品《けんじょう》の桑樹皮を差し出し、一同、恭《うやうや》しくお辞儀《じぎ》した。その上で代表としての黄隊長が、申し述べた。

「我我は新参者のキボシカミキリで、不束者《ふつつかもの》でありますが、ゴマダラカミキリ殿ご一同様の手足となり、身を粉にして働く所存でございます。ご用向きは何なりと、お申し付け下さい。我ら総勢で協力致します。又、我ら一族百五十九匹は、棲み処《か》を追われた流浪《るろう》の民にごじゃります。何卒、こちらの無花果の木一本を拝借願いたく存じます。その一本以外には決して移り棲みはしない事を、それがしが代表してお誓い致します」

ゴマダラの首領は当初、大風《おおふう》に構え、その手下らの中には、訝《いぶか》し気な目で見下す輩《やから》や、懐疑《かいぎ》的な連中、将又、殺気立つ固陋《ころう》などが少なからずおりました。キボシ側からは、一筋縄ではゆかない虎狼《ころう》の軍団と、見て取っておりました。それ故、この談判も或いは不調に帰する場合があろうかと、覚悟しておりました。が、隊長らの、どこ迄も行き届いた挨拶と神妙なる態度が、効を奏し、ゴマダラ側も一様に態度が軟化、首領は開口一番、

「おう、そうか、いや左様か」

とこっくりして、左右に申し添えました。

「この者らの棲まう木を案内《あない》してやれ。北東の端の木が空いていよう。そこに致せ」

と承諾し、更にキボシ側に申し渡しました。

「其の方らは、たった今、我らの手足となって働くと申したよな。ならば早速、仕事を一つ申し付けようぞ。この無花果園の所有者が、夏場から九月にかけて、大掛かりな殺虫剤撒布にやって来るんだ。それも都合の悪い事に、定期的ではなく、恰《あたか》も不意打ちを浴びせる如くにだ。そこで、汝《なんじ》らにその見張り番を申し付けるが、よろしいな」

黄隊長は透かさず、鄭重《ていちょう》に返答致しました。

「確と、お引き受け申し上げます。我ら毎日、二六時中交代で抜かりなく、見張り番による歩哨

役を遂行致す所存にござ候《そうろう》。就《つ》いては皆皆様方には、ご安堵《あんど》の上お寛《くつろ》ぎ下さい。それでは、これから仲間に連絡し、ここに連れ参ります故、これにて失礼致したく存じますが、よろしゅうごじゃりますか」

首領はキボシ側首脳に対し、全幅の信頼を寄せ、愛《う》い奴らとばかりに相好《そうごう》を崩し、頷《うなず》いた。

「おお、そうだな。そうせられー」

こうして、この日の午後、キボシカミキリ総員は、神社と元の棲み処に別れを告げ、この新天地に無事、移転したのでありました。

黄隊長らの思惑《おもわく》通り、キボシ側の隠忍自重《いんにんじちょう》も僅かでありました。翌日の八月晦日以降、ゴマダラカミキリに於いては、寿命が尽きる個体が続出、日を追う毎に増え、さしもの大軍団二千余は、九月二十五日迄に全てが死滅し、絶え果てたのでありました。

正に、黄隊長の戦略――戦ハズシテ勝ツ――の決定版であり、面目躍如《めんもくやくじょ》でありました。

幾度《いくど》も危難を克服《こくふく》したキボシカミキリは、その殆どが十月一杯迄生存し、天寿《てんじゅ》を全《まっと》うしたのでありました。

強者必衰・驕兵必敗

春末《まま》だきの三月中旬――

前年の晩秋、庭の枯れ草の茎に産み付けられた、オオカマキリの卵嚢《らんのう》からは、何百匹もの幼虫が塊《かたまり》となって、生まれ出《い》でていました。

然《しか》し、この生まれ落ちたる瞬間から、最強昆虫に君臨するであろう、オオカマキリの身に、数《あま》多《た》の難行苦行が待ち構えているのでありました。

知るや君、幼虫よ――

僅か一センチ内外の幼虫が縦《よ》し、その苦難を予察していようとも、危機は瞬時に突発する。

その一つがトカゲなのである。この弱小なる幼虫からみれば、巨大な恐竜の如きに映るであろうトカゲは元来、カマキリの幼虫を好物にしているのであった。それが、でんと卵嚢の前で、手ぐすね引くのであるから、その塊から生まれるカマキリ幼虫は、宿命的であった。生まれた途端に、がぶりがぶりと食い荒らされ、生き残りや、逃げ果《おお》せられるのは僅僅《きんきん》、数えられる程である。

それだけではない。この後も試練は続く。何しろ、一センチ余の幼虫時代には、他の昆虫やクモ、小鳥等の天敵が数多い。共食いすら日常的なのである。こうした日日に、草花などの蔭に隠れる術《すべ》を身につける。無論、天敵の眼を欺《あざむ》くためであり、自分が小さな虫を捕るにも好都合だ。

　こうして生き残ったものが、九月頃には十センチ近くの成虫となる。こうなれば昆虫界天下無敵のオオカマキリの「お出まし」となる。

　単独対決上、最強クラスに伸《の》し上がったオオカマキリは、更に意外な特技を持ち合わせる。それは「忍者」擬《もど》きの術《じゅつ》である。そっと、観察してみると――。

　この大将、茎葉の間から狙う虫に、そっと近付くと、至近の枝葉を軽く揺らすのである。何のためであろう。相手には、弱い風が吹いていると、錯覚させ、安心させるのだ。これは、今から己が、その相手に最接近する際、揺れるであろう多少の振動を、事前に混乱させるという、高等戦術の一環なのである。この作戦により、相手に悟りがないと見做《みな》せば、今度は正真の忍者となりて、抜き足、差し足、忍び足でもって、ぎりぎり迄接近する。ここだ！とするや、無敵の大鎌を振りかぶった、と思いきやその刹那《せつな》、わっと、太刀鎌を浴びせ、その虫らを捕獲するのである。

　最強で頭脳的ハンターに、どの相手も為す術がない。

　その王者の狩りの対象となるのは多岐《たき》にわたる。チョウ、ガ、セミ、トンボ、ハチ、ハエ、クモ……と、枚挙に遑《いとま》がない。それ所か、交尾後のオスまでも、まごまごしていると、メスの餌食となる始末だ。つまり、動く虫は殆《ほとん》ど全てが、御馳走とする美食家であった。いや、当人（虫）らに言わせれば、食えるものに好き嫌いなぞない。とにかく、この頑丈な身を保つための本能で

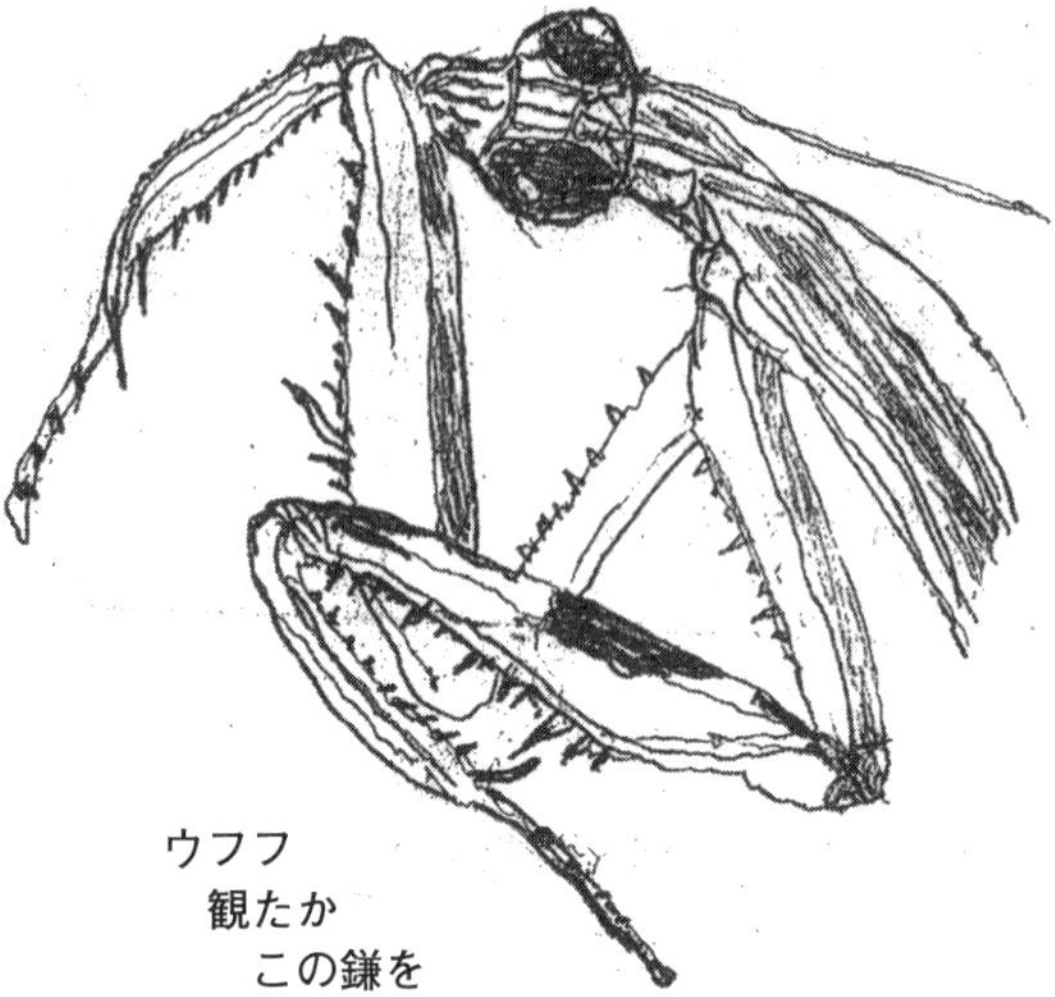

あると、するであろう。近年の観察報告では、あの鋭い鎌を巧《たく》みに駆使《くし》して、小鳥さえも捕獲するという。——昆虫界の王者たる所以《ゆえん》である。

が、秋も深まり、野原が冬ざれとなりし頃、さしものオオカマキリも衰弱が目立つ。気温低下と、辺りに餌となる虫が見当たらなくなるのが、その要因である。中には強敵との激闘によってか、片方の前脚鎌の大部分を失った個体すら見受けられる。

その故障者（虫）でさえ、猫と遭遇《そうぐう》した際にすら、寸毫《すんごう》も弱みをみせないのだ。上半身を大きく擡《もた》げ、傷害の前脚と、もう一方の前脚の鎌を、振り翳《かざ》し威《い》嚇《かく》するのであった。

生の終末を悟る強者は、寸秒の生ある限り王者の矜持《きょうじ》を捨てないのだ。

已《や》んぬる哉《かな》——強者の断末魔《だんまつま》であった。

アフリカの熱帯地方に、大草原地帯（サバンナ）がありました。その一角にさほど広くない林があり、そこを塒《ねぐら》とする二十五頭のライオンの一族集団がありました。これは「日軍団」と称され、この半年余の間、広大な草原内での肉食最強力軍団として、他の追随を許さず「無敵軍団」の名を欲しいままにしておりました。それだけにどこか、驕《おご》り高ぶった面が見えなくもありませんでした。ライオンは百獣の王とされますが、中でもこの最強軍団は、巨大な四頭のオスライオンが、五頭のメスライオンと、子を含む十六頭の若手を従え、一たび狩りに出れば易易《やすやす》と、相手を攻略しておりました。又、他のライオン集団も全く寄せつけませんでした。その強さを示す一例を挙げるなら、こうであります。「日軍団」を目にしたなら、敬遠し即刻逃げるべしと、他集団（群れ）をして言わしめる程なのでありました。

客観的に、その強力さが二番手とされるのが「星軍団」でありました。この集団はオスライオン三、メス七、幼少十六の計二十六頭を擁《よう》しておりました。過去、何度かの戦いで、この集団は一度も「日軍団」に勝った実績がないのですが、今の所、致命傷を負った訳でもなく、何とか持ちこたえているというのが実状でした。この集団の首脳部たるオスらは、自分らこそが最強であるとの自負が、殊《こと》の外強い誇り高き軍団で、とにかく「日軍団何するものぞ」とばかり、虎視眈眈と好機を窺《うかが》っておりました。その一環として日夜、敵の動向を注視しつつ「日軍団」に対する戦略戦術を練り続けているのでした。的確に相手の動向を把握《はあく》するため、メスや幼少をも動員、交代で「日軍団」の偵察《ていさつ》を続行しておりました。その結果、自分らに対する襲撃《しゅうげき》の日時、場所の情報を入手したのでありました。総合戦力比で劣勢ながら、情報戦で先んじる「星軍団」はかくして、次なる対決で勝利の自信を深めつつあったのでした。

対する「日軍団」は六月五日を敵殲《せんめつ》滅攻撃日と定め、今度こそ「星軍団」を完膚《かんぷ》なき迄叩き潰《つぶ》す決意をもって、この日六月四日を迎えたのでありました。但し、相手の位置情報に関しては、この期《ご》に及びながら、縄張りの南西方面に、折折出没する傾向が見られるという、従前からの不確実情報程度のものに過ぎず、甚《はなは》だあやふやなものでした。更には、明日の決戦日を前にしてさえ、無敵軍団然として大風《おおふう》に構え、敵軍団に向かうとしながらも、途中、悠悠と道草休憩や一族間での戯《たわむ》れを繰り返すなど、屢《しばしば》、緊張感に欠く行動を見せておりました。実の所、余裕というより油断と申すべきでありましょう。

「日軍団」が主張し、一歩も譲らぬとする縄張りを、ここの所の三か月余で、周辺から徐徐に侵蝕しつつあった「星軍団」は六月四日夕方迄に、敵の現在地を的確に把握しておりました。それは「日軍団」オスが主唱する楕円《だえん》形縄張りの西南西端から東方、約五キロの地点で、そこには多少の灌木が生えており、その木陰が休憩地として格好の場所となっておりました。「日軍団」は陽の高い内にそこに到着し、のんびり休息を続けておりました。本来、この夜半から払暁《ふつぎょう》にかけて、敵「星軍団」を強襲《きょうしゅう》し、今度こそ決定打を浴びせてやろうと逸《はや》っておりましたが、味方の斥《せっ》候《こう》二頭は、未だ敵の居場所を掴《つか》んでおらず、事は計画通りに進んではおりません。休息中の本営も、ゆるゆると探索《たんさく》を形式的に続行する斥候メス二頭も、どこか緊迫感に乏しく、集団の頭オスは、現在、敵はこの近辺に出没しあらずとの見解を部下仲間に漏らす程の呑気ぶりでした。常勝軍団は連戦連勝に、箍《たが》が緩んだのか、肝腎なる偵察を疎《おろそ》かにしており、これが大きな蹉跌《さてつ》の一歩になろうとは、二十五の精鋭が一様に思い至らず、自覚不足は否めません。

四日の深更《しんこう》となり、斥候二頭を交代させた上、一応敵偵察を継続、本部隊も交代で仮眠する事となりました。略《ほぼ》半数は寝入り、それ以外もうつらうつらの夢現《ゆめうつつ》の状態にありました。

払暁、一頭の斥候が敵軍団を遠目に発見、急遽《きゅうきょ》帰り着くのと略同時に敵が怒濤《どとう》となって来襲、真っ先にオス四頭が集中攻撃を浴び、敢《あ》えなく落命、もう一頭の斥候を除くメス及び幼少の計二十頭の半数余も激戦の果て、重軽傷を負ったのでありました。「星軍団」もオス一頭が戦死、メス七頭と幼少十六頭の計二十三頭の内、五頭が重軽傷を負うも、大黒柱であるオス四頭全てを亡くした「日軍団」の完敗となったのでありました。

実力では圧倒的に勝《まさ》る「日軍団」でありましたが、機先を制された上、寝込みを急襲《きゅうしゅう》されるという結果となったのは、正に痛恨の極《きわ》みでありました。

後悔先に立たず――敵発見の報が、もう五、六分早ければ……と、日軍団の残存達は死児の齢《よわい》を数えたくもなるのでありました、然し、後の祭りでありました。

花とさわちゃん・かけ肥小父さん

さわちゃんは女の子です。

三歳になったばかりです。

さわちゃんは色色な花が好きですが、中でも、可憐な草花が大好きでした。

雛祭《ひなまつ》りが過ぎて、桜の咲く陽春がやってきました。お彼岸明けのある日、さわちゃんはお母さんと一緒に、庭に出てみました。小さな庭ですが、数種類のお花が咲いていました。赤い雛菊《ひなぎく》が明るく映えています。黄色いチューリップは一際、輝くように咲いています。パンジーは白い花を一杯咲かせています。又、勿忘草《わすれなぐさ》も爽やかで青色の小さな花を、穂のようにつけています。

さわちゃんは、きょろきょろと、それらの花を見比べました。すると、花たちはさわちゃんに、何かを語りかけているようでした。

実は、お花好きなさわちゃんには、花どうしの話す声が聞こえるのでした。

花たちは、さわちゃんを引き付けようとして、高い声で喋《しゃべ》り始めました。

赤い雛菊がみんなに言いました。

「わたしは、子供や大人の心を温かくしてあげるのよ。お母さんから教えられてね。勿忘草さんなんか、少し寒寒しいわねえ」

　勿忘草はすぐに、言い返しました。

「そうかも知れない。でも、雛菊さん、あなたの赤に、お日様の光が加わると、少し暑く感じそうですね。そんな時に、ぼくの青色は皆を涼しく感じさせてあげるんだ」

　続いて、黄色のチューリップも言いました。

「わたしだって、夕方、辺りが暗くなった時、周《まわ》りを明るくしてあげるのよ。ねえ、パンジーさんもそうよねえ」

　白いパンジーは、落ち着いてゆっくりと語りかけました。

「そうだね、ぼくも冬の間は、寒い花と思われたかも知れないんだがね、これから少し暑くなっても咲き続けて、花仲間や人人の心を爽やかにさせてあげたいんだ」

　去年の八月生まれで、最年長である白いパンジーは更に、続けて言い添えました。

「皆、分かったね。雛菊さんも、チューリップさんも、勿忘草さんも、そしてぼくにも、皆それぞれよいところがあるんだ。それを称《たた》えあって仲よくすれば、大人も子供も他の花仲間も、皆みんな、喜んでくれるよね」

　二番目の年長で、昨年九月生まれの雛菊が、うなずきながら言いました。

「よく分かったわ。パンジーさん有り難う」

続いて、三番目に生まれた、勿忘草も次のように言いました。

「ぼくたちの葉っぱや茎は緑色だし、他にピンクやオレンジ、紫色をした花仲間もいるよね」

最も幼いチューリップも言いました。

「白色、赤色、青色、黄色、緑、ピンク、オレンジ、紫、うーん、どれもよい色ね。皆、もっと、もっと仲良くしましょうね」

四種類の草花は、声をそろえて言いました。

「そうだ、そうだよ。みんな仲良くしようね。今年咲き終わっても、又来年も一緒に咲かそうね」

さわちゃんは、嬉しそうに笑いながら、お母さんのもとに駆けて行きました。

その時、どこかで「ホーホケキョ、ケキョケキョ」と、うぐいすが鳴きました。

上述のように、さわちゃんは草花同士の語らいを聴く事が能《あた》う感覚を有しておりました。一方、草花達が名もない小父さん

に語りかけたという物語が、これから示す「かけ肥小父さん」なのであります。いざ、いざ――曾《かつ》て、牧野植物学博士が仰《おお》せられたという――雑草という植物はあらず――と。
　全ての植物、就中《なかんずく》、草花を愛好した少年が長じて、否、老いて古稀《こき》の身となりし今日、草庵《そうあん》の如き住まいで門前雀羅《もんぜんじゃくら》たる日日を暮らしておりました。僅か五坪に満たない隙間《すきま》のような庭に、それでも花壇を設け、一、二年草、宿根（多年）草、花木等の樹木を植え、鉢物も育てていたのでした。主な栽培種を挙げてみるなら――
草花【一、二年草・球根類】　春咲き――パンジー、ビオラ、雛菊、金盞花《きんせんか》、金魚草、ゴデチャ、勿忘草、花菱草、ネモフィラ、ヒヤシンス、アネモネ、クロッカス、ラナンキュラス、チューリップ、水仙等等　夏～秋咲き――百日草（ジニア）、ペチュニア、インパチェンス、マリーゴールド、サンパチェンス、朝顔、夜顔、千日紅、鶏頭《けいとう》、ベゴニア類、日日草、向日葵《ひまわり》、百合、ダリア等等　冬鑑賞――葉牡丹
草花【宿根（多年）草】日本桜草、クレマチス（鉄線、風車）、撫子《なでしこ》、ガーベラ、カーネーション、花菖蒲《はなしょうぶ》、桔梗《ききょう》、大菊、中小菊等等
花木・庭木――薔薇《ばら》、紫陽花《あじさい》、木槿《むくげ》、石楠花《しゃくなげ》、青木等
　以上、枚挙に遑《いとま》がありませんが、尚、これら以外に、五葉松、藤、楓《かえで》、椿等、多少の盆栽も手がけておりました。

さて、園芸作業は、それを知らない人からみると、想像もつかない程、多岐《たき》に亙《わた》り、この老爺《ろうや》の狭小なる庭でのそれですら、際限がないのでありました。然《しか》し、それは無論、徹底すればの話であって、省略すればさほどの事でもありませんが、この方も列挙《れっきょ》してみるならば左の如しであります。日日の灌水《かんすい》から始まって、播種《はしゅ》、育苗、植え替え（種によっては二から三回）、定植、土寄せ、施肥、誘引、支柱への止め、中耕、病害虫対策、咲き殻《がら》除去、枯れ葉・枯れ枝除去、剪定《せんてい》、枝透かし、庭・畑・花壇の耕耘《こううん》・天地返し、同、前作物の残根除去、園芸用土の調合（培養土作り）、腐葉土作り、鉢替え（鉢物の植え替え＝宿根草・樹木等の植え替え）、鉢物の移動（日の薄い冬場等、日の当たる場所に移す、寒冷に弱い種等の夜間や凍《い》てつく日中では屋内に取り込む等）……。まあ、趣味でやるのだから、それは当然だという仰せが多かろう。ここではそうした話ではなく、老爺小父さんの独得なる作業否、日課を教示致そう。

広義の園芸作業の一つに「かけ肥」なるものがある。一見、肥料をかける事、即ち、施肥作業とも思われがちですが、実はそうではありません。これは「植物に声をかけよ」という一種の教訓なのであります。植物に声をかけるとは、当然、そのそばに近付かなければならないし、素通りするべからずという訳です。つまり、栽培している植物を日日、よく見廻り、観察し、理解した上で然るべき対応を取れば、相手植物もそれに応えてくれるという意味なのであります。勿論、実際の施肥も重要なる作業の一環には違いなく、それと同等に大切なものであるという次第なのであります。

老爺小父さんは二十代の砌《みぎり》から、業務上の出張で自宅を留守にする時以外、この「かけ肥」を欠かさず、主に早朝と、晩御飯後に行っておりました。殊《こと》に夜は八時、九時台でしたから懐中電灯片手に見廻るという念入りでありました。

小父さんが壮年三十四歳であった、昭和五十七年四月中旬の早朝の事でした。日課の「かけ肥」の、この日の相手一番手は日本桜草「八橋《やつはし》」でありました。9号駄温《だおん》平鉢に九芽植えにした、この桜草は丁度、本朝が咲き初《そ》めでありました。

壮年「お早う、やや、おっ、咲いてくれたね。今年も有り難う、可憐できれいだよ」

こう話しかけました所、桜草九本の内、どこからか幽《かそ》けし声ながら清らかに、

「小父さん、有り難うございました。ほんとにお蔭で何とか、今朝の一番花となりました。ささやかでありますが、どうか観てやって下さい」

草花が喋ってくれたとは、驚天動地《きょうてんどうち》の出来事であり、且つ又、望外の喜びでありました。壮年は、感激の余り、声すら上ずって、

「いいや、こちらこそ、よくぞ、優渥《ゆうあく》なるご挨拶、痛み入ります」

と答えた。すると、桜草は、

「真実、信頼できて花達を愛して下さるお方だけに、聞き取る事ができる声で話すのですよ。で

すから、小父さんもご遠慮なく、私達の花に対する忌憚《きたん》のない感想を述べて下さいまし」

「ううん、期待通りの可愛さだよ。毎年有り難さん、手入れも任せておきなよ。その手入れについてだが、こちらは抜かりなくやってるつもりでも立場が替われば又、違う面もあるから、遠慮なく申してくれよね。何か希望があればね」

「はい。常常、日日、色んな作業をして頂き、深く深く、改めまして御礼申し上げます。実は、表土の件でございます。いつも均《なら》して下さり有り難う存じます。それでも水を頂く度に固まって、直に締まって仕舞《しま》います。殊に鉢物はそれが顕著《けんちょ》でございます。そうしますと、水を頂いても水中の酸素が余り土中に入ってこないので、徐徐に酸素不足による生長緩慢《かんまん》に陥《おちい》るのです。真《まこと》にお手数をおかけ致しますが、倍旧のご愛顧を切に願い上げます。口幅《くちはば》ったい、釈迦に説法の失礼、平にお許し下さいませ」

　と、率直に願望を小父さんに申し出た。すると、壮年は、

「これは申し訳ない。自分では相当中耕をしていたつもりであったが、いやあ、済まんな、今後は三、四日に一遍《いっぺん》はやるよ。それに、花後の四月から五月には、増し土をするからな。安心しておくれよ」

「本当にお手数を煩《わずら》わせて申し訳ありません。毎年やって頂くとはいえ、安堵《あんど》致しました。引き続き花後も色色とお世話になります」

さて、この「増し土」とは、桜草独特の園芸作業で、この植物の生長過程に於《お》いて、鉢土の表土を追加させる作業である。桜草は生長過程に、匍匐《ほふく》性の茎から生じる芽が表土上に露出《ろしゅつ》する特性を有し、これを放任しておくと、新芽が日光に晒《さら》され、緑化し満足な芽とならない。仍《よ》って、これを土で被覆させる事が必須となる。これを「増し土」と称するのである。

四月二十五日には、10号プラ鉢植えのクレマチス「柿生」が咲き初めとなりました。独特のピンク色で気高《けだか》き容姿に、思わず壮年小父さんもにっこりとして、

「今年も美しく優艶《ゆうえん》な姿を見せてくれて有り難う。風雨にも負けず感銘《かんめい》の限りだよ。何か望みや不安があればいつでも申してくれよな」

と語りかけた。すると、クレマチスは、

「お褒《ほ》めのお言葉、面映《おもはゆ》うございます。何とか、三十余輪を咲かせる事が能いそうで、これ全て小父さんのお蔭と存じ、深甚《しんじん》なる御礼を申し上げ候《そうろう》」

と、如何《いか》にも我が国原産の植物（風車）らしい口上であった。そうした上で更に、

「株元への暑さの苦手なわたくしへ、夏場には鉢を半日蔭に移して下さる等、度重なるご配慮に重ねて深謝申し上げ候。今一つ無心をばお許し下されたく存じ候。実は、近年の異常なる温暖化の故でせふか、五月半ば頃には早もう、株元の暑さに、それこそ手を焼く始末にござ候。相願わくば、早目に日蔭に移動頂き候《そうら》えば幸甚《こうじん》にござ候」

「これは失敬、申し訳ない。いやわしもうかとしていた。今日、我が国など温帯とされている地域でも、今や、亜熱帯化しつつあるそうな。それ故、動植物相も大きく変化しているとの由。真にもって失礼致し候。爾今《じこん》、日日の天象《てんしょう》状況をより細かく把握《はあく》し、縦令《たとい》、四月でも十月であっても、厳しき強光線の日には、こまめに鉢を移動させて進ぜよう。ご安堵召《め》されたく存じ候」

と、小父さんは詫《わ》びて答えた。クレマチス「柿生」は安心して、にっこり頷《うなず》き、その容姿が一層光り輝いて観えたのでした。

続いて六月上旬六日には、花菖蒲が開花しました。剣状の葉っぱは動きがあり、その花は落ち着いた、静かで淑《しと》やかな佇《たたず》まいと申せましょう。真に、その花言葉「優雅《ゆうが》」のままの姿であります。小父さんはお礼の言葉を、平生通りの「かけ肥」ですると、やおら、花菖蒲「舞扇《まいおおぎ》」の一本の株が清涼《せいりょう》たる声で申しました。

「小父様、多多お手数のお蔭で開花に至り、感謝の限りです。ここ二十日間は咲き続けますので、どうぞ、鑑賞してやって下さいな。それで……一つお願いがございます。大きな鉢に植えて頂いておりますが、ここ一年近くの間に於いて、すっかり地下茎が肥大しております。これは小父様よりの施肥の賜物《たまもの》で、栄養十分の結果で、有り難い事なのでありますが、根っこも幾分廻り過ぎて大分、窮屈《きゅうくつ》となっており、呼吸も少少苦しくなりつつあるようです。ご多用中恐縮でありますが、花後にはどうか植え替えておくれませせ」

と懇願《こんがん》した。壮者は、

「いや、悪かったな。自分も舞ちゃん（花菖蒲の品種「舞扇」）の花が終わったら、早速、株分け、植え替えの段取りであったのだよ。この月下旬にはその作業を行うから、今暫《しばら》く待っておくれよな」

　花菖蒲は無言で嬉しそうに頷いたのでありました。

　さて、季節は移ろいて梅雨真《ま》っ只中《ただなか》の七月上旬となりました。小父さんの家の花壇は、夏秋咲きの草花に、すっかり模様替えされております。その内、百日草（ジニア）がたくさんの蕾をつけ、開花間近となっております。これは四月上旬に播種し、六月上旬に定植したものであります。

　かけ肥小父さんは、叙述《じょじゅつ》の三種の花（日本桜草、クレマチス、花菖蒲）が世にも不思議な語りを聞かせてくれた中で、ある共通点に気付き、解せないまま今日に至っているという宿題がありました。それは、草花達が申し合わせたように、その一番花の咲き初め直後に言葉を発してくれたという特徴でありました。いずれも、その日以降は、声かけをしても一切語ってくれないのでした。不可思議の極《きょく》、壮年は花壇植えの百日草「フェアリーランド」の一番花の折、聴取してみる事に致しました。

　七月七日、七夕を迎えた早朝、この花も咲いてくれました。小父さんは先ず、開花御礼を申し述べ、この疑問を尋ねました所、百日草は暫く何事か思慮しておりましたが、意を決したように口を開きました。

「それはね、小父さん、こうだと思います。わたくしもそうなのですが、植物が話し語るという事自体、極《きわ》めて稀《まれ》であります。心底《しんそこ》、信頼を寄せるお方にだけ話すのです。然し、数分の話し合いで、身命を削る程の精根《せいこん》を使い果たすのです。寿命が縮まるのです。それこそ、畢生《ひっせい》の大業《たいぎょう》なのです。場合によっては、衰弱して枯れ死する事すらあるのです。そうならなくても、二、三年は咲く事ができない程に弱り果てるのです。わたくしは一年草ですから、一年足らずで枯れてしまいますが、多年草の皆さんの苦労を考えてやって下さいまし」

と、正に魂が発する言葉と思《おぼ》しき草花植物の心根《こころね》を吐露《とろ》した。

真相を知り得た小父さんは、感銘《かんめい》の余り、吐露してくれた相手に対してすら、返す言葉がなかったのでありました。

翌日、小父さんは、語り合ってくれた四種の草花に対し、深い慈《いつく》しみを込めて詩を作り、四者に捧《ささ》げたのでありました。

可憐なる　花の心根
知らねども　咲いてくれるか
この庭で　それは懐かし

さくらそう

麗《うるわ》しの　花の心根
知らずとも　咲いてくれるか
この庭で　それはあの日の
かざぐるま

雅《みやび》なる　花の心根
知らねども　咲いてくれるか
この庭で　それは夢の日
はなしょうぶ

嫋《たお》やかな　花の心根
知らされて　咲いてくれるか
この庭で　それは今日
ひゃくにちそう

蟬明神

古来、大八洲《おおやしま》（大和の国＝日本）は、蜻蛉（あきづ・あきつ＝とんぼ）王国である。と同時に、蟬の楽園でもあった。

凡《およ》そ半世紀前の真夏、欧州から日本を訪れた動物学者は、公園内の蟬時雨《しぐれ》に接し、樹木が鳴いているものと錯覚、驚嘆《きょうたん》の声を挙げたという逸話《いつわ》があったそうな。

然《さ》もあろう――緯度の高い欧州での真夏七・八月の平均気温の一例を示すなら、ロンドンが約十八度、東京同二十七度と、九度の開きがある程だ。それが主因であろうか。蟬の種類も棲息《せいそく》数も欧州では極《きわ》めて少ない。従って、蟬が羽化《うか》した後の抜け殻《がら》である「空蟬《うつせみ》」を目にする事自体が余りないし、蟬の大音声《だいおんじょう》を身近に聴く事も殆《ほとん》どないという。だが、地球温暖化が聞き慣れた言葉となりし今日以降、将来はどうなるであろうか。

去りゆく夏の頃、樹木に留まる無為の「空蟬」を目にすると、うら哀しく感傷的にさせられるのは何故であろう。羽化した蟬の寿命は、僅僅《きんきん》一週間余と言われている。「空蟬」はこの世に生を得、地上で儚《はかな》くも命の限りを生きた証《あかし》であろう。

各種辞典によれば「うつせみ」とは、①「現せみ」と記し、「この世のひと」「現世」を表わし、又、②「空蟬・虚蟬」と書けば「せみのぬけがら」又は単に「せみ」を表す。転じて「はかないこの世」の意で、「世」「人」にかかる枕詞《まくらことば》となった――とある。

さて、数ある鳴く虫の仲間に於《お》いて、鈴虫、松虫、蟋蟀《こおろぎ》などと蟬では、鳴く方法が異なるそうな。鳴くのはいずれもオスであるが、蟬に関して簡潔に申しておこう。蟬類の腹部には、薄い発振膜があるが、この膜の内側にあるV字型の筋肉を収縮させる事によって、発振膜を震《ふる》わせて音を出し、腹内で共鳴させた結果が、あの大音声に繫がるのだという。

蟬のあの声音《こわね》は、何を主張して生命の限り鳴き続けるのであろうや。而《しか》も、種類により似て非なる趣《おもむき》を有す。クマゼミでの一例を示してみよう。傍《かたわ》らの人には、

――シャーシャーシャーシャーシャーシャーシャー……と聞こえる。が、別には、

――さあさあさあさあさあさあ……とも聞こゆるのである。

古来、幾種類もの蟬は、人人の生活圏に棲息するものが多く、そこで人となりを観察しているのである。人人の喜怒哀楽《きどあいらく》に応じ、その感動を自らの声音で表しているのである。

さて時は平安時代後期、源平の戦が風雲急を告げる、西暦一一八〇年代に遡《さかのぼ》る。

備後の国（現広島県東部）の北の涯に、標高が大凡《おおよそ》四百丈の比婆山《ひばやま》と称す霊峰《れいほう》が聳《そび》え、仰《あお》ぐ万物は一様に畏怖《いふ》を抱いておりました。

その尊崇《そんすう》される大山の麓《ふもと》、狭隘《きょうあい》な地に、当時としての年老いた両親とその子供で、仲のよい兄

弟姉妹が暮らしておりました。兄弟は齢《よわい》三十がらみの壮年で、何事にも力を合わせ、日日の暮らしを支えていたのでありました。叔父夫婦とその子らを含む、一族十二人は稲作農耕、雉《きじ》、山鳥などの狩猟、鮎《あゆ》、山女《やまめ》など川魚の漁撈《ぎょろう》等で生活を営んでおりました。

ある年の晩夏の事でした。

残暑なお厳しきながらも、そこはかとなく、初秋の気配が漂う中、働き者の兄弟は、山里の奥深くに潜《ひそ》んでおりました。狙う雉などに悟られないよう、潜むのです。実の所、兄弟はここ何日も、相携えて狩猟に出ておりますが、獲物を得られず、兄者人《あんじゃひと》は焦《あせ》っておりました。

この夏は降雨が少なく、山鳥らの餌となる虫が少なく、野草の類の実りも悪く、野鳥らも困窮《こんきゅう》しているのでありました。獲物の姿すら眼にする事能《あた》わず、兄弟はずんずん奥深く、歩を進めざるを得なかったのです。朝、辰《たつ》の刻、陋居《ろうきょ》を後にして、既に夕方申《さる》の刻となっておりました。山中の日は没しやすく、大禍時《おおまがとき》の黄昏《たそがれ》近くになりつつあるも、兄弟はそうした時の移ろいの感覚も薄く、尚、山里を彷徨《ほうこう》し続けております。出かける前に朝食を摂《と》った後、途中の沢で喉を潤した以外、何一つ飲食しておらず、弟は空腹と疲労で、立っているのも難儀《なんぎ》な態でした。

ふと気が付くと、二人は十五年位前の少年時代に、父親に連れられて来た事のある場所に佇《たたず》んでおりました。そこには五尺程の奇妙な石柱十本位が、折り重なるように倒れており、これを見て兄弟は、その砌《みぎり》の記憶を甦《よみがえ》らせたのでした。

往年《おうねん》、この場所にて、父親は二人に対し、いつにない強い調子の物言いで、申し渡した事がありました。それは、この倒れた石柱のある場所から、日の沈む方向の西側に見える獣道《けものみち》らしきには、決して入るなかれというものであり、これは集落の掟《おきて》であると断じたのでありました。過去、この掟を破り、小径に入った者は、誰も生還していないのだとも強調したのでした。それらの訳を、この折の父は何故か話さなかったのであるが、一説には、この奥山に身丈七尺近くの山姥《やまんば》と恐れられている、妖婆《ようば》が蟠踞《ばんきょ》しているとの言い伝えがあったのでした。今、ここに佇む二人は、父親の忠言を思い巡《めぐ》らせながら凝視《ぎょうし》すると、確かに、杣道《そまみち》とも思えぬ微《かす》かな小径らしきが一本あるのを認め、それが禁断《きんだん》の深山《みやま》入口であるを、揃って直観したのでした。

と、その時、辺りの静寂《せいじゃく》を破って、蟬が鳴き始めました。その声音は、

「ミイーン、ミンミンミン、ミイーン、ミンミンミン……」

と、何かを訴えるかのように、弟には聞こえるのでした。固《もと》より蟬の名前などは知らず、そんな事に頓着する余裕もありません。

すると今度は、禁断の小径の向こう、藪《やぶ》の方でがさがさという音がし、兄者人《あにじゃひと》が思わず振り向いた刹那《せつな》、彼は山鳥らしき姿が、一瞬眼に留まった気がし、それを二十間ばかり先の方と見定めたのでした。そして、自らにも言い聞かせるよう、弟に告げました。

「よし、弟《おとと》、この距離ならわし一人で行って、捕まえたら直ぐここに戻って来るけえ、待っとれ」

弟は即座に反対しました。父の忠言をたった今反復した矢先でもあり、別には先程の、気になる蟬の鳴き声もあったからです。彼は蟬の鳴き声が次の如くに聞こえたのでした。

(見いーぬ、見ぬ見ぬ見ぬ……)と。即ち、何か知らぬが、見るな、見ん見ん見ん――と忠告してるに違いないと。もしやこれは、禁断の山中の方を見るな、というお告げではないか。そうしておれば、さっきの山鳥らしきも見えなかったはずだ。故に、そこに入るという話にもならなかったはずである。とにかく、これは只事《ただごと》ではあるまいが、斯様《かよう》な講釈を兄者人にしても通用はしないであろう故、父の忠言の一点張りで必死に、諫止《かんし》し続けたのでありました。

然《しか》し、獲物を得たい一心の兄者人は、口論の時間さえ猶予《ゆうよ》ならぬとばかり、弟を振り切るように一線を踏み越え、鬱蒼《うっそう》たる棘《いばら》の深山に入って行ったのでした。

弟は自分も行くべきか、止まるべきか迷ったが、須臾《しゅゆ》の間に兄の姿は見えなくなったのでした。二十間ばかり前方の藪を、左に逸《そ》れたように映ったが、音もなく忽然《こつねん》と消えたようにも思われたのでした。いつもの狩猟の最中なら心配もなかろうが、進入を固く禁じられた場所なのである。昨日迄の山野、山里とは違うのだ。

弟は気が気でなく、何ともし難い恐怖と連日の山川跋渉《さんせんばっしょう》の過労が重なり、金縛《かなしば》りの戦慄《せんりつ》を覚えた程でした。と、その瞬時、その場にへたり込んで終《しま》い、間もなく気を失いました。

陽春く《うすづ》酉《とり》の刻、その頃、兄弟の住居では老両親に妹二人、叔父夫妻とその子四人の計十人が、未《いま》だ帰らぬ兄弟を心配しておりました。これより凡そ一時（現在の二時間）前から、住居近辺の樹木で、名も知らぬ蟬が、長長と鳴き続けておりました。幾種もの蟬の声は普段よく耳にする所ですが、この黄昏の声は何かを訴えるような響きがあったのでした。

その声の主は、現在でいう油蟬でした。これは古来、

「ジージージージー……」

と、執拗《しつよう》と思《おぼ》しき声で鳴き、見た目も、ねっとりとした褐色《かっしょく》（油色）を呈しているが、この際の長女にはその声が、

（爺、爺、爺爺爺……）と、誰かが連呼している声ではないか、との気がしてなりませんでした。

これはもしや、二人の兄が何かよからぬ災難にでも遭《あ》い、爺（父親）に早く来て給《たも》れとしているのではないか、そうだ、虫の知らせではなかろうかと、思考されたのでした。そして両親や叔父夫婦にも、直ぐに捜索《そうさく》に出るべきだと、急《せ》き込んで進言したのでした。固より、親族十人が同じ考えであり、長女を含めた五人で、捜索に出かける段となり、次女と叔父の子四人が留守番として残る事となりました。

大急ぎ用意したのは、飲み水、松明《たいまつ》や弓、木刀など最小限の物で、五人は蒼惶《そうこう》として住居を後にしたのでありました。

父親の胸は決していました。とにかくあの場所に急ごうと、自ら先頭に立って、四人を叱咤《しった》し

たのでありました。

既に辺りは薄暗く、現代時間で七時頃でした。

すると又も、どこかで蟬の鳴き声が聞こえてきたのでした。先の住居近辺での、それとは明らかに異なる種の蟬で、寂しくて悲愴《ひそう》な声音そのものでありました。それは、

「カナカナカナ、カナカナカナカナカナ……」

と聞こゆる蜩《ひぐらし》でありました。

五人は口数も少なく、先を急ぎつつも、遣《や》る瀬ない蟬の鳴き声に、長女は思わず落涙《らくるい》したのでした。

常日頃なら、この蟬の声をして、仄《ほの》かな哀調を帯びた美しい音色と、感受するのでありましたが、この宵闇《よいやみ》、それを耳にすると長女は、何かしら不安に苛《さいな》まれるのでありました。

長女にはその声が、

――悲（し）悲（し）悲（し）、悲（し）悲（し）悲（し）悲（し）悲（し）……と聞こえるのでありました。愈《いよいよ》、徒《ただ》ならぬ気が募り、胸騒ぎは高まるばかりでした。

立待月《たちまちのつき》と星芒《せいぼう》、それに松明を寄る辺に、歩武確《ほぶしっか》りの一時半、父の方向感覚と記憶は違《たが》わず、曰《いわ》く因縁の所に着いたのであるが、忽《たちま》ち五人は恐怖の底に逆落《さかお》としに遭った気がしたのでした。

五人が目の当たりにしたのは、この世のものとは思えぬ異形《いぎょう》な生き物であったのだ。それが、

放心状態の弟（下の兄）に、こっちへ来いとして、呼び込もうとしているのであった。弟は身動きすら能わず、五人は弟に駆け寄る事さえできず、弟自身、身内の救助が来てくれた事すら気付いてないのであった。夕刻、気を失った次兄は、何か異様な音で覚醒《かくせい》したのであるが、直ぐにこの様《ざま》であったのだ。

この人外境《じんがいきょう》に在《あ》る怪異《かいい》な生き物は、直ぐに視線を五人の方に巡らせた。

このおどろおどろしい異相《いそう》が山姥か――五人は断じた。同時に、ここにいない長兄は、山姥の領域に入ったまま還らず、それが遠因で、この恐怖と戦慄の状況を惹起《じゃっき》したのであろうと直感した。

どうした事か、恐怖のこの怪異な生き物は、こちら側の娑婆《しゃば》と、向こう側の幽《ゆう》邃境《すいきょう》を隔てる線（境界）の手前から、こちら側に来ようとはしないのであった。

山姥の足元には、鵺《ぬえ》のようなこれ又、得体の知れぬ生き物が邏卒《らそつ》の如く従い、その眼をぎらつかせ、フィーフィーと気味悪く鳴くのであった。鵺と言えば、応保元年（一一六一年）、源頼政が雨の禁中《きんちゅう》で、頭が猿、胴体が狸、手足が虎、尾が蛇、その鳴き声がとらつぐみの如き怪獣を退治したという伝説がある。これがその鵺であったろうか。

恐怖に戦《おのの》き、戦慄を禁じ得ない父と叔父であったが、この危機を前に大死一番、性根《しょうね》を据《す》え、弓に矢を番《つが》えた。それは今将《まさ》に、大危機に晒《さら》された肉親を、守り抜こうとする本能でもあったのであろう。この時点でやっと、弟（次兄）は身内の来援を覚えたが、気安まるはずもなく、唯、弓矢八幡《はちまん》に祈るのみでありました。

二人は弦《げん》を十分に引き絞り、相次ぎ矢を放った。が、的の妖魔《ようま》は動ぜず、魔手をして、こっちへ来いとの指嗾《しそう》を、反復するばかりであった。その山姥妖魔との距離は、僅か四間余であり、弓勢《ぜい》十分の矢であったが、境界の上を越えると、失速したかのように、ふわっと僅かに浮き上がって、ぽとりと下垂したのでありました。

魔界《まかい》の妖術を見せつけられた六人は、怖《お》じ気《け》付いたまま、為す術《すべ》もなく硬直したままでありました。

と、ここで老母が必死の形相《ぎょうそう》で言い放った。

「お父《とう》、火だ、火を！　早う」

と急き込んだ。

はたと気付いた二人と長女の三人は、傍らの石柱近くに差し込んでおいた松明を手に、手に取るや、頭上に翳《かざ》しながら境界直近迄前進した。意識が甦った次兄も続いた。然し、それでも尚、敵陣内側棘の道先端に仁王立ちの妖怪《ようかい》は微動だにせず、宛《さなが》ら、火炎を背負わぬ不動魔王《ふどうまおう》が、松明の火を掠《かす》めようと、待機しているが如きであった。

魔界境至近に突き進んだ四人と、魔王とは二間余という咫尺《しせき》の間となった。

至近から見上げた、妖怪山姥の眼からは赤い光線が放たれ、その口からは激しい気流の如き吐息を、吹き募らせていたのであった。

父は怒声一喝《どせいいっかつ》、

「投げろ！」

と命じ、手にした松明を一番槍の如く、渾身《こんしん》の力を込めて投げ付けた。叔父、次兄、長女も略《ほぼ》同時に妖怪婆《ばば》目がけて投げ込んだ。

然し、有ろう事か——三本の松明は魔界の低空で、次次と吹き消され、その場に落下した。恰《あたか》もそれは泡の消ゆるような造作《ぞうさ》もない出来事であった。更に最後の一本は、妖魔の左手に収められたのであった。嗚呼《ああ》、已《や》んぬる哉《かな》——今度こそは越境して襲われる——極限《きょくげん》の恐怖に歯の根も合わざる六人は、動物的本能だけで身構えたのであった。

が然し、この時——すでに深更——にも、かの妖魔は前同様、魔界と人界の見えぬ境界線を突破する動作は微塵《みじん》も見せず、火を得た不動魔王然《ぜん》として立ち尽くしていた。

己の領地を弁《わきま》えて、それ以上の地を侵さず、挑む敵には容赦《ようしゃ》しない――斯《か》かる妖婆の本分こそはこれに凝縮《ぎょうしゅく》されるかと、幾分冷静さを取り戻した父は、物言わぬ相手の本性を斯様に分析した。

更に父は推知《すいち》した。この山姥を始めとする妖怪らは、それら自体が棲《す》む、この魔界でのみ本来の怪力を揮《ふる》う事が能い、人間界の娑婆ではそれが不能になるのではあるまいか、と。その訳は推察の限りではないが……。

そうだ、この大宇宙には天界もあれば冥界《めいかい》もある。人界（俗界）だけではないのだ。地界あれば魔界あり。この夜、目の当たりにし、驚愕《きょうがく》した出来事――人間の理智を超越した、不可思議なる妖婆の能動と制御は、その界《さかい》なればこそのものであろう。で、あるならば、人界に留まるべき人間が、天の劃《かく》した異界に越境すれば、天帝の逆鱗《げきりん》に触れるは必定《ひつじょう》で、これがため、掟を破り棘の魔界に侵入した者は、生還が許されず、奈落に葬《ほうむ》り去られるのであろう。

魔界とそれに拠《よ》る妖怪山姥の本性を、解析《かいせき》したつもりであるが、一種の自己暗示に過ぎず、油断はならない。弓も火（松明）も通用せず、他に武器らしきは木刀のみとなった一族六人衆は、爾今《じこん》の善後策・処置をどうするかが焦眉《しょうび》の急であった。当面の問題は重大且つ緊急事であるのだ。

一つ、長兄の捜索をどうするかであり、今一つはこの魔界境から安全、速やかに脱出する方策であった。

火を手にした魔王は、六人衆への視線を他に移さず、依然不動の体勢を堅持するが、一族を襲《しゅう》撃《げき》するような気配もない。こうした中、一族六人は警戒を緩められもせず、結論を急がねばならなかった。六人の体力・気力は既に限界《げんかい》であり、談判している場合ではないと察知した最長老の父は、自身苦衷《くちゅう》の結論を吐露《とろ》せざるを得ませんでした。

「ここを越え、あの山姥と決戦し息子を取り返そうと考えた。勝てばじゃが……自信がない、済まん。(長兄は)生きておらんじゃろう。せめて、亡骸《なきがら》を持って帰りたいが、あの山姥がそうさせんじゃろ。苦しいが、ここを抜けて帰る事に決めた。皆も聞き分けてくれ。済まん」

これを言い渡す父の声は、血を吐くような悲しい叫びであった。母も叔父も、次兄、長女も滂《ぼう》沱《だ》の涙となった。

次いで叔父が申した。

「皆、あの方を向き、手を合わせ弔《とむら》おうぞ」

六人は見えぬ墓標に向かって手を合わせた。

深更《しんこう》の窈然《ようぜん》たる星空には、立待月が皓皓《こうこう》と下界を照らしていた。斯くして、一族は踵《きびす》を返す事となったのである。

魔界境の敵陣前からの撤退《てったい》は容易ではない。難行苦行の末、目的を果たせずの帰路は、千里の荒野を行くが如しであった。長兄の発見・救出は能わず、いとど悲嘆に暮れる、重き足取りであった。剰《あまつさ》え、この危険区域からの脱出、帰還となると、不安が付き纏《まと》うのは当然の帰結であったであろう。

僅かに松明一本と、十七夜の月明かりを頼りに、一同は叔父、叔父の妻、長女、母、次兄、父の順に踵を返した。二人一組の交代で、魔界の山姥を絶えず見張る事を必須とした。九十九折《つづら》りの小径である。直ぐに妖婆の異形は視界から消えた。が、常に警戒を怠らず、四囲情勢に神経を研ぎ澄まし、そして歩いた。ひたすら歩いた。

気力を杖として、二た時（現在の四時間）余り歩行し、やっと、住居迄もう後二町ばかりの緩やかな上り坂の所に辿《たど》り着いた。時候は夏の終盤、辺りは仄仄《ほのぼの》と薄ら明るくなってきた。

すると、どこからか又も蟬が鳴き始めた。昨宵闇、五人での出立《しゅったつ》時にも耳にし、心に沁《し》みた、あの悲歌であった。今朝のそれは、帰らぬ長兄を悼《いた》む挽歌《ばんか》なのかとすら思われた。

もうひと踏ん張りという、草屋《そうおく》を見通せる所では、別種の蟬が詠嘆《えいたん》を奏《かな》で始めた。二種類の蟬は夫夫《それぞれ》、荘厳《そうごん》に哀悼歌《あいとうか》を調べたのであった。

謂《い》う所のニイニイゼミは、

「ニーニーニーニーニー……」

と鳴き、片やの法師蟬（ツクツクボウシ）は、

「オーシ、ツクツクボーシ……」

と奏でる。

前者は、次兄や長女らの、還らぬ長兄に対する叫び、即ち、

「兄《にい》、兄《にい》、兄《にい》、兄《にい》、兄《にい》……」

と聞こえたであろう。後者は、

「惜しい、つくづく惜しい……」

と、蟬界の法師が、非業《ひごう》の最期《さいご》を遂げたであろう、長兄の御霊《みたま》を慰めてくれているのであろうか。

藁葺《わらぶ》きの草庵に辿り着いた、一族六人は一様に精根《せいこん》尽き果てていた。身体の衰退ばかりか、長兄を失い、危地からの脱出等の心労も重なり、憔悴《しょうすい》の極限下にあったのだ。殊《こと》に、老両親と次兄が顕著《けんちょ》で、この一昼夜に起きた現実が信じられず、悪夢か幻か錯乱《さくらん》状態を呈する程であった。


それから半月の日が経った、初秋の夜、老母は己の少女時代の夢をみた。

乙女時代であるから、嫁《か》する前の実家であろう。そこに大きな山桜が植わっていた。夏の早朝、その山桜の枝に羽化したばかりの蟬を目にした。今抜け出た後の殻《から》に止まって、羽が固まるのをじっと待つ蟬のそれは、まだ真っ白でした。その近くの枝には、動かぬ蟬を狙う蟷螂《かまきり》が、忍び寄っておりました。咄嗟《とっさ》に少女は、その蟷螂のあの細長い胸部を、親指と人差し指で挟《はさ》み、やや離れた叢《くさむら》に放り投げたのでありました。助けたと言うより、無抵抗な弱者を捕食しようとする者に、

軽い懲《こ》らしめとしたのでしょうか。

間もなく今度は、この状況を低空から観ていた、一羽の烏《からす》が舞い降りてきて、山桜の右側少し離れた所に植えられている梅の枝先に止まりました。動けない蝉を捕らえようとしてか、凝然《ぎょうぜん》とこちらを観つめております。これは危ない――とばかりに少女は、棒切れで烏を威嚇《いかく》し追っ払いました。羽が固まりつつある蝉が言ました。

「度度《たびたび》の救いの手有り難ね、嬢《じょう》や。あたしの後の世代や蝉仲間達は、この感謝を忘れる事はないでしょう。いつか、お役に立つ日があるかも知れません。ではさようなら」

と言って、大空に飛び立ちました。

――夢から覚めた老母は、四十年以上前の昔を思い浮かべようとしました。実家には幾種もの樹木が植わっていたが、山桜や梅はなかったし、その時分、夏に蝉の声を聞いたり、姿を見るのは誰しも日常的であった。少女の自分が蝉を外敵から救ったという記憶はない。但し、それこそ夢でみたような気はする。似たような夢を、少女期と現在の老いの身でみるとは、何という摩訶《まか》不思議な縁であろう。老母は考えた。此度の事もあり、我が一族と蝉とは何か、特別なる縁で遠《えん》祖《そ》から今日迄、連綿《れんめん》と続いているのではあるまいかと。

老母は即日、一族全員の前で左の提案を申し出た。我らの住居の南東側にある前庭の一角に小さな祠《ほこら》を造営「蝉明神」とし、蝉神を祀《まつ》ろうというものでした。異論はなく、それ以外にも裏庭の一角に、更に「蟬塚」を設《しつら》え、仰《あおむ》向けに死去した全蟬仲間を一匹ずつ拾い集め、懇《ねんご》ろに弔って進ぜようとの話も纏まりました。

長兄が生死・消息不明となってから早、一月余となった仲秋の頃、蟬の声も余り耳にしなくなり、朝晩はめっきり冷涼となりました。漸《ようや》く一族は多少、落ち着きを取り戻していたとある日、一人の山人《やまびと》態の男が住居と、田畑の方を拝礼し、その後、祠を目にし、そこでも合掌《がっしょう》し、一礼して立ち去りました。

あの日、兄者人は人界と魔界の境界辺から凡そ、二十間先の魔界に山鳥らしきを、ちらと目にしその直後、それを射止めんとして禁断の深山《しんざん》に入ったのであるが、直ぐに姿が見えなくなり、見送った次兄も気絶し、兄は消息不明となったのでありました。

あの時、兄者人が目にしたとされる山鳥は事実いたのでした。然も番《つが》いと思しき二羽で。その場所は、兄者が申すように、境界地点から約二十間先を左に入って、そこから更に、十間余の所であった。が然し、これを将に山姥が、捕獲しようとしていた所であったのだ。この状況を目撃した兄者人は驚愕し、動物本能だけの全速力で逃げ、走ったのであった。

数時間後、捜索に向かった一族が境界現場に着いた際、周辺状況からして、魔界の妖婆に殺されたものと推断《すいだん》した。当然であろう。、現実に恐怖の山姥は目の前の魔界にあり、次兄への聴取で兄者人の魔界進入が証明されたのであったからだ。歯が立たぬ相手に、この上更に六人が犠牲になりかねまじき現実に遭遇《そうぐう》した一族は、危地からの脱出を涙を呑んで決めたのであった。

一方、兄者人の方は——山姥が二羽の山鳥を捕らえようとした瞬間を目にした刹那、動物的本能で必死に逃げ惑ったが、僅か数分後に、ある魔界と俗界の境界から滑落《かつらく》した。十五丈に亙《わた》る斜面の中途迄、転げ落ち、止まった時には失神《しっしん》したのであった。

略半日後の翌朝、日が昇り始めた頃に、兄者人は覚醒した。が、何故自分がここにいるのかの自覚もなければ、方向感覚もない。記憶が確《しか》としないのだ。空腹感と口渇《こうかつ》があるようだ。然し、固より飲料水もなければ、何一つ食べ物もない。所持品は皆無なのだ。途方に暮れて暫《しば》くはぼんやりと空を眺《なが》めていた。

と、斜面のやや下方で、小さな声が聞こえてきた。

「こっち、こっち、こっち……」

と、人の声ではないが、来る事を促すようにも聞き取れた。身の振りをどうすべきか、皆目分からず、兄者人はその声の方へ、とぼとぼ歩き始めた。直ぐにその地点らしきに着いた。すると再び、

「こっち、こっち、こっち……」

と、同じ声音が、やや下方から聞こえた。又、そちらに向かって歩行した。

こうした繰り返しで、凡そ半時（約一時間）程、斜面を下るように歩き通した。「こっち」の声が止んで間もなく、兄者人は段段畑の見ゆる所に出た。そこで一軒の苫屋《とまや》を望んだ。その家に近付くと、四十絡みの夫婦らしき男女が、隣接の田畑で農作業をしていた。更に接近し、二人と目が合った。兄者人が黙礼すると、先方の夫らしきは訝《いぶか》し気に、

「どうしたね」

と問うた。

兄者人は事情を話し、目が覚めた以前の記憶がなく、自分が誰だかも分からないと、正直に答えた。喋《しゃべ》る言語だけは過去と、変わりないようであった。

すると農夫は、

「それは大変じゃ。よくなる迄、うちに泊まっていきんさいや。遠慮はいらんけえ。まあ、百姓仕事は手伝って貰おうと思っとるがね」

と、忌憚《きたん》なき所を提示した。飲まず食わずの限界にあった兄者人は、倒れそうな体勢を踏ん張り、

「お願いしますけえ」

と答え、深くお辞儀《じぎ》をした。

夫婦は不思議な旅人？を苫屋に招じ入れ、ともかく朝飯の残りの汁粥《しるかゆ》を与え、その後は休養させ、体力の恢復《かいふく》を待った。

この日から、壮者と中年夫婦との、奇妙な生活が始まったのであるが、四日後には兄者の体調は大分恢復、畑仕事が手伝える状態となり、自らそれを買って出た。二人であった人手が三人となりしの違いは大きく、折から、早場米の稲刈りの作業が捗《はかど》った。

その夜、晩飯後の一時、農夫はこの壮者に質《ただ》した。

「記憶のある範囲でええんじゃが、どこからうちの家に辿り着いたんかね」

兄者人は答えた。

「それが、何かしらん、いびせえ山肌の斜面で目が覚めたんじゃ、あの上の方で」

と、家の中から外のその方向を指差《ゆびさ》した。主《あるじ》は、

「ほうか、ほいじゃあ、あんさん、もしや、あのいびせえ山姥がおると言われとる、魔界の方じゃないんか喃《のう》」

「ヤマンバア」という発声を耳にした兄者人は、脳天を強打された如き衝撃《しょうげき》を受け、眩暈《めまい》と同時に気絶しかけた。胡坐《あぐら》のまま前横に俯《うつぶ》せ状態に倒れ込んだのであった。思いもよらぬ眼前の出来事に、直ぐに夫婦は抱きかかえ、奥の寝床に運び、寝かせた。井戸水で濡らした布を頭にかけてもやった。

四半時（三十分）程後に気が付いた。夫婦に謝辞《しゃじ》を申し、先程の件に関し小声で語り始めた。

「さっきの小父さんの話で思い起こした事があるんです。うちらは弟と二人で、獲物の鳥を探し

山里を廻っとったんですが、山道に迷いいつか、親から進入を禁じられていた、魔界境に来とったようなんです。そしたら、その魔界らしきに山鳥が、少し先に観えたんで、うちは弟の制止を振り切って、それを射止めんと魔界らしきに入ったんですが、直ぐに山姥らしきと遭い、逃げ惑ってその斜面に転げ落ちたようなんです」

「その魔界境らしき所が分かるか。行けそうかい喃」

「ええ、何だか、あの石柱が何本も重なって、倒れとった所じゃったです」

「おう、あそこか。そこならわしも知っとるわ。そこから家に帰る道が分かるかい喃」

「何とか分かると思いますが、今、家に帰るつもりはありません。助けて頂き、御馳走ばかりになり、せめて一年は働いて、恩返ししとうございますんで」

「おお、殊勝《しゅしょう》よ喃。じゃが、家人に無事だけでも知らせたらどうか喃」

「いえ、自分は父親の言い付けを破った不孝行者です。謹慎《きんしん》の身として当分は帰らないでおきます。が、落ち着いたら一度、家の前迄行って、外から無事を祈ってこようと思っとります。無論、山人態にして悟られんようにしますけえ」

「よっしゃ、そうしんされ。うん、うん」

中年の奥方も、この珍客の精神蘇生《そせい》を、自分の事のように慶《よろこ》んだのでありました。翌日からも三人は当面の農作業である、刈り入れに汗を流し、ささやかなる夕餉《ゆうげ》も、三人協働《きょうどう》でのものでありました。

而《しか》して、その二十数日後、兄者人は農夫に連れ立って貰い、石柱が折り重なっている魔界境迄来たのでありますが、その際、農夫はもう一度、家への道が分かりそうか、まろうどに確認した。兄者人は大丈夫だとして、二人は別れた。兄者人はちらっと、魔界を見詰《みつ》めたが、山姥らしきは見当たらなかった。

幽邃境を後にして、兄者人は己の感覚を信じ、歩武確りと下山を開始した。すると、一月前に耳にした声が又又聞こえてきた。その折には、斜面の中途で覚醒し、途方に暮れる兄者人を「こっち、こっち……」と誘導してくれた、あの道標《どうひょう》の声である。あの節は意識が朦朧《もうろう》としていた事もあり、その声が何者によるものか、思考する余裕もなかったが、ともかく、それに嚮導《きょうどう》されて、麓の民家に辿り着いたのであった。謂わば命の恩人なのである。

今、再び同様の声を聞き、身震《みぶる》いを禁じ得なかった。それは恐怖からのものではない。幾度《いくど》も命拾いしている己には、不思議な何かに護《まも》られているような気がする。天祐《てんゆう》であろうか。そうかも知れない。天の加護に畏敬《いけい》、その刹那の畏怖《いふ》が身震いとなったものなのだ。

此度の道標も、過日のそれも、神の使者である蟬に相違あるまい。そうだ、この蟬明神に嚮導して頂くに如《し》くはない。兄者人は一も二もなく、自己の分別、思慮を肯《がえ》んじた。

蟬明神の案内で、旅程は頗《すこぶ》る捗った。用意して貰った飲料水と糒《ほしい》を携行、殆ど休まず歩き続け

た。凡そ一時（現在の二時間）で、家への経路が判別できる地点となった。そこで兄者人は、見えぬ蟬に向かって、

「蟬明神様、度重なるご嚮導に対し、衷心《ちゅうしん》より御礼申し上げます。真《まこと》に有り難うございました。このご恩は行く末迄忘れません。ここからは一人で行けます。どうぞお引き取り下さい」

と、鄭重《ていちょう》に謝辞を述べ、深く礼拝《らいはい》した。すると、前方の梢《こずえ》から、

「チ、チ、チ、チ、チ、チ……」

と、数多くの蟬の合唱が上がった。さようならとの挨拶に違いあるまい。この蟬は「チッチゼミ」であった。

一時（現在の二時間）余りで、我が陋屋《ろうおく》に着いた。凡そ一月ぶりであるが、山人態の兄者人は、もう何年も経っている感覚で佇んだ。人の気配はない。一族は裏の田畑で精出しているのであろう。生家と裏の田畑方面に拝礼し、ゆっくり庭を見廻すと、何やら祠らしきが目に止まった。そこに近付くと、それは「蟬明神」とされており、奇遇《きぐう》な連続に兄者人は思わず、驚きの声を上げた。一族にも蟬のご加護があったのであろうか。ここでも手を合わせた。そして、食客《しょっかく》の身ながら、農夫の許しを乞うた上で、そこの庭の一角にも、蟬の祠を造営《ぞうえい》する決心をしたのであった。

後ろ髪を引かれる思いで、兄者人は生家を後にした。

天変地異

第一代の皇《きみ》は神武天皇である。

記紀によると、日向《ひゅうが》の国（現在の宮崎県）から瀬戸内海を経て、大和の国（現、奈良県）に入り、紀元前六六〇年の元旦、橿原《かしはら》の宮で即位なされたとされる。

神話の時代の往古《おうこ》、和の国人は少なく、未《いま》だ稲作の時代に非《あら》ずして、専《もっぱ》ら狩猟に頼る原始的な生活を送っておりました。

上古《じょうこ》の時代、日向の国の南方には、福島川が流れ、亜熱帯植物が群落、猿も多数生息しておりました。又、野生馬もここかしこで見られ、温暖な気候を享受《きょうじゅ》しておりました。

そうした自然環境だけであったなら、人に危害を及ぼすような敵はなく、平穏な原始時代であった事でありましょう。

が、往時《おうじ》、ここいら一帯には、川辺を中心として、河童、獅子、龍ら獰猛《どうもう》なる化物怪獣が跋扈《ばっこ》し、蟠踞《ばんきょ》していたのでした。この三大化物の中では、河童が最も非力でありました。身長が四尺半程度、体重は八貫前後である故、現代人の子供程であろう。が、当時の大人でも太刀打ちできない程の腕力を有しておりました。ですから、人間ですら襲われる恐れがあり、絶えず原始人も集団で行動しておりました。但し、叙述《じょじゅつ》の如く、河童と雖《いえど》も獅子や龍には全く歯が立ちませんでした。何せ、獅子は体高が約五尺、体重は五十貫から六十貫にもなる程でした。更に、龍に至っては体長が十尺から十三尺、目方は二百貫以上の巨大な体軀《たいく》を誇り、自ら天の御使いと宣明する程でありました。

然《しか》しながら、天の配剤は一方に偏《かたよ》らず、いずれにも加担してはおりませんでした。この辺り一帯に於《お》ける生息数をみれば、一目瞭然《いちもくりょうぜん》でありました。衆を頼みとする河童には、ざっと三万の個体数を与え、獅子には凡《およ》そ三千頭、龍のそれには約六百頭という現実下にありました。この数を加味した総合力では、この三大怪獣間で略《ほぼ》均等となり、互いに牽制《けんせい》、小競り合い程度で済んでおりました。それ故、いずれの群団も致命傷を免れていたのでした。

又、今一つの理由としてはこうでした。この一帯には、豊富な草木や雑穀が生い茂り、この恩恵にて野生馬や牛も多く、山鳥類や鹿、山羊《やぎ》、狐、狸、猿、猪、兎、蛇、蛙《かわず》、川魚等等、肉食性の獅子、龍及び雑食性の河童のいずれにも、獲物となるものは十分に満たされていたという訳でありました。

春闌《たけなわ》の四月十五日、河童の指導者十余匹間で、今後の河童仲間の戦略方針の謀議《ぼうぎ》がなされました。冒頭、この一帯に生息する河童連合三万の首領（大将）を、自他共に認める神河童が申しました。

——今は非常事態である。五年前の仲間数約四万が二割五分減の三万程だ。このまま便便と無為に過ごしおると、我らの勢力はじり貧となり、獅子や龍に壊滅《かいめつ》させられる危惧すらあるのだ。一族が生き残り、更なる繁栄を謳歌《おうか》するには、我らに立ちはだかる強敵を殲滅《せんめつ》させねばならん。本日はその方途《ほうと》につき、意見を聴取したいので、各各忌憚《きたん》なく申し述べられよ。

首脳部十余りは、腹蔵《ふくぞう》なく方策意見を陳述、一時（現在の二時間）余の謀議の結果、要約以下の通り、方針の骨子《こっし》が纏《まと》まり決定されたのでした。

一、我らが本拠とする、この現在地の福島川下流から北方約七里の、広渡川の東西約六里間の幅を南北で画する間に、生息する河童仲間凡そ三万匹を大同連合させた上、他の敵集団に一致団結して対峙《たいじ》し、機を窺《うかが》うべきである。

二、その敵集団として、最も警戒を要するものは、申す迄もないが、龍と獅子である。最重要なるは、この両方の強敵を共に駆逐《くちく》する事にあり。つまり、最も効率的に双方を死闘させ、共倒れを計るべき方途を考究すべきである。

三、その方策として、双方共、内内裡に我らが挙《こぞ》って味方加担すると思わせ、両方に戦端を開かせるのだ。つまり、我らの叡智《えいち》でもって使嗾《しそう》する訳である。

四、両者間の大戦で、どちらか一方が極《きわ》めて劣勢となり、片方が完勝となっては拙《まず》い。飽くまで我らの目的は、共倒れにあり、そのため大劣勢となった方には、実際に我らが支援し、挽回《ばんかい》を計らせる。

五、この目的を貫徹《かんてつ》させるため、大鳥の類である鷲《わし》、鷹《たか》、鳶《とび》、烏《からす》らを仲間に入れ、斃《たお》した獅子や龍の全ての肉を供出すると約し、空からの無差別攻撃を促す。彼らも無差別攻撃なら、考慮する所もなく、いと易《やす》き仕事となるはずである。そのためには鳥類のトップに君臨する大鷹《おおたか》の親分に、我らの首領らが出向き、懇《ねんご》ろに申し入れ旁《かたがた》、協力を取り付ける。

六、人類は恐るるに足らずであるが、これとて敵に回せば厄介《やっかい》である。同盟敬遠主義に見せかけ、当方から手出しをせず静観する。さすれば、人間からは襲ってこないであろう。つまり、人類は我らを獲物とはしていないと見做《みな》す。

五月朔日《さくじつ》、河童大将一行十三は、獅子首領の棲《す》む、南郷なる地に急ぎました、配下の百余には、それぞれ山羊他を担《かつ》がせておりました。凡そ三里の旅程を

僅か半時（現在の一時間）で駆け抜けた一行は、獅子首領の棲み処に到着《か》、余り待たされる事もなく、御前《ごぜん》に通されました。

山羊、猪、野生豚等約百頭もの傍《かたわ》らの献上品《けんじょうひん》を一瞥《いちべつ》しただけで、獅子の首領は唾の出が止まりません。河童大将の挨拶すら耳に入らず、その中途で、

「よし、お前らの望みは何だ」

と、先を急がせました。すると、河童大将は内心、したりとし、

「されば、頭殿に謹んで申し上げまする。我らの百にも及ぶ斥候《せっこう》部隊が口口に訴え出るには、近近、向こう一月を目途《めど》に、三百もの龍軍団がそちら様へ、雪崩《なだれ》となって押し寄せる戦備を整えている由にございます。我らは固《もと》より、獅子軍団の手先となって働く所存、何なりとその旨《むね》、

お申し付けされたく存じまする」

「何い、龍軍が大軍で攻めて来るとな――うーむ、その報知は真《まこと》か」

「如何《いか》にも、でござりまする。今申しました通り、その偵察《ていさつ》隊百余によりますと、貴軍を攻め滅ぼすと気勢を上げておるとの報告が一、二ではありませんぞ。お抜かりなく」

「よし、よく告げてきた。褒美《ほうび》を取らす、望みを申せ」

「勿体《もったい》ないお言葉、お気持ちを頂戴しておきます。されば、もしも戦端が開かれた暁《あかつき》には、我ら河童軍は貴獅子軍団の陣場の端をお借りして、微力ながら宿敵撃滅に合力《ごうりき》致す事をお誓い致しまする」

「よう知らせてくれたな、よしよし。いやさ大将殿、遠路お疲れであろう、暫時《ざんじ》休憩して帰りなされ」

と獅子首領は、河童大将を労《いた》わり、その上で、左右の者に告げた。

「この者を上席に通し、胡瓜巻《かっぱまき》の馳走をせよ」

その別室で更に、獅子軍団首領とその取り巻きは、河童大将らと密議を重ねていた。

「大将、本日の申し出感謝するぞ。就《つ》いてはもう一度確認するが、龍軍が我らに攻め込んでくるのは一月内と最前申したな、間違いないか」

「如何にもでござる。こちらに罷《まか》り出て迄虚偽《きょぎ》を申す訳はござらぬ」

「おおう、そうだな。ではその確《かく》たる日にちを探ってくれないか。いやさ、無論、礼物《れいもつ》は望むまだ」

「確《しか》と心得ました。我らの精鋭《せいえい》斥候偵察部隊で探らせましょうぞ。ま、いずれにしても近近の内と察せられる故、どうでございましょう。こちら強力なる大獅子軍団から彼奴《きやつ》らに、疾風《しっぷう》の如き先制攻撃を浴びせ、初《しょ》っ端《ぱな》に大打撃を敵に食らわせる、というのは……」

と、畏《かしこ》みて献策《けんさく》した。すると首領は、

「むむ……如何にも、そうか……そうだな」

と考え込み、暫《しば》しの時が経過したが、やおら、

「二千頭の仲間を集結させるなど、龍との戦端開始への準備には幾日要するか」

と、近侍《きんじ》に問い質《ただ》した。すると、側近らも暫し小声で話し込んでいたが、近侍頭らしきが答えた。

「この一帯即ち、福島川から北方の広渡川にかけて点在する仲間凡そ二千頭を呼び寄せるには、少なくとも十日間は要しまする」

「よし、十二日後のこの五月十三日未明に進撃する。直ちに準備に取り掛かれ」

と命じ、様相は河童首脳の思惑《おもわく》通りに運びそうでありました。河童一行は愛想よく辞去《じきょ》致したのでありました。

さて翌五月二日、大将らは休む間も惜しんで、今度は龍の神を自認する龍軍の本陣を尋ねるべ

く準備を急いでおりました。

龍神が蟠踞する本拠《ほんきょ》陣営は、日向と大隅の国境の大隅側にある御在所岳の麓《ふもと》にありました。ここへの距離も昨日の獅子軍本拠と略同等の三里程でありました。つまり、河童軍本営の福島川下流の串間地区から観て、北東三里に獅子軍、北北西三里に龍軍があり、龍軍本営と獅子軍同の直線距離が約五里という次第でありました。


さて、龍神たる龍軍最高位に拝謁《はいえつ》を願い出て、一時半（現在の三時間）も待たされた、河童大将でありましたが、悪びれもせず龍神の御前へ罷り出たのでありました。近侍の同伴は許されず、単独で御簾《みす》の咫尺《しせき》へと躙《にじ》り寄ったのでありました。

御簾の内側から神神《こうごう》しい声が漏れ聞こえて参りました。

「河童大将とは其の方か」

「はっ、左様にごじゃりまする」

「緊急の報知事とは何か」

「はっ、本日拝謁の栄に浴し深く御礼申し上げまする。先ず龍神様へ謹みて献呈品《けんていひん》の目録を近侍様迄上納申し上げます」

として、恭《うやうや》しく近侍の龍に捧《ささ》げたのであった。

近侍龍から、目録内容である野生鹿百頭を知り得た龍神は、

「殊勝《しゅしょう》である。本日は獅子軍の情勢と耳にしたが……」

「はっ、その事、早速ながら申し上げます。我ら百有余にも及ぶ斥候偵察隊の多くが摑《つか》み得た情報によりますると、驕《おご》る敵たる獅子軍は、この十三日を期して貴軍に総攻撃を仕掛ける由にござりまする。固より、我が河童連合隊は、龍神様軍のお味方を仕《つかまつ》る所存故、こうして状況報告に参り出た次第にございます。尚、その情報入手は正に昨日の事であり、何はともあれ、一刻も早くと思惟《しい》し、本日の拝謁を賜《たまわ》ったという訳にござりまする」

と、河童大将は淀《よど》みなく滔滔《とうとう》と喋《しゃべ》り終えたのでありました。

「そうか、それは大儀であったな」

これ程な重大情報を齎《もたら》してくれたというのに、龍神はさして驚いた風もなく、平静に返答をしたのみでありました。大将は己らの本心を洞察《どうさつ》されているのではあるまいかと、一瞬不安が過《よ》ぎ

りましたが、元元、無表情さは得意とする所であり、こちらも冷静に、

「されば、取り急ぎご報知迄。もし、戦端が開かれた暁には、我らは申す迄もなく龍神様にお味方仕り犬馬《けんば》の労を取る所存にごじゃりますれば、ご遠慮なく下知《げち》なされますよう申し上げます。然らばこれにてご免仕ります」

と立ちかけようとした。が、間、髪を入れず、龍神は、

「待て、わしらは小癪《こしゃく》な獅子共を懲《こ》らす策を、明日中にも決める。それを其の方らに知らせるによって、一報あり次第わしらに味方せよ。加担可能数は如何程であるか」

「ははっ、二千前後はお任せ下されませ」

「よし、恐らくは右翼方面を担《にな》って貰う事になるであろう故、その段取りを致せ」

と、飽くまでも、龍神は矜持《きょうじ》を前面にし、河童大将を見下した。

程なく、河童大将一行は龍軍本営巣窟《そうくつ》を辞去したが、さしもの河童強者も圧倒的な威圧を誇る龍軍の面面に気圧《けお》され、帰途はもぬけの殻《から》の如き、もの（言葉）さえ発しなかった。大将は、

（あの龍と獅子では力量差は截然《せつぜん》たるものだ。果たして、上手く両方を斃せられるものか……）

と、己の戦略に自信を失いかけた。が、帰路半ばとなりし頃には、持ち前の不敵不屈魂が甦《よみがえ》り、

（ままよ、智慧《ちえ》は大した事はあるまい。あのでっかちだ。全身にその智慧は回るまい、恐るるに足らずだ）――と、冷静さを取り戻したのでした。

翌五月三日、龍軍の使いが河童軍本拠を訪れ、対獅子戦闘開始に関し、左の如くに告げた。

――龍軍三百頭は五月十二日の辰《たつ》の五ツ時（現在の午前八時）、獅子軍を撃滅させるべく、南郷の本陣を急襲《きゅうしゅう》する段である。仍《よ》って、河童軍二千はそれに合わせ加担せよ。主に弓を武器として東側（右翼）側面から獅子隊を襲うべし。尚、現地では当方司令の指示に従うべし。

使者が帰った後、大将らは早速評議に入り、とつおいつ協議の末、大要以下を纏めたのでありました。
一、両軍が同等条件で戦闘の火蓋《ひぶた》を切ったと仮定し、龍軍三百と獅子軍二千の戦力比を推察《すいさつ》すると、一対一での力量差としては、龍の五倍から十倍と見通される。それ故、算術上では略互角と思われる。
二、但し、現況下では龍軍が十二日に、先んじて獅子軍本陣に向かう。五里の移動があるにせよ、十三日に龍軍に向かう段の獅子軍としては、不意討ちに慌《あわ》てふためくであろう。更に翌日の進撃準備の最終段階で、ごった返している事でもあろう。以上を勘考すれば、龍軍の優勢は固いと推量される。もしも、一挙に大勢が龍軍に傾けば、加担しなかった我らは捻《ひね》り潰《つぶ》されるであろう。
三、そこで当河童軍の対応である。窮極《きゅうきょく》目標を両軍の滅亡とする我らは、両軍の頭脳を混乱させ、戦闘を長引かせ、衰退させなければならんのである。それには半年から一年程度の期間、死闘を繰り返させる事が必須であろう。両軍共に余力が一、二割程に弱体化した折に我らの出番となる。而《しか》して、一挙に双方の殲滅を計るという骨格こそが揺るぎなき我らの大戦略である。そこで、だ。当然の事ながら、一方が圧倒的勝利とならざるよう工夫を要す。
四、以上により、先ず、本日中に獅子軍を再訪し、龍軍による十二日の不意討ちを報知せねばならぬ。さすれば、獅子軍も戦闘準備を急ぎ、十二日前に進撃するやも知れんし、少なくとも、十二日の不意討ちは免れる事となる。
五、結局は双方を焦《あせ》らせ、焦らせ、大混乱に陥《おちい》らせ、大乱戦に持っていく事が能《あた》えば、その隙《すき》に乗じて我らの策戦も又、臨機《りんき》応変《おうへん》に次次と新たなる妙案も生じるであろう。ともかくも先ずは、双方をこの十日間、如何に翻弄《ほんろう》させるかにある。そこでだ。ともかくも、我が河童軍による不眠不休の偵察隊情報では、龍軍は獅子軍による十三日の攻撃開始日を把握《はあく》し、逆にその前日十二日、龍軍から先制攻撃を企図《きと》している旨を、獅子軍に報知すべきである。
以上が纏まり、即日（本五月三日）、河童大将以下十余が再度、南郷の獅子軍本陣を訪《おとな》ったのでありました。

一昨日の五月一日に決定された、対龍軍戦闘開始日が、もうその相手に漏れているとは、どういう事だとその訳に拘泥《こうでい》し、摩訶不思議《まかふしぎ》と感ずるべきであろう。この小賢《こざか》しい河童の小童《こわっぱ》共が、何ぞ企《たくら》んでいるのではあるまいかと、獅子頭らが疑念を抱いてもおかしくはない。いや抱くべき所であろうが、首領らは多少、奇妙奇天烈《きみょうきてれつ》と感受した者がいた程度で、総じてのほほんとしていたと思われ、河童軍が介入し、その権謀《けんぼう》とは露程《つゆ》も疑ってはいなかったのである。油断と言う他ない。

今回は河童軍からの、これ以上の口出し、提案はなく、獅子軍からの河童軍加勢の確認などもなく、河童軍は早早に獅子軍本拠を後にしたのでした。その帰途、河童軍一行は、南郷から西方一里余りの林の樹上に巣を構える、大鷹の親玉に面会し、近日中にあるであろう、世紀の決戦を告げ、大鳥連合による大空からの無差別攻撃を提案致しました。大鷹親分は心中思う所がありました。

(何、わしらが何も加勢攻撃しなくとも、両軍の激闘で死体は幾らでも出るわ。そいつを頂くだけにすれば、わしらの危険は毛頭ないわさ。ここは加勢すると表明しておき、実際には上空にて傍観《ぼうかん》し「漁夫の利」とゆこうぞな、よし。ウフフフ、これが真、高みの見物よ)

「よう分かった、河童大将殿、わしら鷹連合は鷲、烏、鳶などを語らって、あの猪武者《いのししむしゃ》両軍をその頭上から攻撃し、攪乱《かくらん》してくれるわ。お主《ぬし》のご依頼、確と承った。猛攻撃して、大御馳走を皆で鱈腹《たらふく》頂くわ、アッ、ハッ、ハッ」

と、近近中の大御馳走の入手が、濡れ手で粟の如き、思いも寄らぬ話に、思わず哄笑《こうしょう》したのでありました。

この折衝は大鷹親分の完勝でありました。

大鷹

さて、急報を受理した獅子軍は、早速善後策の話し合いを持ち、その出席者中、席次は低いものの夭夭《ようよう》たる新進気鋭の若手が申しました。

「――あの小賢しい河童共は、何かよからぬ事を企《くわだ》てておる気がしてならぬ。直ぐにもあの本営に細作《さいさく》を忍び込ませ、大将側近の一、二を攫《さら》い、拉致《らち》した上、ここで糺《ただ》してみるべきと存じるが……」

列席者の大半は、この若手の思案に懐疑的《かいぎ》でありましたが、さして反対の理由もなく、控えておりました。すると今度は老練の一頭が重たげに口を開きました。

「わしもそれを懸念する。彼奴《あやつ》らはわしら獅子軍と龍軍の対決を企み、唆《そそのか》しているのだ。恐らくは共倒れを画策《かくさく》しているに違いあるまい」

と同調致しました。結局、この長老の後押しもあって、獅子軍は直ちに忍びの者と強者二頭を即日、派遣するに決しました。

この三日、夜半ながら河童陣営中枢を探らせるべく、獅子軍は細作二頭を忍び込ませました。然る後、一時ずらせて強者を派遣、その二頭は河童大本営の手前半里の森（甲地点）で待てという命令でありました。

本営に忍び込んだ獅子間諜《かんちょう》二頭は、河童軍の枢機《すうき》を探った後、改めて対龍軍戦闘に関し、至急相談致したき儀《ぎ》あり、ご足労ながら甲地点迄、幹部若しくはそれに準ずる二名のお越しを願いたいと、鄭重《ていちょう》に申し入れました。固より、河童軍大将及び側近は、恐らく獅子軍の龍軍よりも先の攻撃日時に関する相談であろうと、何ら疑う事態とは観ておりませんでした。

獅子軍細作二頭と河童軍幹部二者は、連れ立って甲地点に現れたのは既に、三日深更《しんこう》でありました。そこで待ち構えた獅子軍の名うて二頭は、有無を言わさず河童二者を、脅《おど》し脅し自軍本営に拉致したのでありました。

河童二者は直ちに、獅子本営の土間広場にて問責される事と相なりました。獅子軍の取り調べ担当猛者《もさ》は全く容赦《ようしゃ》なく、柳の大鞭を片手に炯炯《けいけい》と闇に眼をぎらつかせ、

「先ず問う。そちら河童軍は、我ら獅子軍と龍軍双方に危機を煽《あお》って、戦端を開かせようと画策したのは明明白白である。それが決定されたのは、そもいつの事であるか」

と、既に事実を掴み得た事を前提として、質問を投げかけた。これには河童二者も些《いささ》かならずたじろいだ。然し、一匹は蛮勇《ばんゆう》を揮《ふる》い、

「何を抜かすかと思えば……我らはそちらの御為思って、労苦を重ねてきた。然るにそちらは恩を仇で返すか」

と切り返した。が、糾弾者《きゅうだん》は一喝《いっかつ》のもとに、

「よし、此奴《こやつ》を牢獄《ろうごく》に放り込め、近近中に斬首《ざんしゅ》刑だ」

とし、残った一匹（河童乙）に再度、詰問した。

「よいか、今一度問う。正直に答えれば命は助けてやる。いつ決めたのか」

もう一匹の河童は、命冥加《みょうが》な己を信じて答えました。

「我が記憶では先月四月の十五日でありました」

「何を決めたのか。いや、最前申した事に相違ないか、どうか答えよ」

「相違ござらぬ」

「よし、然らば明日、龍軍に赴《おもむ》く。そこでも今の話を確と述べよ。そちの命は我が軍で預かる故、心配するな」

既に、四日の未明となり、一旦、獅子軍及びこの河童共に、休む段となりました。が、僅か二時（現在の四時間）足らずで、慌ただしく獅子軍首脳らは起床し、連行される河童乙も既に覚醒《かくせい》しておりました。

獅子の使者三頭と連行する証人の河童の計四（三頭と一匹）は、四日の早朝に出立《しゅったつ》、龍軍本陣へと急いだ。一行が向かう西方面には、その低空に奇妙な黒筋の雲が棚《たなび》引いていた。ここ数日は曇りがちであったが、この朝、上空は晴れていた。然し、西方は暗い奇異《きい》な空模様であった。獅子軍の使者らは、その大役もあってか、天象《てんしょう》に頓着《とんちゃく》している暇はない。

一時（現在の二時間）余りで龍軍本陣に着き、同軍衛兵《えいへい》に取り次ぎを申し出た。今般の我ら獅子軍の戦闘準備は、本意にあらざるものであり、その申し開きのため参上、その証人である河童をも連行、その口からも河童軍の使嗾である事実を吐かそうとしたのである。その旨申し開き致すための使者である由を告げたのである。つまり、諸悪の根源は河童にありと、龍軍首脳に理解させるのが目的であったのだ。然し、徒労《とろう》となりそうである。

首脳部から言い渡されていたのであろうか。衛兵十余りは即座に、獅子軍の申し入れを拒否、それのみか、即刻ここから立ち去れとし、さもないと、引っ捕らえて焼殺させると恫喝《どうかつ》した。

事成就《じょうじゅ》せずの帰路、獅子軍の使者三頭は重い足取りを叱咤《しった》し、急ぎに急いだ。無論、龍軍に於ける、我らへの襲撃（戦闘開始）は確定的との旨を、味方に一刻も早く知らせるためである。

現代の午前九時頃、日は高く昇ってきたが、真っ黒な妖雲《ようらん》が幾重にも立ち込めて、何か不気味な様相を呈してきた。

申し遅れたが、この春三月四月、当地日向や隣国大隅では、異常と思《おぼ》しき天象に見舞われた。夏のような高温の日日が続いた三月下旬から一転、四月には降雪にも見舞われたのであった。五月に入ると、相応の気温に落ち着きつつあるが、天は曇りがちであった。獅子軍と龍軍を窮極に迄戦わせ、共倒れの方策を画策していた頃、河童連の隠居《いんきょ》古老は、身近な者相手に「遥か北方、肥後の国山波の雲が怪しい。近未来の天象に注意せよ」と、何度も戒《いまし》めた。ばかりでなく、首脳陣に対しても、異常気象による作物不作に対する備えを怠るべからずと、口酸《す》っぱく注意喚起したのであった。獅子・龍両軍の共倒れ画策に昼夜を分かたず謀議を重ねる政権中枢は、多くの者が耳を藉《か》さず、一笑に付し、聞き流すだけであった。

獅子軍が河童証人を連行し、龍軍を訪った翌五日、日向南部の台地に暴風が吹き荒れた。強風は翌六日には小康状態《しょうこう》となったが、この日から七日、八日と降りみ降らずみの雨模様となり、南九州の野山、森林、河川を潤した。梅雨――往時、その言葉さえないが――にしてはちと早い。こうした中、獅子軍、龍軍は共に開戦準備を急ぎ、明日乃至《ないし》明後日迄の進発進撃の態勢が整いつつあった。

五月十日、期せずして両軍が動いた。

明け方（現在の午前五時頃）に龍軍約三百頭が進発。御在所岳麓の本陣から南郷を目指す。

朝方（現在の六時頃）には獅子軍凡そ二千頭が南郷本陣から、敵本陣へ進撃す。

河童軍は人質の乙を犠牲にして、どちらにも加担せず。

六日からの煙雨《えんう》は続いていた。が、この日辰の五ツ時（午前八時）過ぎから、俄《にわ》かに雨脚《あまあし》が繁《しげ》くなった。地軸《ちじく》を揺るがすが如き、南西からの暴風をも伴ってきたのであった。その有様颱風《たいふう》の比ではない。天を劈《つんざ》く疾風迅雷《しっぷうじんらい》となり、恰《あたか》も棒のような雨が滝の如くに降り頻《しき》り、視界も全く利かなくなった。

両軍は南郷の西方約一里の沃野《よくや》で停頓《ていとん》した。双方の距離は僅か三町の至近で対峙した格好となった。午《うま》の九つ時（現在の正午頃）には轟然《ごうぜん》たる地鳴りがした。福島川が河童軍本営付近の地点数か所で決壊《けっかい》したのだ。後に判明したのであるが、更に何か所も決壊し、一帯は大洪水《こうずい》となり、引くに引けぬ、逃げるに逃げ果《おお》せられぬ支離滅裂《しりめつれつ》な戦場となって終《しま》ったのだ。日向と大隅、薩摩の天地は一変、空前絶後の大惨事となったのだ。森林は薙《な》ぎ倒され、野や低台地は何か所にも決壊した福島川の奔流《ほんりゅう》に押し流され、天からの棍棒《こんぼう》の如き豪雨が水流を叩き、水嵩《みずかさ》を急増させ、奔流を加速させている。宛《さなが》ら、巨大な奔《はし》る湖と変じて終ったのだ。

干戈《かんか》を交える事なく、龍軍及び獅子軍は略全滅した、固より、大洪水による溺死《できし》であった。河童軍本営も同様な惨事で潰滅した。一世紀に一度あるかどうかの天災、未曾有《みぞう》の大水害は、他の生き物をも掃滅《そうめつ》させた。猪、鹿、牛馬らの大形動物から、中形の狐狸《こり》、山羊、猿、人、蛇等等、果ては兎、鼬《いたち》、栗鼠《りす》、鼠、蛙、蜥蜴《とかげ》、井守、守宮《やもり》に至る野生動物の多くが姿を消した。飛ぶ鳥類の一部は生き残ったが、獲物たる動植物の壊滅状態下、生き長らえる見込みは薄い。

天《あめ》が下、最強のものは龍にも非ず、獅子にも非ず、人間でもない。

天《てん》に在《ま》します神を尊ぶべきなのである。

虫界の韓《かん》信《しん》匍《ほ》匐《ふく》

多摩丘陵の一角に所在する、川崎市西部地区には所所、小規模の畑が残っておりました。春暖四月には、整然と植栽された、何百株ものキャベツが奕奕《えきえき》たる緑青色を呈し、美しき田園風景を醸《かも》し出しておりました。これらは前年の九月下旬から十月に播種《はしゅ》されたもので、三月早早から姿を見せ始めた、あのモンシロチョウが大挙して来訪、産卵を始めるのであります。

抑《そもそも》、九十五万種にも上る昆虫界に於《お》いて、その個体数で上位にある、モンシロチョウは、その幼虫（アオムシ）時、アブラナ科の野菜即ち、白菜、大根、キャベツ、小松菜等を好物としております。それ故、人類側からすれば、アオムシの大発生による作物への影響を「被害」と称し、その本元を「害虫」と称するのであります。

然《しか》し、当のアオムシも生まれ出《い》でたる時点から苦難の連続なのでした。親のモンシロチョウは、キャベツ等に場所を少しずつずらして、計百個程産卵するが、晴れて大人（成虫）になれるのは僅か一、二匹だけなのであります。

アオムシ側からすれば、先ず第一の仇敵《きゅうてき》が人間なのであります。遠慮会釈もなく農薬を撒布され、下手をすると一株に生存する仲間を、全滅させられかねないのですから。家庭菜園やキャベツの親戚で観賞用の葉牡丹等では、「捕殺」と称して人間がその手で摑《つか》み捕って、潰《つぶ》し殺される厄《やく》にも遭《あ》う始末なのであります。更には、アシナガバチ類にも容赦《ようしゃ》なく捕らえられた上、何と「肉団子」状に〝加工〟され、其奴《そやつ》らの幼虫の主食にもされるのでした。別の小型のハチには、アオムシ本体に直接産卵され、その幼虫多数が少しずつ食らって成長し、最終的に当該アオムシは落命するのであります。

斯《か》くの如き過酷な生存の道を、生き長らえ、一生を全《まっと》うするには、その個の資質と運が必須であると申せましょう。

陽春四月のキャベツ畑の多くの株には、大小多数のアオムシが盛んにキャベツを齧《かじ》るように食《は》み、又遊び、休んでおりました。その内の一つの株には、計十二匹が生存しておりました。この十二匹の中で、最も後に生まれた一匹は未《いま》だ、体長一センチ程の幼子《おさなご》で通称、「青小次郎」と呼ばれておりました。青小次郎は体が小さいだけでなく、小心者で常に、キャベツの葉っぱが折り重なる中心付近を、居場所としておりました。その超局地内で、最小限の食を済ませると、直ぐにキャベツの芯部の葉蔭に潜《もぐ》り込み、小さな身を隠すのでありました。こうした行動は他のアオムシには理解ができず、訝《いぶか》し気な眼で観る仲間が大半でありました。が、当の青小次郎には、生まれながらにして身を護《まも》り慈《いつく》しむという、第一義的な本能が観念として、備わっていたと申せましょう。それは恰《あたか》も、人間界で謂《い》う「聡明な子及び千金の子は堂陲《どうすい》に坐せず」であったでしょう。

周《まわ》りには、同じアオムシ仲間ながら、体長も体重も倍三倍の強者が七匹も犇《ひし》めいておりました。そうした連中から青小次郎は日日、小突かれたり、ちび助などと、からかわれるのでありました。それら以外の四匹は割合、友好的な態度で青小次郎に接してくれる場合もありますが、強者らの顔色を窺《うかが》う弱者達でありました。

こうした四囲の中、青小次郎はどの仲間にも只管《ひたすら》、隠忍自重《いんにんじちょう》、堪忍《かんにん》を是《ぜ》とし、場合によっては、臣下の礼を尽くすのでありました。つまり、猛者《もさ》らから如何《いか》に嗾《けしか》けられようとも、相手と決して輸贏《しゅえい》を争わず、絶えず柔和《にゅうわ》な表情で下手下手に応じるのでありました。

ある日、このキャベツ株に於けるアオムシ計十二匹中、最大最強の「青太郎」が青小次郎に傲《ごう》然《ぜん》たる口調で命令しました。

「やい、チビ、お前は俺様のためなら何でもすると言ったな。では申し付ける。即刻やって見せろ。いいか、俺様の緑なす糞を喰ってみろ。強くなれるぞ、お前もなあ。さあやれ」

これには周りのアオムシ連も、固唾《かたず》を呑んで、見守るしかありません。つい二日前には、この癇癪《かんしゃく》持ちの青太郎の怒りを買い、噛み殺された仲間一匹があったばかりなのでした。

青小次郎は穏やかな表情で頷《うなず》き、幽《かそ》けし声ながら、

「されば罷《まか》らん」

と、その糞に近付き、徐《おもむ》ろにしゃぶり始めました。この意外な行動に、青太郎は、

「フン、もうよい。卑屈なチビ助よ」

と発し、家来を露払いの先導とさせ、自分は軟らかい葉っぱを求めて転回したのでした。

青小次郎のこの行動こそ、現代版「韓信匍匐」と申せましょう。

前漢時代の英傑、韓信はその若き日、同僚から
「おい、臆病者、お前は剣を持っているだけだな。それで人を殺せるもんならやってみろ。無理なら俺の股をくぐれ」

とからかわれたという。

韓信は多くの同僚の前で沈着冷静に、その相手の股間《こかん》で腹這《はらば》いになり、股をくぐったという。生命を大事にする者、大望を抱く者は、些事《さじ》で争ったりせず、能《よ》く侮辱に耐えるべしという故事である。

さて、この二日後には、

韓 信 匍 匐 之 図

この畑の主がやって来て、一同が最も恐れていた〝事件〟が出来《しゅったい》しました。それは自分達アオムシを殲滅《せんめつ》させようとする、大掛かりな薬剤撒布なのでありました。キャベツ畑全体にやられ、多数の仲間が殺されたのでした。当該株の被害詳細をみると、現存していた十匹中、我が世を風靡《ふうび》していた青太郎以下七匹が落命、薬剤がさほどかからなかった二匹は何とか生き残り、中心部の葉陰に隠れていた青小次郎は、殆《ほとん》ど薬剤を浴びずに済み、略《ほぼ》無傷でありました。この結果、生存数が十匹から三匹に激減したのでありました。

災難は続きます。更にこの二日後、今度はアシナガバチがこの株に飛来、無抵抗のアオムシ一匹を捕らえ、連れ出したのであります。恐らく、ここの畑の地面にて、肉団子に加工され、己の巣に持ち帰り、己らの幼虫の餌にされるのでありましょう。

然し、この折も青小次郎は、例によって芯部に隠逸《いんいつ》

しており、事なきを得たのでした。

これにより、生き残ったアオムシは、青小次郎と体長二センチ余りのもう一匹（メスの青葉子）だけとなりました。この二匹が蛹《さなぎ》となる迄は、青葉子でもう十日程、青小次郎では二週間以上を要する事でありましょう。

果たして、二匹は成虫であるモンシロチョウとなる事が能《あた》うのでありましょうか。

生存二匹となっても試練は続きます。翌翌日には、小学生らしき男児が畑に現れ、次次とキャベツの外葉を拡げ、右手にした棒切れでキャベツを叩く仕草を見せておりました。

偶偶《たまたま》、この付近を通りかかった中年婦人は、始め微笑《ほほえ》んでおりましたが、顔見知りと思《おぼ》しき学童の不自然な振る舞いを凝視《ぎょうし》すべく、立ち止まったのでありました。小学三、四年生と思われる、この児童は何故かキャベツに付く虫を片っ端から、棒切れで叩き潰しているのでした。

子供の野性と申すべきなのでありましょうか。生長した野菜キャベツにも、それに取り付く虫に、怨《うら》みも何もないはずであるが、無防備なる生物に対する嗜虐《しぎゃく》に誘惑されているのであろうか。或いは弱者に対する得体の知れぬ憎悪《ぞうお》を、成熟したキャベツとそれに付くアオムシに仕向けているのであろうか。

童《わらべ》による暴虐《ぼうぎゃく》をも、逸《いち》早く察知した青小次郎は、ここでも危難を免れたのであります。然し、もう一匹の青葉子はその一命を失いました。

斯《か》くして、青小次郎が誕生した時に、このキャベツにいた十一匹のアオムシ仲間による、桎梏《しっこく》から解き放たれ、単独の身となった青小次郎は、その後、蛹から成虫へと変態を軽捷《けいしょう》にこなし、成虫となっても質素で地味な生活を旨《むね》として、天敵に捕らえられる事態も生ぜず、天祐《てんゆう》を享《う》けたるが如く、人間共に採集もされず、その天寿《てんじゅ》を全うしたのでありました。

勇将強兵・臥《が》薪《しん》嘗《しょう》胆《たん》

昆虫界きっての勇者はスズメバチであろう。

何様、人間に対してですら、臆せず恐れず、平然と襲ってくる程である。

人の側ではこの有様を「獰猛《どうもう》」と形容する。

戦力が伯仲《はくちゅう》し、甲乙付け難いスズメバチの二つの大集団がありました。共に四百匹前後の兵を擁《よう》し、木の洞《ほら》に大本営たる、巨大な巣を構えておりました。甲軍スズメバチはAなる林に、乙軍スズメバチはBなる林に、各各本拠を置いておりました。双方の直線距離は凡《およ》そ五百メートルでありました。

当地に於《お》ける、この二大スズメバチ陣営には相関する、抜き差しならない大きな問題を抱えておりました。それはこうでした。甲軍乙軍双方が主張する、空間縄張りに重複する空域が二百メートル四方にも及んでおり、その領有を巡って、双方の哨戒《しょうかい》兵が幾度となく小競《こぜ》り合いを続けていたのでした。両軍は一触即発の状況下にあり、双方共に戦闘態勢を敷いておりました。

そうしたある日、領空主張の重複する空域で、両軍の哨戒兵が接触する事故が起こりました。

それは単なる偶発的な衝突と思われますが、双方の緊張は極度に昂《こう》じる結果となったのでした。

干戈《かんか》に訴える事態を、不可避なものとする両軍は近時、頻繁《ひんぱん》に戦略会議を重ねておりましたが、斯《か》かる接触事故を契機に、その度合は増し、連日連夜の事と相なりました。

これより先、乙軍の特別偵察《ていさつ》部隊は、近辺の地主が畑や敷地内で、不用品を焼却処分する様を、折折目の当たりにしており、その模様を幹部の一人である、参謀ｂに報知しておりました。

小事件によって、緊迫下にある乙軍は、甲軍との戦闘図上演習会議の席上、参謀ｂは、この「火」を使用すべきであると、繰り返し、強く進言したのでした。

然《しか》し、参謀長らは即座に反対しました。元元、首脳間には保守退嬰《たいえい》的な戦略を持つ者が多かりき上、参謀長は特に左の点を指摘したのでした。火を使って敵の大なる巣窟《そうくつ》を消滅させる作戦案には、これを是《ぜ》としながらも、誰がその実行役となるのか。縦《よ》しんば、そうした勇猛なる兵が現れたとて、危険極まりないこの策を認可する訳にはゆかぬとするのが、却下した理由でありました。

が、ｂ参謀も引き下がりません。自ら捨て身の尖兵《せんぺい》となって、己と己のこの策に心酔する麾下《きか》の兵四匹の計五の突撃決死隊を編成、戦端開始直後、敵巣窟の手薄を突き、電光石火の兵火を挙行し、以て吾が軍の勝利に貢献致す所存なりと、壮言したのでした。

この「兵火作戦」の是非については、それこそ言言火を吐く激論の末、乙軍総大将（司令長官）の執《と》り成しもあって結局、これが裁可《さいか》されたのでした。その執り成しとは、修正案とも言うべきもので、その骨子《こっし》として、

一、「決死隊」を「決行隊」と改める。
二、隊員を当初案の五匹兵に、精鋭十五匹兵を募り、計二十四兵以上とする。
三、決行隊二十（余）は、敵本営巣の二十箇所に火を放ち、同時に直ぐ様反転、全員の帰還を期すべし。

――とするものでした。又、兵数三百五十からなる主力は、敵を迎え撃つ「邀撃隊《ようげきたい》」として、これらには杉小枝に点火した新兵器を口に持たせると、決したのでありました。

さて、多数の偵察隊による敵情勢の分析の結果、敵による攻撃日時が判明致しました。現時点から一週間後の九月二十二日で、彼岸の中日でありました。

一方、甲軍の方では、その軍略会議に於いて、将兵数でやや優る総数四百三十四（乙軍総数三百九十匹）を、略《ほぼ》総動員し、それをもってして先制攻撃を強行すべきである、とする案が裁可され、更にその細部の検討が進められておりました。

その日九月二十二日、秋分の日がやってきました。雲量二、三程度の青天は正に「秋高馬肥《しゅうこうばひ》」の候でありました。

午前十時頃、甲軍の四百有余からなる大編隊は、北方から南下「ブウーンブウーンブウーン」と唸《うな》るが如き鯨波《げいは》の喊声《かんせい》と共に、黒煙となって攻め込んできたのでした。

その主戦場は、乙軍本営巣の北前方五十メートルの低上空でした。その辺りには黒松が何十本となく植えられており、乙軍将兵三百五十余は、その針葉の隙間《すきま》に身を潜《ひそ》めておりました。

ついに敵軍団が来襲、乙軍はその長官の号令一下、火炎特別隊が一斉に飛び立ち、一匹兵が相手一匹を必殺すべく、火炎攻撃を敢行したのでした。この新兵器による意表を突く乙軍の「一匹必殺作戦」に、甲軍の将兵多数がうろたえ、焼殺される仲間が続出、主戦場は阿鼻叫喚《あびきょうかん》の大混乱に陥《おちい》ったのでありました。更に追い討ちをかけるが如き一大事が出来《しゅったい》したのでありました。それは甲軍首脳をして、耳目を疑わせるものでありました。甲軍本営巣から急派された連絡兵によると、難攻不落とされた、甲軍の本営巣が乙軍の火炎奇襲《きしゅう》隊によって、焼失寸前にあるというものでした。

甲軍首脳は驚愕《きょうがく》、眼前の戦いも敗北濃厚となり、絶体絶命の窮地《きゅうち》に陥ったのでした。総大将は「もはや、これ迄」として停戦を命じ、腥風《せいふう》鼻を突く戦場から残存将兵百余を引き連れ、元の本営巣とは反対の南方を目指しました。百余の残存将兵でもって、臥薪嘗胆し捲土重来《けんどちょうらい》を期すものと思われます。

一方、大捷《たいしょう》に沸《わ》く乙軍では早速、論功行賞《ろんこうこうしょう》が行われ、参謀bが勲功随一《くんこうずいいち》とされました。つまり、勇将の下に弱卒なし、強兵あり――の戦であったのであります。然し、当の参謀bは麾下の二十匹兵こそが、それに値するとして、自分はその栄誉を拝辞《はいじ》し部下にそっくり譲ったのでありました。正に名将の真骨頂《しんこっちょう》でありましょう。

　他方、一敗地にまみれた甲軍は戦線離脱後、戦場から二里余も離れた上に森閑とした、とある農家の廃屋《はいおく》に辿《たど》り着きました。既に宵闇《よいやみ》迫る頃でした。敗軍の将兵百余は一先ず、当地に於いて、点呼後、何はともあれ、戦死した友軍将兵に対し弔意《ちょうい》を表明致しました。その後、交代の哨戒兵以外は休息する事としたのでした。

　翌朝早早、留守番哨戒兵を除く全将兵は近辺の小川に赴《おもむ》き、戦塵《せんじん》を洗い流し且つ斎戒沐浴《さいかいもくよく》を済ませ、廃屋軒下に戻りました。そこで改めて全戦歿者《せんぼつしゃ》を手厚く弔《とむら》いました。

　続いて、今後の方針を決めるべく、全員会議に移り、席上、総大将（長官）及び生き残りの幹部十余名は、左記方針骨子を纏《まと》め提示致しました。
一、我ら全員の生命維持のため、明日からは最優先にて、この付近の林や森に入り、クヌギやナラの樹液を収集する。これは仮棲《す》み処《か》の当番哨戒兵以外全員の半数で行う。
二、残る半数は新たな営巣に着手する。
三、総大将以下計六首脳は、今次戦惨敗《ざんぱい》の屈辱《くつじょく》を決して忘るるなかれとするため、以下を祖廟《そびょう》と仲間全員に誓う。即ち、仇敵《きゅうてき》乙軍撃滅の日迄、栗の棘《とげ》たる毬に臥《いが》し、毎日必ず渋柿の実を嘗《な》め、古の臥薪嘗胆を手本に「臥棘嘗渋《がきょくしょうじゅう》」とし、以て、決戦の日の雪辱を期する。就《つ》いては、明日から栗の毬の拾得及び渋柿実の採集に、首脳部が中心となって精励するべし。
　斯くして、甲軍と乙軍の対峙《たいじ》はこの後も、果てしなく続く事が容易に見通せられるのでありました。

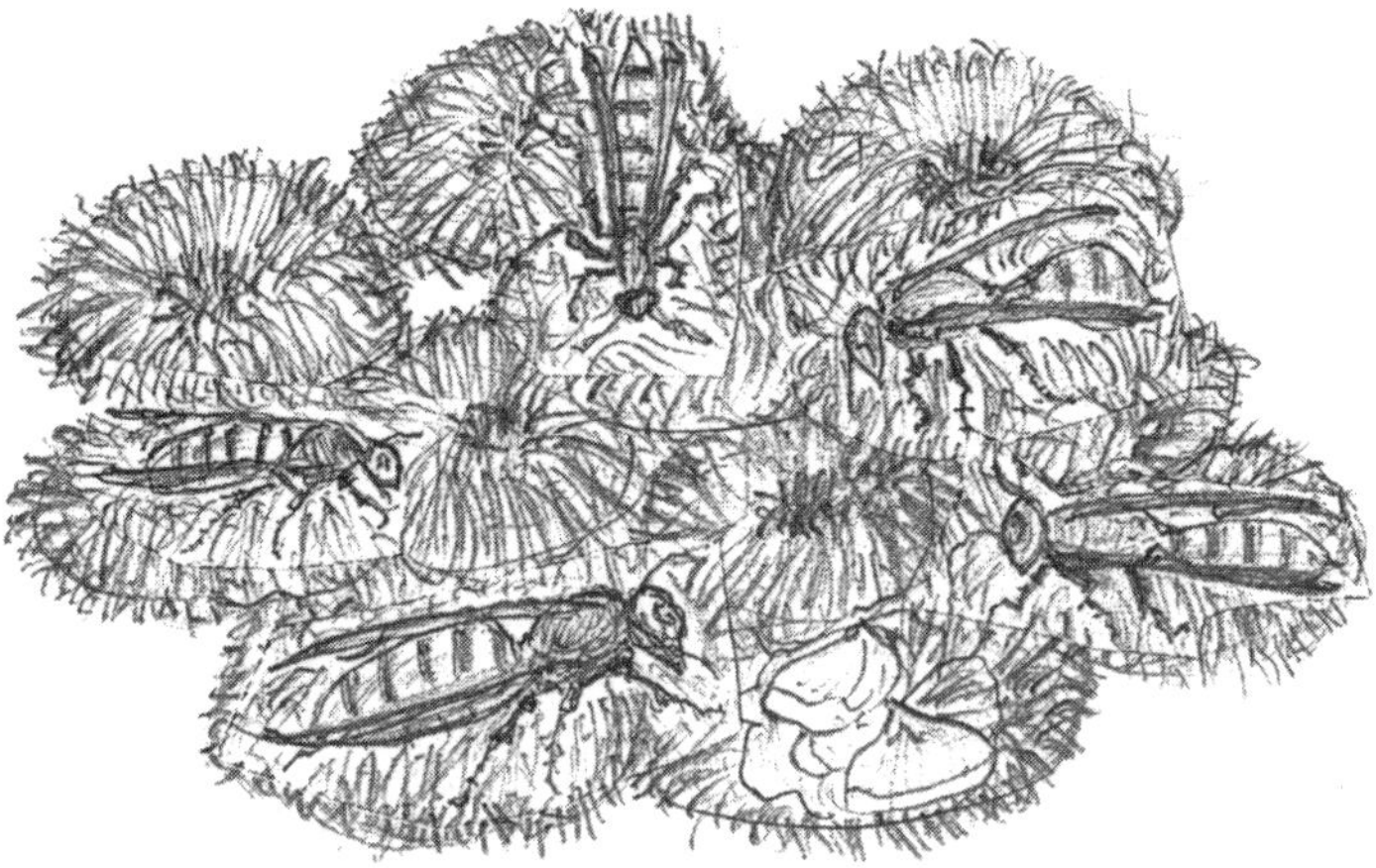

臥棘嘗澁（臥薪嘗胆）

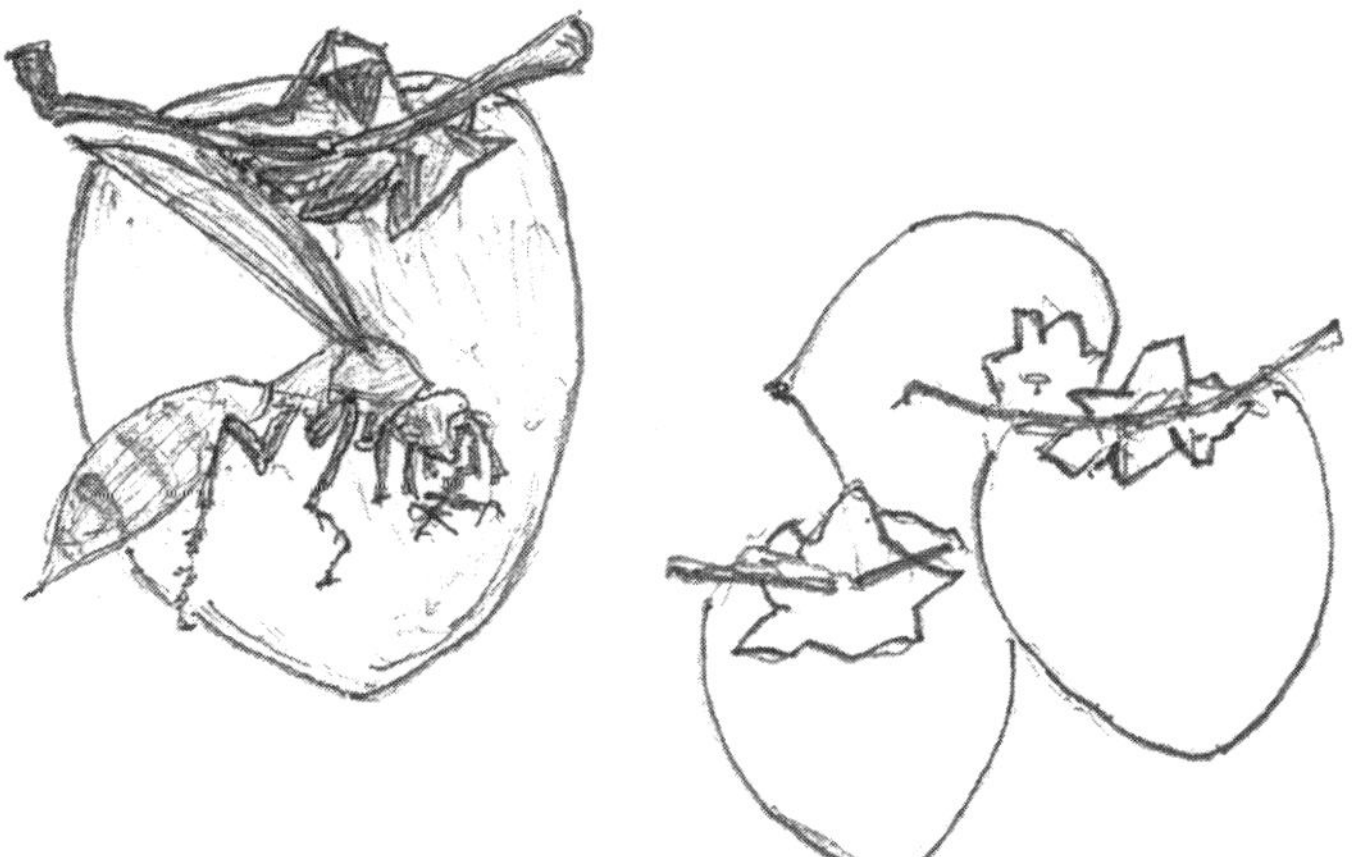

大空の猛者《もさ》と飛翔の神

航空機を戦力とするは草創期《そうそうき》ともいうべき時期――昭和の初期に、近代戦は航空戦の勝敗如何《いか》んが、雌雄を決すると喝破《かっぱ》した提督がいた。帝国海軍連合艦隊司令長官（殉職時の役職）山本五十六大将（後に元帥府に列せられる）である。彼は持説の啓蒙《けいもう》旁《かたがた》、逸早《いち》く航空兵力拡充に心血を注いだ。然《しか》し、その説に反対を唱える海軍首脳は数多《あまた》であった。懐疑的《かいぎてき》な論者、大艦巨砲主義者、政敵……等等、四面楚歌《しめんそか》の中、信念を曲げず地道に取り組み且つ血の滲《にじ》む猛訓練の結果、第二次世界大戦の対米・英戦開始から凡《およ》そ半年間、帝国海軍の航空戦力は正に、無敵の名を欲しいままにした。世界一の実力を誇ったのである。

その主力は何か。申す迄もなく、それは海軍航空隊の戦闘機「零戦」である。これは、この機体の優越性と搭乗員の伎倆《ぎりょう》、力量が相俟《あいま》って、日中戦から昭和十七年六月のミッドウェー海戦迄は、その余りの強さに、米軍首脳をして「零戦を見たら退避《たいひ》すべし（逃げるべし）」と言わしめた程だ。一例だけここに挙げてみよう。

ミッドウェー海戦そのものは、索敵《さくてき》の不備、連勝の驕《おご》りや偶然の連続、五分間の後《おく》れ等等、不運の重なりもあって、空母四隻を失う敗北を喫したが、その直前のミッドウエー島米軍基地を攻撃時には、敵側のレーダー探知による、グラマン戦闘機五十機が満を持して待ち構える中、零戦三十六機は、縦横無尽に暴れ廻り、数分間という須臾《しゅゆ》の間に五十機全てを撃墜（他に軽爆二機、水上機一を含めると五十三機）、零戦の損害は零であった。つまり、五十対零の大勝、圧勝、完勝であった。何せ、あの誇り高き世界一の強大国を自他共に認める時代、その当事国が見得《みえ》もなく、厳然《げんぜん》たる事実として認めているのだ。

前口上が長引いたが、ともあれ、人類が大空に初めて飛行したのは、百数十年前であった。翻《ひるがえ》って、昆虫界ではどうか。何億年もの前の恐竜時代からこの方、あるものは超高速で、あるものは悠悠と、あるものはバタバタとぎこちなく、又、あるものは人間界の戦闘機のお手本となった型を有すなど、千差万別の姿形をもって、この大空を飛翔してきたのであった。現在では九十五万種もの昆虫の殆《ほとん》どが、それぞれ独自の飛行型を堅持している。その内、大空を占有するが如きの、超超大編隊を組み、人類による航空編隊数十機なんぞを見下し、嘲笑《ちょうしょう》する猛者もいる。

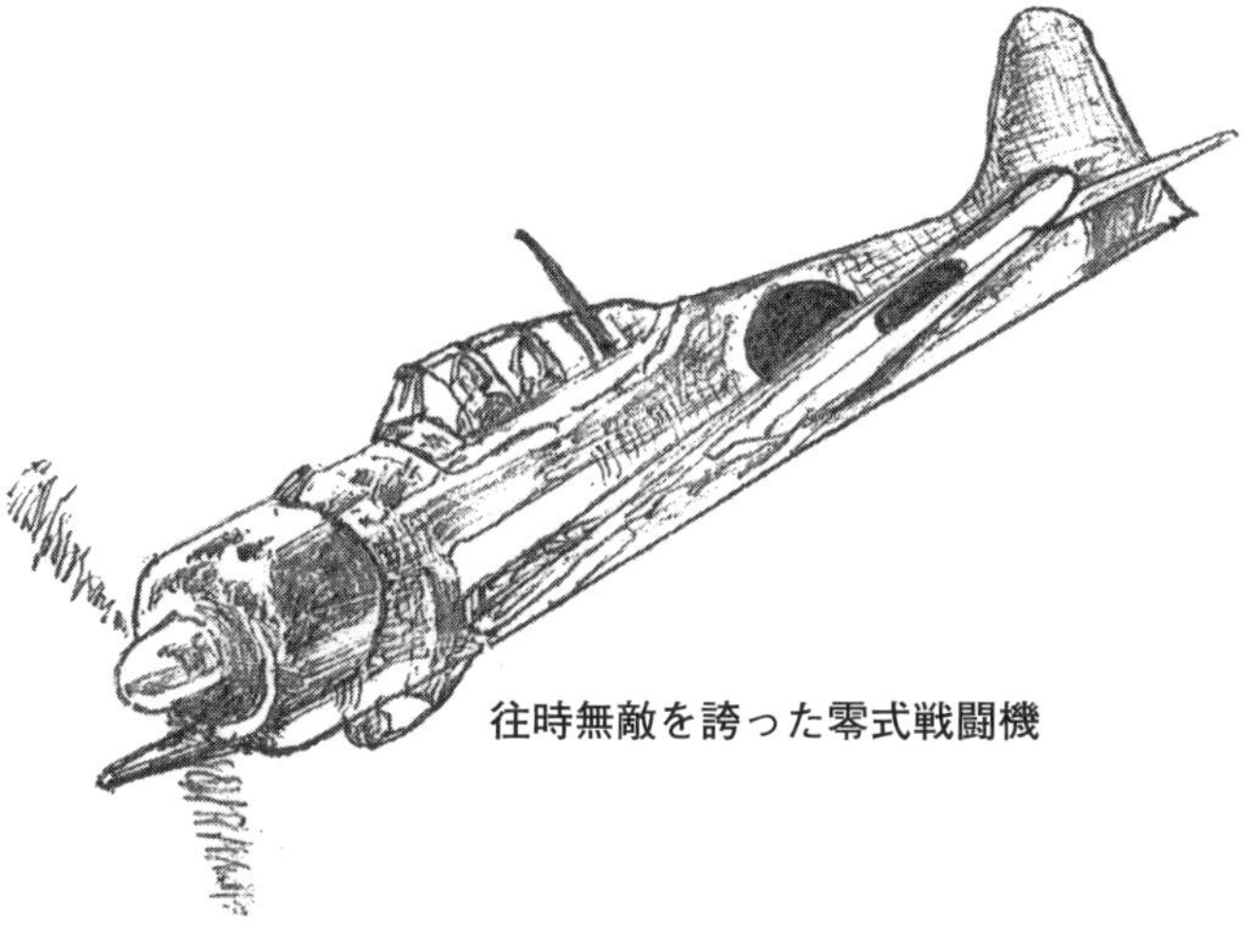
往時無敵を誇った零式戦闘機

アフリカや中近東を本拠《ほんきょ》とする、サバクトビバッタである。大編隊時の数や知らん、で、何十万、何百万匹にも及ぶかも知れない。正に途方もない数である。その超超大軍団での編隊で、アフリカ大陸を席捲《せっけん》しているのである。寸毫《すんごう》も余さじとする、この軍団に襲撃《しゅうげき》されると、短時間で、農作物も草木も丸裸となり、不毛の地と化す。そして文字通り、砂漠や荒野を股にかけ、次なる標的を求めて大飛翔を強行するであった。

この編隊の凄《すざ》ましさを、一つだけ明らかにする——この編隊が離陸を開始すると、地平線は、黒入道雲と見紛《みまご》う程の暗黒天地となり、その飛行音は無数の軍団による飛び立つ音で、それらが大きく共鳴、バチバチバチバチバチ……と、耳を劈《つんざ》く大轟音《ごうおん》を響きわたらせるのである。

これが正真正銘、大空の猛者であり、無敵飛行大編隊なのである。

一方、海上鵬程《ほうてい》三、四千キロもの南方熱帯アジアから、日本めざして遥遥《はるばる》、飛行して来る強靭《きょうじん》なるトンボがいる。ウスバキトンボである。目方にすれば、僅か十グラムあるかないかであろう。こちらは数十匹の群れで、洋洋《ようよう》たる太平洋を北上し、大長征《だいちょうせい》をやってのけるのだ。

無論、飛行機の如き給油《きゅうゆ》もしなければ、飛行場や基地のような拠点《きょてん》もない。唯、大海原の太平洋を飛び続けるのみだ。夜間だけは、洋上漂う木片やごみなどの小物に止まって、休むしかない。又、ハエなど小昆虫の餌も余りない中、只管《ひたすら》飛翔、十数日から二十数日の旅程にて目的地に辿《たど》り着くのである。

それにしても、何故こうまでの難行苦行の末、日本をめざすのか――。

往昔《おうせき》、山がそこにあるから登る――と宣《のたま》った御仁《ごじん》があった。どうも、これに当てはまるようではない。この種族の子孫繁栄のため、現役世代が鍛えに鍛え、より強いトンボをめざしているのであろうか？　それなら、大洋上を縦断《じゅうだん》しなくとも、現地で方法は数多あるはずである。

大長征の覇者《はしゃ》、ウスバキトンボは知っている。日本が神秘の国であり、とんぼ王国である事を。この国に於《お》けるトンボの棲息《せいそく》種類でみても、世界一の約百八十種である由。但し、残念ながら、この種、ウスバキトンボのやご（幼虫）は寒さに弱く、九州以外での越冬が困難なのである。従って、幼虫時代を九州で過ごし、翌年五月頃、成虫となったものは、そのまま日本にいるのだが、九州から本州へ移動するものも多いとされる。夏、日本各地で観られるウスバキトンボには、この日本九州出身種と、南方から長征してきたものの、二種が混在するという訳だ。

何故、日本がとんぼ王国なのであろう。気候が湿潤温暖で、山河、小川、湿原・湿地、渓谷・渓流、湖沼、池、田畑等等、これらは都会地を少し離れれば、まだまだ多い。各種のトンボが棲息する環境として、真《まこと》に最適と言えよう。だが、それだけではあるまい。

抑《そもそも》、この国は神の国であるとされてきた。日向《ひゅうが》（宮崎県）から瀬戸内海を経て、大和（奈良県）に入り、紀元前六六〇年の元旦、橿原《かしはら》の宮にて即位されたと伝えられているのが、第一代の神武天皇である。大和は国のまほろば――の地である。この神国の、古の国名は「秋津島（あき

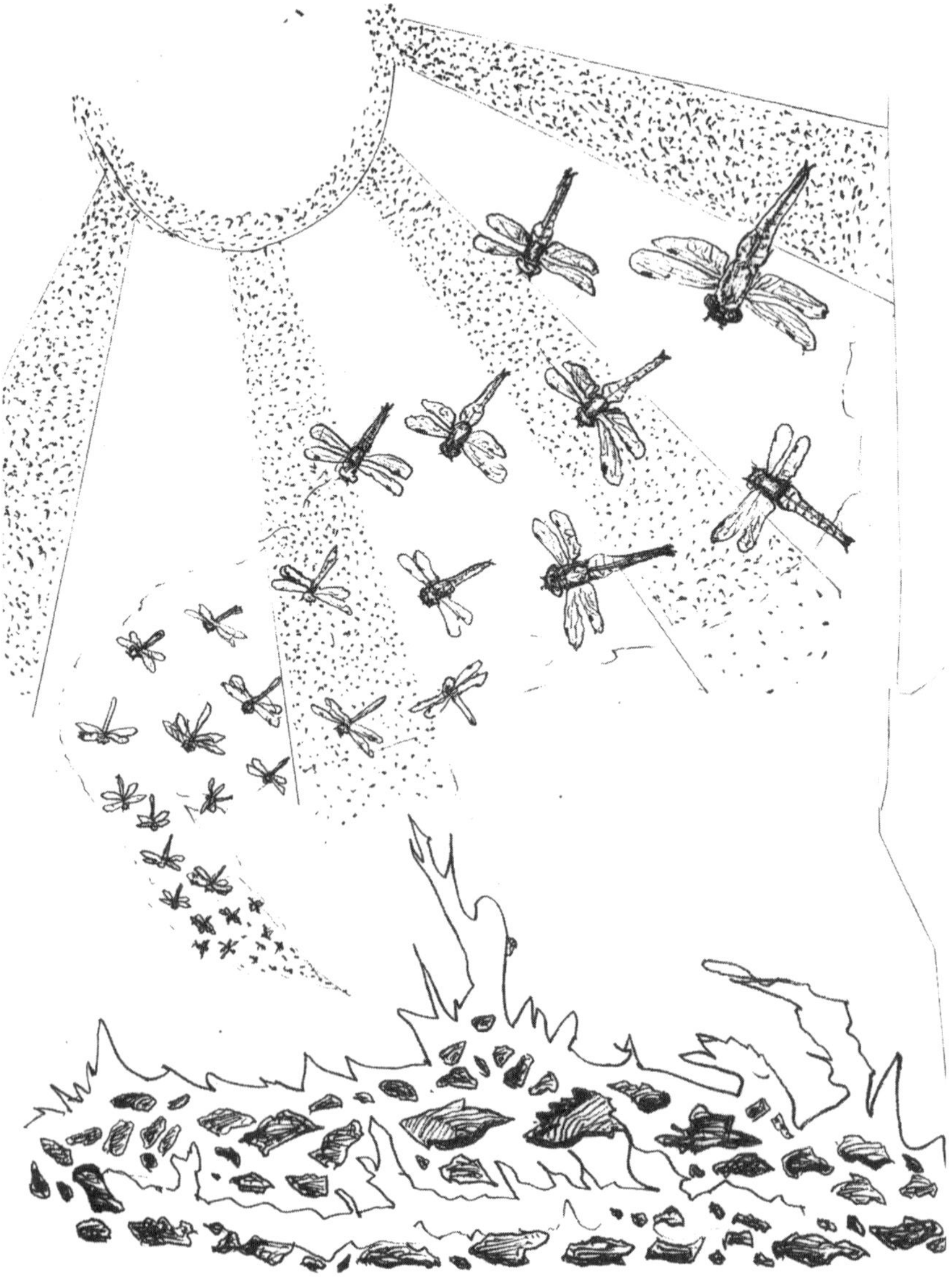

太平洋を縦断し大長征するウスバキトンボ

づしま、あきつしま）」であった。或いは「豊葦原《とよあしはら》」「瑞穂《みずほ》」「大八洲《おおやしま》」とも称す。

即位後、神武天皇は大和の国の山上から国見をされ「蜻蛉の臀呫《となめ》の如し」と仰《おお》せられたという。「臀呫」とは、とんぼが雌雄連結の上、丸まった状態で飛ぶ様とされる。そう、とんぼの古名は「蜻蛉」又「秋津」とされ、いずれも「あきづ」または「あきつ」と呼称されていた。

以上の歴史的背景から、この国は古より、とんぼの島（国）であり、現代の「とんぼ王国」に通じるという訳だ。叙上《じょじょう》のように、秋津島（秋津洲、蜻蛉島）に棲《す》む、とんぼの種類は凡そ百八十種と言われ、世界一である事をも、このトンボ自身が知悉《ちしつ》しているのであろう。

この無名で地味、軽量ながら、昆虫界一の持久力で、大空を自由自在に飛翔するウスバキトンボこそ、「飛翔の神」と称賛《しょうさん》して然《しか》るべきであろう。

講釈・赤とんぼ考

夕やけこやけの　赤とんぼ
負われて見たのは　いつの日か

近代音楽史上、燦然《さんぜん》と輝く『赤とんぼ』（三木露風作詞、山田耕筰作曲、大正十年）は、多くの日本人にとって一際、感慨深いものがあろう。

幼少時の故郷の山川、田畑が脳裏に蘇《よみがえ》り、両親・同胞、あの友、この友……等等、古の懐かしき日日が偲ばれるのである。郷愁を誘うこの童謡は、中高年だけでなく、多くの人人一様に何故か、心の琴線《きんせん》に触れるものがあるのであろう。

懐旧《かいきゅう》の情に浸っておらるる所、無粋《ぶすい》にも左記の持説を捏《こ》ねくるとは、遺憾《いかん》ながら何卒、野暮《やぼ》で狭量な輩《やから》の「ひけらかし節」として、聞き捨てて貰いたい。

【講釈①】アカトンボという種のトンボはいない。

【講釈②】アカトンボとは、アキアカネ、ナツアカネ等、小型で赤色系をしたトンボの「総称」である。

アカトンボなる名のトンボが存在するという向きは意外に多い。所が、アカトンボとは叙上《じょじょう》の如き、アカネトンボ類（他にミヤマアカネなど数種あり）の総称であって、アカトンボという種のトンボがいる訳ではない。代表の二種（アキアカネ、ナツアカネ）に触れておく。

〈アキアカネ〉オスの腹部は赤色であるが、胸部は褐色《かっしょく》又は橙色《だいだいいろ》である。メスは胸・腹部共に橙色である。このトンボは秋になると、山間部から平地に大移動し、稲刈りの済んだ田などで、雌雄連結の大群となって飛び交う特徴を有す。

〈ナツアカネ〉オスは胸・腹部の赤色が濃い。メスもアキアカネメスと比すれば、橙色が濃い。夏から秋にかけて、主に平地の池などの水辺で活動する。


【講釈③】混乱に輪をかける、ショウジョウトンボ、ウスバキトンボ等

再三の言ながら、アカトンボという種のトンボはいない。それを知っているや否やに拘《かかわ》らず、更に、総称としてのアカトンボ（アキアカネ等）を、それとは異なるトンボ（ショウジョウトンボ、ウスバキトンボ）をもって、それ（アカトンボ）と思っている手合いが相当数あるが故、一層の混乱を惹起《じゃっき》させている現実がある。その二種にも触れておく。

〈ショウジョウトンボ〉胸・腹部が鮮紅色をした中型のトンボで、春から秋にかけて水辺などで観られたが、開発の名のもと、棲息《せいそく》地減少に比例するように、今日では個体数も減少の一途《いっと》である。

〈ウスバキトンボ〉オレンジがかった薄赤色をした中型のトンボで、主として夏から秋に現れる。

民家近辺の畑や野原、空き地等の低空を数匹から十数匹で飛び交う姿が、都会地に於《お》いても比較的よく観られる。が、その名をウスバキトンボと知っている向きは、極めて少ない。

この無名なるトンボの名誉のために、少少申し添えておこう。

このトンボは、東南アジア方面から群れをなして、何と太平洋を縦断して来るのだという。それは三千キロ以上もの「大《だい》長征《ちょうせい》トンボ」なのである。又、春以降は国内の九州から本州各地に移動するともいう。


【結論】

①アカトンボとは、アキアカネ（代表）の代名詞である。

②胸・腹部が赤系であるトンボは、アカネトンボ類以外に数種いるが、これらを誤ってアカトンボと思っている場合が多い。

③何にせよ、現代に於いて尚、トンボ王国日本ならではの事であり、世紀の童謡『赤とんぼ』の風物詩に些《いささ》かとも影響を及ぼすものではない。

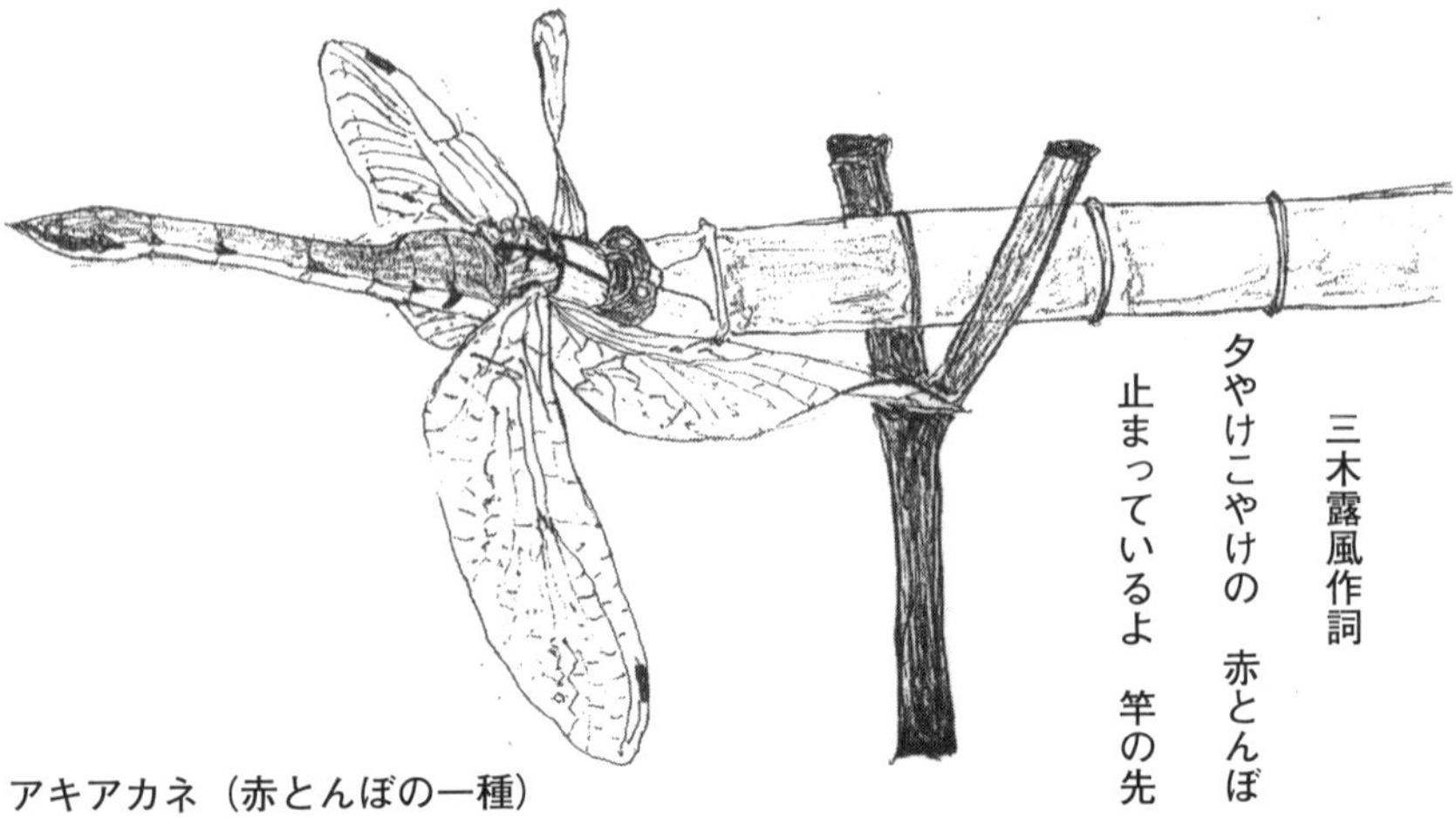

三木露風作詞
夕やけこやけの　赤とんぼ
止まっているよ　竿の先

アキアカネ（赤とんぼの一種）

④故に、爾今も童謡『赤とんぼ』を愛唱なさるがよろしからんと存ずる次第である。

勝者なき戦い

四月五日前後は、二十四節気の「清明《せいめい》」の初日である。同月十九日前後の「雨水《うすい》」の前日迄の期間がそうで、この時候ともなると、日は長く、桜花爛漫《おうからんまん》、清清しい春本番の日日が続きます。人間界では「春眠暁ヲ覚エズ」の候でもありましょう。

神奈川県川崎市の、とある民家の庭での、昭和の聖代《せいだい》の事でした。前年の晩秋、枯れ枝に産み付けられた、オオカマキリの卵嚢《らんのう》からは、今にも幼虫が生まれ出《い》でようとしておりました。清明はそうした時候なのであります。僅か数センチの卵嚢ですが、ここから数百もの幼虫が、押し合い、へし合いして生まれ出でるのです。

所が、当該卵嚢から生まれるはずの幼虫は、真《まこと》に運命的でありました。

ここの庭は日当たりがよく、狭小の花壇には冬場、何も植えられておりませんでした。そこに、この庭を縄張りとするトカゲが冬眠していたのでした。そして、つい半月前の三月二十日、正に啓蟄《けいちつ》（三月六日頃から二十日頃迄）の声に、冬眠から覚め土中から這《は》い出て、活動を開始した所であったのです。

そのトカゲがここ数日、今か今かと卵嚢の前に鎮座《ちんざ》し、好物であるカマキリ幼虫の出生を待ち構えていたのです。

　その日がやってきました。四月七日、穏やかな清明晴れの昼前でありました。幼虫は塊《かたまり》のような状態で出てきた所、トカゲはまるで、それを見透かしているかの如く、がぶりがぶりと食《は》み続けるのでありました。

　幼弱な虫からすれば、恰《あたか》も恐竜の如きトカゲは全く情け容赦《ようしゃ》なく、幼虫は食べられ尽くされようとしておりました。然《しか》し、幼虫の内には運よく、トカゲの口からこぼれ落ちた子供も少しですがありました。でも、その中には既に息絶えた同胞《はらから》もありました。

　すると、生まれ立ての子カマキリの中には、引っ繰り返って、死んだ真似《まね》をする個体がありました。生誕直後の幼弱な子にして、如何《いか》なる心理的状況による運動神経に及ぼす影響であろうか。子カマキリにも、大死一番、腹を括《くく》り覚悟を示す、もののふの血が流れているのでありましょうか。

　実は一連のトカゲの行動で、このメスは地面に落ち死に絶えた幼虫には全く、食指《しょくし》を動かしてはいなかったのであります。

　地面にある幼虫の中には、これを見逃さず、この大危難の最中、瞬時に学習した結果、この「死んだふり」の行動に出たものなのであります。

　人間界に於《お》いては「三つ子の魂、百迄――」の諺《ことわざ》があるが、大危難に遭遇《そうぐう》せし幼少カマキリでは「出生時の恐怖、永劫《えいごう》に忘るまじ――」なのである。正に「運鈍根《うんどんこん》」を生まれながらにして身に付けた、超能力幼昆虫と申せましょう。

結局、この修羅場《しゅらば》を乗り越え、生き残った幼虫は僅か十五匹にしか過ぎませんでした。

カマキリは本来、同胞《どうほう》であろうが共食いを辞《じ》さぬ種であるが、この十五匹は違っていました。生まれながらにして、不倶戴天《ふぐたいてん》の仇敵《きゅうてき》に、何としても復讐《ふくしゅう》せずにはおかぬという、強い決意が全員の胸にあったからであります。それを互いに誓い、同胞の絆を強固なものにしたのでした。

それ故、この十五匹は危険なトカゲの縄張りに留まり、交代で見張り番を設け、何とか生き続けているのでした。正に「瞬時ニ観ル、蜥蜴ノ無慈悲ヲ、遺恨ナリ十年一剣ヲ磨ク」の日日であったのです。

そうこうの内、四か月が経過し八月上旬、二十四節気上の「立秋」となりました。然し、続く酷暑の中、ここを縄張りとするメストカゲは餌漁《あさ》り所ではなく、専《もっぱ》ら涼しい所で休息に明け暮れておりました。一方、十五匹のカマキリは、いずれも十センチ近くの成虫となり、見違える程、強者の風貌《ふうぼう》を湛《たた》え、昆虫界屈指の猛者《もさ》に成長しておりました。この内、最も強大なメスAは、この同胞連合のリーダーで、ここの所自身、密かに怨敵殺戮《おんてきさつりく》の秘策の考察に耽《ふけ》る日日を送っておりました。数日後、それの取り纏《まと》めを終え、全員に打ち明けた内容の骨子《こっし》が以下の通りであります。
一、仇敵トカゲメスは、この長期熱波で衰弱しており、今が仇討《あだうち》の好機である。仍《よ》って、近日中に我ら総勢で以て奇襲《きしゅう》をかける。
二、我ら総勢十五匹の襲撃《しゅうげき》隊を、以下の五分隊とする。背後強襲《きょうしゅう》隊四匹、右側面同三匹、左側面同三匹、右眼同二匹、左眼同二匹、尻尾同一匹。
三、各分隊は、その強靱《きょうじん》な鎌で仇敵の身体を切り裂き、両眼を潰《つぶ》し視力を消失させる。
四、総指揮官をメスAとし、副指揮官をメスBとする。残りの十三匹はこの両指揮官の指示に従う事。
カマキリ軍十五匹が、満を持して怨敵トカゲメスを襲撃し復讐、屠《ほふ》ろうとする日がやってきた。八月十五日である。奇しくもこの日は人間界では、終戦記念日であり、盂蘭盆《うらぼん》でもありました。

カマキリ軍は、春日のあの生誕時に同胞の九割以上が喰い殺された、張本のメストカゲさえ殺戮して終《しま》えば、目的は達せられるのであり、その実現に造作《ぞうさ》はないものと、高を括っていたのでありました。

然し、何と敵も然《さ》る者で、メストカゲ側では、このカマキリ軍の意図を、既に一月も前に掌握《しょうあく》していたのでした。その上で、援軍としてオストカゲ二匹及びメス同二匹の計五匹でもって「ござんなれ――」とばかりに待ち構えていたのでありました。

敵陣のトカゲ軍に侵攻したカマキリ軍は、この布陣に吃驚《きっきょう》したが、それをもって怯《ひる》み引き下がる軟弱な将兵ではない。先の戦略戦法は、変更を余儀なくされたが、全員が真っ向から突っ込んだ。数では十五対五であるが、序盤から乱戦となり、全く予断を許さない激戦となりかけた頃――開戦から約三分後――思いも寄らぬ第三者が突如、上空低く現れたのであった。それは一羽の百舌《もず》で、付近の枳殻《からたち》の木に止まった。これは雀《すずめ》を少し大きくした程度の小鳥ながら、性質は極《きわ》めて荒く、両軍にとって厄介《やっかい》な相手であった。百舌はこの両軍計二十匹を総取りして、枳殻の木の棘《とげ》に、それこそ得意とする「早贄《はやにえ》」とすべく舌《した》舐《な》めずりした。又、身は百舌であるが、鵜《う》の目鷹《たか》の目で今にもカマキリ・トカゲ双方を襲撃する体勢を示した事もあって、カマキリ、トカゲ両軍の敵対、戦闘は頓挫《とんざ》し、否応なく百舌に対処せざるを得ない状況に置かれたのでありました。

と、枝を蹴るが如くにして、百舌が地面に飛び降りてきた。

その刹那《せつな》、メスカマキリAは全員に、鎌を翳《かざ》して威嚇《いかく》し、全三十丁の大鎌を揮《ふる》い、突撃せよと命じた。更に、腹部中心にその大鎌を切り付けよとし、急所を外すな等等、矢継《やつ》ぎ早に号令した。トカゲ軍五匹は闇雲《やみくも》に、百舌の尾っぽや羽に噛み付くなど、期せずして両軍が相呼応《こおう》して挟撃《きょうげき》する形となったのでありました。

この死闘十分間で、さしもの強者百舌も多勢に無勢の両敵相手に、苦戦を余儀なくされ全身に大小の傷を負ったのでした。そこで、百舌は一旦、両方の敵を振り払い、二、三メートル離れた地で一息入れつつ、間断なく両軍を見張っております。

すると、この争い騒動を嗅《か》ぎ付けたのか、近所のどら猫が百舌の左横三間ばかりの所で、立ち止まり、三方を交互に窺《うかが》っておるのでした。

次次と惹起《じゃっき》される意外な展開に、生き残ったカマキリ軍十一匹は茫然自失《ぼうぜんじしつ》し、戦意も萎《な》え、撤《てっ》退《たい》を考慮せざるを得ません。二匹を失い三匹となったトカゲ軍も、満身創痍《まんしんそうい》の身に周章狼狽《しゅうしょうろうばい》、二メートル後ろにある塀の破れ穴へ逃避《とうひ》すべく、身構えるのでありました。

一方の百舌はと言えば、これとて激戦の結果、翼に傷害を受け、飛んで逃げ去る事が不能でありました。

四者間で無言の睨《にら》み合い一、二分――老境の野良猫は、捕獲の第一目標を百舌としたのでした。固《もと》より猫はカマキリやトカゲを上好物とはしておらず、この三者の中では当然の如くに、鳥を優先獲物とした訳です。

どら猫が百舌を捕らえるべく追い廻している間、疲労困憊《ひろうこんぱい》の態のトカゲ軍及びカマキリ軍は、戦闘再開をさせる気力もなければ、体力もなく自陣に引き揚げるのが精一杯の所でありました。

一方、老いさらばえた猫は、満足に飛べない百舌相手に手古《てこ》ずっておりました。そうした折、今度は一間余もあろうかと思《おぼ》しき青大将が忽然《こつぜん》と現れ出でたのでありました。大蛇のように映る青大将を目の当たりにして、老猫は疾駆《しっく》退散を余儀なくされたのでした。

己の目論見《もくろみ》に失敗したのみならず、一羽取り残された手負いの百舌は、飛んで逃げるも儘《まま》ならず、金縛《かなしば》りに遭《あ》ったように立ち竦《すく》んでおりました。蛇は鎌首を擡《もた》げ、あの冷酷無情で残忍な目をじっと百舌に向けておりました。

所へ、この「戦場」の所有者たる老人が現れ出でました。老爺《ろうや》は何思ったのか、手にした鋤《すき》でもって青大将を威嚇し、大きく振りかぶりました。するとと大蛇は、意気地もなくするすると姿を消したのでした。老爺は自身に恐れをなして、蛇が退散したものと見做《みな》し、

「此奴《こやつ》らめ、そーら、みろ」

と凱歌を上げ、暫《しばら》くその余韻に浸っておりました。が、露出《ろしゅつ》した左右の腕のあちこちが痛痒《いたがゆ》く、気が付くと、十か所近くも藪蚊《やぶか》に刺されておりました。老人は激しい痒《かゆ》みに苛立《いらだ》ちながら、家屋に逃げ込むように帰ったのでありました。

この日、当初、カマキリ対トカゲの戦いが勃発《ぼっぱつ》、その後、百舌が加わり、思わぬ三《み》つ巴戦《どもえ》となりしが、どうした事か猫が参入したと思いきや、いつしか青大将もが参戦、そうした所に万物の霊長《れいちょう》を自認する人間が現れるという乱戦に転じた戦は、畢竟《ひっきょう》、勝者なき空騒ぎに終わったのでありました。その上、戦った全ての動物（軍）は、多かれ少なかれ痛手を負い、最後に登場した人間すら、一グラムにも満たぬ微弱蚊にやられ、泣きをみたのでありました。

二種動物（軍）の争いであろうが、多種動物（軍）の戦闘であろうが、いずれかの「完勝」という結果はそうそうはないのである。縦令《たとい》、運よく勝利を得たとしても、死傷数や経済的物質的損失は計り知れず、「勝った――」と言うより、相対的に「優勢であった――」とするのが実態

に即していよう。

人類間でも然り。有史来、古今東西、南北間に於いて、人類は無数の殺戮戦を繰り返し、今日に至っているが、これは尽未来際《じんみらいざい》なものであろう。別《わ》けても、史上空前の規模で酸鼻《さんび》を極めたのが、第二次世界大戦である。一九三九年から一九四五年の凡《およ》そ六年間に亙《わた》る、地球東西での死傷者数は幾千万人とも知れないのであった。

この大戦の主たる交戦国である、米、ソ、英、仏、独、伊、中、日、蘭等の死闘に関しては、戦後八十年になるこの間、数多《あまた》の戦記（物語）や類する著作が世に出ている。ここでは大戦後の世界を俯瞰《ふかん》して、一言陳述致したい。

欧州では一九四五年五月に、アジア・太平洋地域では同年八月に、大戦は終焉《しゅうえん》を告げた。空前未曾有《みぞう》の大戦の後を大観すると、如何に人類が不明であるのか、一目瞭然《いちもくりょうぜん》なり。大馬鹿三太郎の為した結末に、驚歎《きょうたんお》措く能《あた》わず――の一言のみだ。主な戦勝国である英及び仏は、戦場がヨーロッパの略《ほぼ》全土となって蹂躙《じゅうりん》された結果、その復興が容易な事ではなかった。更には、両国の経済的大基盤で、アジア・アフリカ等に領有していた広大な植民地も、戦後二十年の内に、その殆《ほとん》どを失った。そうした結果、相対的国力が戦勝国とは思われない程に低下した。米国はその本土が戦場とならなかった幸運もあって、戦後の一時期わが世の春を謳歌《おうか》したが、それは束の間の事であった。大戦終了後早早から世界は、米ソの二大強国時代となりしが、戦中の連合国としての味方同士の関係とは、打って変わった様相を呈してきたのだ。それは申す迄もなく、氷炭相容《ひょうたんあいい》れぬ、巍然《ぎぜん》たる思想的対立であった。抑《そもそも》、米英を中心とする欧米自由主義陣営は、第二次大戦以前から、一面に反共主義を標榜《ひょうぼう》していた事実がある。然るに、コミンテルンの大本である、ソ連を連合国側に引き入れるとは、何という錯乱《さくらん》した当時の指導者らであった事であろう。対独、対日の勝利に資するため、思想的には遥かなる大敵集団に媚《こび》を売るとは、正に百年の失政であったろう。即ち、戦後早早に因果応報《いんがおうほう》となって禍《わざわい》が現実のものとなり、招じ入れた米英仏らは、抜き差しならない対立に晒《さら》されたのであったのだ。両大国は核兵器等軍拡競争で対峙《たいじ》、所謂《いわゆる》、冷戦時代を招来した。米国は大戦終結後に勃発した、朝鮮戦争やその後のベトナム戦争を始め、世界各地での戦争、紛争等に対し、軍事的或いは政治的、若しくはその両方で介入してきた。然し、各国や各地域で高まる反米感情・思想に、ついには超大国である自らの意のままにはならない現実を、自身認めざるを得ない状況下に陥《おちい》ったのである。米国だけではない。近代の世界史を回顧してみるならば、人の世の愚かさに嗟嘆《さたん》させられるばかりである。故に、人類は大悟徹底《たいごてってい》すべし、であろう。何とならば以下の如し。近代史上、列強だの強国だの大国だのと、自他に冠《かん》したり、冠せられたりした、英・米・露（ソ連）・仏・独・伊・中（中華民国、中華人民共和国）・日等等は、徒党を組み、組み替え、世界各地域に於いて、大戦争を一世紀以上に亙って、断続的に繰り返してきた。その結果、第二次大戦で勝利した、主要国である米・ソ（露）・英・仏・中（中華民国）は、戦後八十年近くの今日、勝ちがそれぞれの繁栄や思惑《おもわく》に繋がっておらぬ事実、歴然たり。唯、中共誕生とその伸張の間接要因をなしただけである。イデオロギー戦を制したとされ、社会主義国の本家本元であるはずの、ソビエトは革命建国から百年足らずで消滅した。中華民国は狭小の島に逼塞《ひっそく》し、今日では主権国家とさえ認められてない。米国・英国・仏国は叙上《じょじょう》の通り。敗戦国であった独・伊・日等は申す迄もあるまい。日本に至っては戦後米国中心の進駐軍に、徹底的に洗脳され全身全霊骨抜きにされて終った。その結果有り体は、眼を覆《おお》いたくなる程だ。神代《かみよ》から数数の独得なる美点を有す伝統、文化、言語、生活様式、教育、歴史、思想等等を壊滅《かいめつ》させられ、道徳は頽廃《たいはい》し堕落《だらく》国家に変貌《へんぼう》した。何とそれは国防分野をも蝕《むしば》み、この国古来の「防人《さきもり》」の精神すら骨抜きにされたのであった。四囲を見渡せば現下、独立国家としての存続さえ危ぶまれるのである。そうした中、今日、中華人民共和国の突出こそは瞠目《どうもく》に価する。超大国とされる米国に一歩も譲らず、自己主張を押し通しているのだ。何かそれは、十九世紀から二十世紀前半にかけて「眠れる森の獅子」に、寄って集《たか》ってこれを食い荒らした先進列強に対する、強烈なしっぺ返しにさえ思われる程だ。中国を取り巻く、この百年余の史実は、人類史の輪廻《りんね》とも言うべきか。然しながら、この国とて未来永劫にその共産主義体制が、安定的に継続するかどうか、誰にも予測し難いのである。あの大戦争の総結論を申すなら、誰一人の勝利者のない、空前未曾有の大厄災《やくさい》であったのである。もって、人智は果てなしに非《あら》ずして、途方もなき愚昧《ぐまい》なる代物と、肝に銘ずるべしである。

有史来これ程、無限の先例があるというのに、その時その時の人類は何とした事であろうか。正に、千年万年一日の如く、紛争・戦争に明け暮れているのである。誰が幾ら申しても、説諭《せつゆ》しても、この勝者なき戦は絶えず、こう申す事だに、全くの無駄に帰するのであろう……

ともかく今一度申しておく——戦争に決して勝者はあらず、と。

宿命なる父子

コオイムシは水生昆虫である。

「コオイ」とは無論「子負い」の意である。

そのオスが自嘲気味に、独りごちを言い放った。

「この頃、人間どもは男も育児をせよと騒いどるが、わしらは二億年も前から、男手一つで卵から子を孵《かえ》しとるわ。何、育児休暇？　そんなもんあるかい。それよりお前ら、二億年とは2にゼロが何個付くか、立ち所に答えてみろ」と。

それは自分の不満を、人間に打《ぶ》つけるような言い草であった。

五月のある日、水田ではメスコオイムシがオスの背中に、否応なく有無も言わせず、卵を産み付けておりました。

これは異様で不可思議な光景です。実際、このメスは自らオスを求めて交尾するという、他に類をみない破天荒《はてんこう》なるジャジャ馬なのでありました。それ所か、次次と他のオスと交わり、卵を産み付け続ける始末です。

不貞の極《きわ》みか、将又《はたまた》、種族繁栄のための為せる使命か。

ともかく、気の弱いオスどもは、為されるがまま、卵を背負って生きていかねばなりません。その間、オスは熟熟考《つらつら》えた。

「待てよ。わしらの名前はコオイムシかも知れんが、メスは違うド——そうじゃ、コオワセムシと改めろ！　人間ども。シオカラトンボでもメスは、ムギワラトンボじゃねえか」と、不平は尽きない。さて、臥薪嘗胆《がしんしょうたん》の日日から、背中の卵の孵る日が、やっとこさでやってきました。

卵が割れ、次次と水中に我が子が泳ぎ始めた。と、その時、オスコオイムシは親父として、吾子《あこ》を励ます言を発するのかと思いきや、何と、オス親は、自分の子を片っ端から、喰らい始めたのでありました。

一人育児の腹いせか。メスへの面当てか。

逃げ惑《まど》う子供達ですが、何とか半数程は生き残る事ができたのではありました。

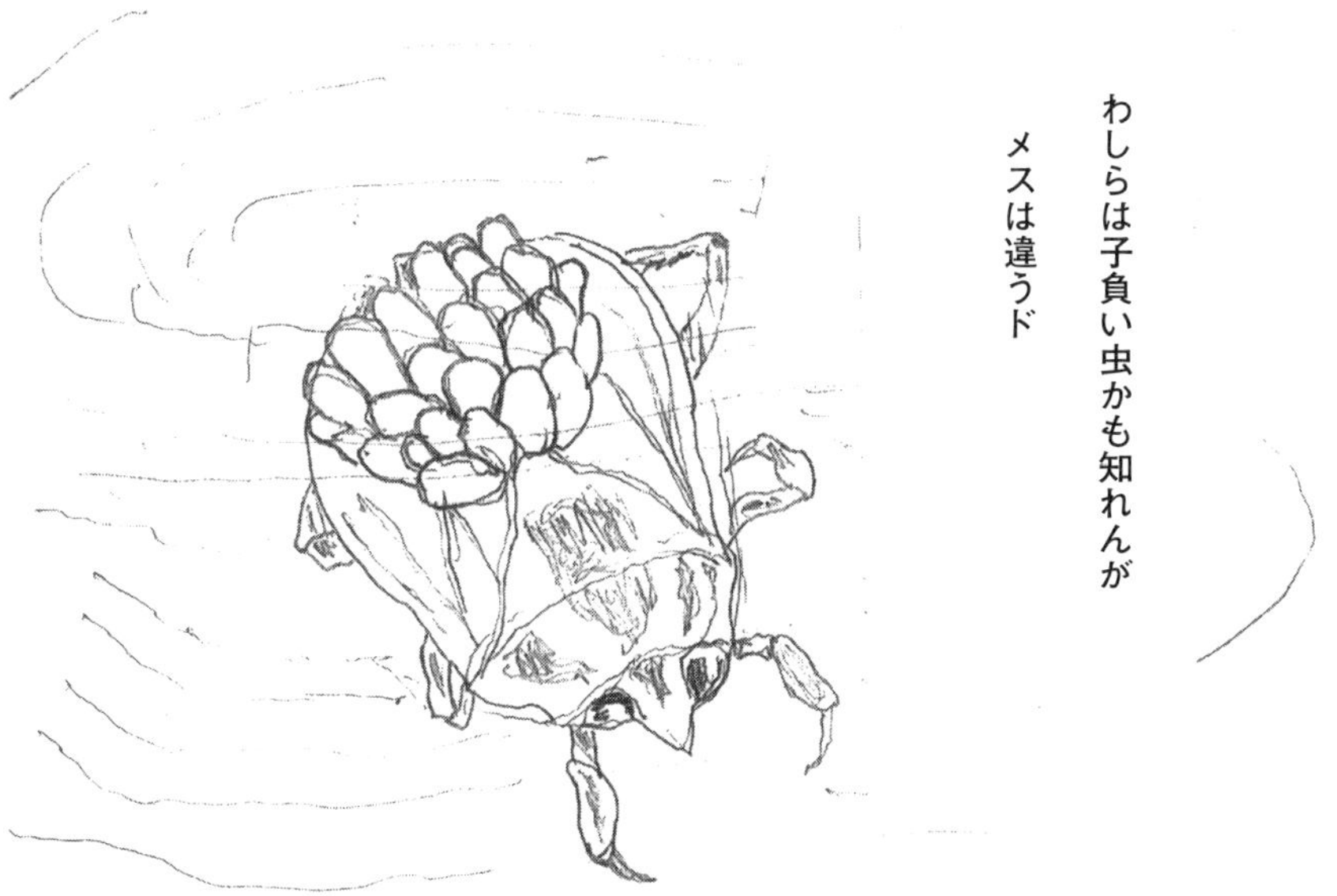
わしらは子負い虫かも知れんが
メスは違うド

この水中での悲惨なる一部始終を、近くで泳ぎながら観ていた、オスゲンゴロウは、溜息《ためいき》交じりに呟《つぶや》きました。

「やっぱり、子育ては母親が主体でやるべきものじゃ喃《のう》。わしら益荒男《ますらお》は手伝ってやればええんじゃ」と。

それにしても、悲しき父と子の宿命は、二億年の来し方、そして行く末迄の未来永劫《えいごう》に続くのであろうか。

幸運の女神

敗軍の将、兵を語らず――

古来、我が国では負け戦の当事者が、それを顧《かえり》みて物申す事を潔《いさぎよ》しとしなかった。就中《なかんずく》「もし、あの時にこうしておれば」云云は禁句とされてきた程である。

抑《そもそも》、この国では敗者が敗因分析を申さば、負けの弁解と見做《みな》されるのであった。

然《しか》し、これには大いなる問題を内包する。

固《もと》より、負けの責任を、はっきり認めた上での当事者らによる、負け戦（試合）の分析こそ、寧《むし》ろ、必須なのである。敗戦に至った、その経緯を検証し、敗因を分析し、次の戦（試合）の勝利に資するためにも必要不可欠なのである。無論、第三者の観点による、論評や分析もその後の戦略戦術に、重要であるは論を俟《ま》たない。

戦争を含む、有りとあらゆる勝負事には運不運が付き纏《まと》う――と申さば、賛否は分かれるであろうか。勝負事だけではない。人生そのものにさえ、関与する場合が稀《まれ》ではないのだ。筆者は思料する――人間は自らの意志や行動では制御できず、ままならない運命の糸に操《あやつ》られ、運・不運の現実に屢《しばしば》、遭遇《そうぐう》させられると。もし、これを否定するなら、次なる例は何の為せるものであろうか。

――歩道を歩いていた所、学校の塀が突然、崩れ落ち歩行者に覆《おお》い被《かぶ》さり、歩行者は圧死。

――街路を歩行中、強風と共にどこからか看板が飛び来たって、歩行者を直撃、歩行者は即死。

滅多《めった》に見聞きしない事故ではあろうが、これをして何と申すべきであろうか。

ささて、動物界とて同様である。幸運（勝利）の女神は一瞬来臨《らいりん》し、一瞬にして去る。

人間の住宅地近辺を根城《ねじろ》とする烏《からす》は、この界隈《かいわい》に於《お》ける食物連鎖の頂点に君臨しておりました。簡単に申せば、住宅が建て込む周辺で、食い物を巡《めぐ》っての最も強い動物の一種であるという訳です。

八月中旬の夕暮れ時、どこからか一匹のギンヤンマが来たって、公園内の椿の小枝に止まりました。このまま、明朝明るくなる迄、休むつもりなのでありましょう。これを近くから目にした烏は、ここにいる自分が無視された気がしたのか「小癪《こしゃく》な小童《こわっぱ》」とばかり、一瞬、これを嘴《くちばし》で抓《つま》み取って、丸呑みしてやろうかと思いました。が、先程、仲間数羽と捕らえたシマヘビを食い終えて、十分余りでもあってか、さして空腹ではありませんでした。又、トンボ類は彼らの大好物の種ではなかった事もあり、何とはなしに見逃してやり、その場を飛び去り、塒《ねぐら》に向かいました。

早起きの烏は、活動開始も当然の如く早い。翌朝未《ま》だきの時分、昨夕の烏が再び、同公園に行ってみると、ギンヤンマも昨夕、止まった椿小枝にじっとしていたのでした。よし、今度は有無を言わせず食ってやろうと近付き、あと一メーター程の根方で、ギンヤンマは恰《あたか》も見透かしていたように、ふわっと三メーターばかり飛び立った。と、ここから意外な空中飛行競争が始まったのであります。

この烏が、自分を狙っているものと悟ったギンヤンマは、己の飛翔速度を烏並に低減させ、敵烏とおっつかっつ状態にして、敵を翻弄《ほんろう》し始めたのであります。敵の手が己に届きそうに最接近されると、途端にスピードを上げ、離れると又落とし、上昇や下降をも織り交ぜるなど、徹底して強敵烏を嘲弄《ちょうろう》、烏はカンカンに怒り猛《たけ》るに至ったのでありました。頭脳明晰《めいせき》なる烏がどうした事でしょうか。小癪なヤンマ一匹を潰《つぶ》すため、大した餌にもならぬ相手に、烏はあらん限りのスピードで、ヤンマを追ったのでした。まんまと我が策に乗ったわいと内心、ほくそ笑んだギンヤンマは、決定打を浴びせようとして、向こう百メーター程の所にある杉大木に、軽快なる時速百キロ程で突進。あっ、危ない！　打《ぶ》つかるのかとの刹那《せつな》、一、二メーターの至近で左に急旋回、身を翻《ひるがえ》したのでした。が、全速力で追ってきた烏は、そのような急旋回・転回はおろか、急制御も不能、唯唯《ただただ》、惰性《だせい》でその大木に激突、敢《あ》えなき最期《さいご》となったのでした。

鳥類随一の利口さを、色んな場で見せつける烏でありますが、この惨状はどうした事でしょう。感情の高揚を理性で制御できず、身の破滅に至ったのであるが、その前段に大きな精神的蹉跌《さてつ》があったのであります。それは夕べの烏が、満腹状態にあった事に他ならない。通常、烏は暁星《ぎょうせい》の頃から暗くなる迄、ひもすがら食い物探しに忙殺《ぼうさつ》される。然し昨日は仲間と共に、大御馳走ともいうべき、シマヘビを捕らえて、鱈腹《たらふく》、賞翫《しょうがん》していたので、眼前の小さな獲物を見逃したのであるが、もし、これを捕らえようとしたなら、比較的容易に成就《じょうじゅ》していたであろう。宵闇《よいやみ》のトンボは眼が利かず、しかも静止状態にあったのであるから。昨日、滅多にない御馳走を得たのは幸運のようにみえるが、これがため、トンボには手を付けず、本日の顛末《てんまつ》となった次第である。幸不運は正に、紙一重といわれる所以《ゆえん》である。

さてこそ、爾今《じこん》、天界と人界との神妙無比《しんみょうむひ》なる史実を二題挙げる。

今世紀に入って二十余年、今日に至る史上最大の海戦を、世界史的観点で俯瞰《ふかん》するなら、それは昭和十七年（1942年）六月のミッドウェー海戦であろう。広義の第二次世界大戦の中の、日米（日対米英中蘭）戦は、太平洋戦争とも大東亜戦争とも称され、大戦名すら確定されていない。結果は普《あまね》く知れ渡っているが、往時、無敵艦隊の名を欲しいままにしおりしの日本海軍連合艦隊の完敗であった。この海戦で失った新鋭空母は四隻（赤城、加賀、蒼龍、飛龍）、飛行機（戦闘機、雷撃機他）三二二機であっただけでなく、これによる日米戦力比が、我が方の圧倒的優位から崩れ、次第にジリ貧となる契機となった事を忘れてはなるまい。米軍の損害は空母一隻（ヨークタウン）、飛行機一七二機、駆逐艦一隻。

さて、この大海戦の総括的な論評・批評は、この作戦の経緯、分析を含め、戦後からこの方、数多《あまた》ある。ここでは、次なる視点による持説を申し述べる。

【仮説】この大海戦の雌雄を決した最大因は、運・不運であった。

【索敵《さくてき》の運・不運】　ミッドウェー作戦の中軸部隊は、南雲忠一中将率いる、第一空母部隊であった。当部隊は昭和十七年六月五日、午前一時半に、ミッドウエー島の北西二三〇海里《かいり》に達していた。この作戦の一つに、この敵の島の占領があり、午前一時四十五分に、艦上爆撃機三十六機、戦闘機（ゼロ戦）三十六機他計百八機で出撃した。既に我が方の暗号を解読していた敵は、この作戦全容を察知、このミッドウェー島飛行場から全航空機を飛び立たせており、グラマン戦闘機五十機が待ち構えていた。然し、当時のゼロ戦の性能と搭乗員の技は比類なき程、格段の力量差であった。僅か数分の須臾《しゅゆ》の間に、五十機全てを撃墜（他に軽爆二機、水上機一機）したのであった。我が方の損害は艦上爆撃機一機のみと、圧倒的な強さであった。然し、ここ迄であった。抑、この時点（五日、午前四時十分迄）に於いて、我が方は「敵空母はこの近海に行動しあらず」と推定していたのであった。そうして、その四時十分、ミッドウエー島空襲部隊の友永指揮官は、

「第二次攻撃の要あり」

と打電してきた。敵機動部隊はこの付近になく、この島への第二次攻撃をするためには、今、母艦上で待機中の雷撃機の魚雷及び、艦上攻撃機装備の爆弾を、陸上攻撃用の爆弾に転装しなければならない。命令により、この転装を開始、その終了が五時十分頃であった。

さて、この項を「索敵の運・不運」としたが、先ず「索敵の不十分」があり、更にその前段階として前述の首脳部の見解「敵空母はこの近海に行動しあらず」が大きく祟《たた》ってくるのであった。索敵機二機は故障修理のため、出発が三十分遅れ、この内一機は天候不良を理由に午前三時三十五分に引き返す始末であった。仍《よ》って、遅れたもう一機と、それ以外の三機の計四機で索敵に当たっていたのであるが、敵方は午前二時半前後に、水上偵察《ていさつ》機三機が、我が空母群を発見していた。更なる不手際は、一段だけの偵察で、第二段・三段の索敵機を出していない事実であった。この一連の不手際の理由こそが、この「敵空母はいない」という先入観による楽観でなくて何であろう。

【五分差の運・不運】　午前四時三十分頃から開始された、魚雷及び艦上攻撃機装備の爆弾から、陸上攻撃用爆弾への転装を終えて間もない、午前五時半頃、重巡「利根」の偵察機から、敵機動部隊発見の無電が入った。こうなると、ミッドウェー島基地攻撃を中止し、

（一）転装済みの爆弾装備の攻撃機でもって、逸《いち》早く敵機動部隊に向かうべし

（二）転装済みの爆弾では、敵艦隊に対し効果が薄い。再度、魚雷と艦攻用の大型爆弾に転装した上で、敵機動部隊と決戦すべし

——首脳部幕僚間で意見は対立した。（一）は山口第二航空戦隊司令官が強く推《お》したが、南雲中将は結局（二）を採り、再転装を命じた。六時十五分頃であった。この直後、六時二十分頃から敵空母からの艦上攻撃機が次次と、波状攻撃を仕掛けてきた。これらは各艦の巧《たく》みな回避及び戦闘機等で何とか撃退した。そして、七時三十分頃、再転装が完了、艦上からゼロ戦第一機が飛び上がった、将《まさ》にその瞬間、敵急降下爆撃機が雲の切れ目から突如現れ、我が空母「赤城」「加賀」「蒼龍」の頭上に爆弾を投下したのであった。当然、再転装作業の直後である、艦上には多くの爆弾があり、装備された魚雷、それらが誘爆、自爆となって、三空母は瞬く間に火の海と化し、廃艦となって終《しま》ったのだ。投下され、命中した爆弾は僅か二、三発であったという。実に、この瞬時の差なのである。もう、五分あれば攻撃隊飛行機は全機が発艦できていたという、正に生死を分けた五分なのであった。七時二十四分から三十分の間であったという。その後、七時四十分から同五十八分にかけて、もう一隻の空母「飛龍」から爆弾装備の十八機と戦闘機六機が発艦、敵機動艦隊に向かい、空母「ヨークタウン」を大破させ、更に、十時三十分に発艦した雷撃機十機、戦闘機六機で再度「ヨークタウン」を攻撃、魚雷二本を命中させ、ついに撃沈させた。が「飛龍」も午後二時三十分頃、空母「エンタープライズ」からの爆撃機隊に襲われ、全艦が火

の海と化した。もうこの時点に戦闘機は一機もなかったという。

我が三空母を襲った、敵急降下爆撃機の襲来が、もう五分遅かったら、或いは、我が方の再転装がもう五分早く完了していたなら、その敵爆撃機はゼロ戦の餌食となり、我が攻撃隊は、それこそ敵機動部隊の空母三隻（ヨークタウン、エンタープライズ、ホーネット）全てを撃沈させていたであろうし、他の重巡洋艦他、敵機動部隊を全滅させていた可能性が高いのである。国家の浮沈に及ぼした五分の差であった。

【偶然の連続の運・不運】　前述の敵急降下爆撃機が、我が三隻の空母を襲ったのは、七時二十四分頃であった。それと殆《ほとん》ど同時に我

攻撃される直前の空母・加賀　昭和十七年六月五日、午前七時二十四分

が戦闘機一機が、空母赤城から飛び上がった。という事は、飛行機はその一機以外全て艦上にあって、発艦順を待機していたのであった。つまり、米側からすれば、期せずして望外の幸運に恵まれたという現実であったのだ。無論、斯様《かよう》な事が人為的に可能であるはずがない。最も効率のよいタイミングで、然も僅か二、三発の爆弾で、空母三隻とその艦上に現存する飛行機を壊滅《かいめつ》させ得たという訳であった。それだけではない。この三機は空母「ヨークタウン」と「エンタープライズ」から飛び

フ、フ、フ、フ
これでジャップに
勝てるわ
幸運の女神
米
米

立った急降下爆撃機が、略《ほぼ》同時に我が機動部隊の上空で偶然、合流したという。いや、合流なる表現は適切ではあるまい。大海原の戦場で、別別の場所から別別の時間に進発した味方が、その戦場の上空に於いて、最も時宜《じぎ》を得た奇跡の出会いをなしたという次第なのであった。全くもって、事実は小説より奇なり……。

偶然は続く——ヨークタウンから発進した爆撃機は、燃料トラブルもあって、その発進が一時間遅れたのであるが、これが結果的に幸いし、エンタープライズの爆撃機と出会えたという事になったのだ。これ、怪我《けが》の功名《こうみょう》の典型なり。然も、その飛行方向と我が機動部隊の進行方向が交叉する点の上空に達した時、偶然、雲が切れ、南雲艦隊の発見に至ったのである。それ迄は雲に覆われ、身を隠す事が能《あた》い、我が方に気付かれず、攻撃直前に雲が切れるとは何という、勝利の女神の一方的加担であろうか。偶然論者はともかく、科学的知識では到底《とうてい》考えられない、偶発偶然奇跡の連続なり——

【結論】米側の数数の幸運、日本側に於ける数多の不運は、起こるべくして起こったのであろ

うか。限りなき運・不運の連続は、斯《か》かる海戦開始前の戦略思想徹底に、彼我間《ひが》での多大なる差異が影響していた。我が方の偵察機から「敵機動部隊発見――」の報（六月五日午前五時三十分）迄の以前は、既に幾度も述べたが「敵空母（機動部隊）はこの近海に行動しあらず」との大前提があった。最大の目標である敵機動部隊がいないのであれば、副次的目標のミッドウェー島攻略・占領に移り、これが実現により、この作戦の片がつく。軽軽と成功するであろう――当時の帝国陸軍同様、海軍の思い上がった風潮があったに相違あるまい。何しろ、開戦劈頭《へきとう》の真珠湾強襲《きょうしゅう》からこの方、半年間の連戦連勝に上下共、驕《おご》り切った気風が横溢《おういつ》、首脳部の一部にはこの米機動部隊を、御馳走に譬《たと》え、これを一度には食せず、少しずつ頂き、幾らかを後に残しておくがよろしからんと、口外する程であったという。一部の幹部と雖《いえど》も、通常の戦争感覚では考えられない、思い上がり思想の骨頂《こっちょう》であったのだ。山本五十六連合艦隊司令長官の戦略思想「速戦必殺速決」「見敵必滅」は、上層部に徹底されず、これが国家敗退の序曲となったのである。或いは、勝利の女神として、このミッドウェー海戦の前後及び劈頭に於ける日本側首脳の「ここいらに敵はいない」とする怠惰さに愛想を尽かし、そっぽを向いたのであろうか。敵は大部隊として比較的近くに迄出て来ているのにも拘《かかわ》らず、見張りのいい加減さに呆《あき》れ、幸運を授けるも何もないとされて、不思議でもあるまい。

一方、これと大いに異なるのが相手側であった。日米大戦の勃発《ぼっぱつ》前から既に、日本側の暗号をも解読していた上、早早に南雲機動部隊の動きを熟知、ミッドウェー近海での偵察に於いても、日本側より三時間も前に発見に至っていたのだ。無論、負け続けたこの半年間とて、常に神に祈りを捧《ささ》げてきた所なのである。この一途《いちず》な真摯《しんし》さに、勝利の女神が心を打たれたに違いあるまい。近代の世界大戦史上、途轍《とてつ》もなき大幸運に恵まれた米国はかくして、対日戦勝利の見通しを確固たるものとしたのであった。

さて話は織田信長が擡頭《たいとう》した時代に遡《さかのぼ》る。往時《おうじ》、東海の覇王《はおう》とされた今川義元が、天下統一を試み、上洛《じょうらく》に進発したのは、永禄三年（一五六〇年）の五月であった。街道途中の織田軍なんぞ鎧袖一触《がいしゅういっしょく》とみられていた。が、実際は田楽狭間に於いて、織田隊の武将に斬殺《ざんさつ》され、敢えなき最期となって終っている。この有名な戦譚《せんたん》にも、摩訶不思議《まかふしぎ》な天のご加護があったのである。織田信長はその論功行賞《ろんこうこうしょう》で、最大の功労者を、斥候《せっこう》隊の簗田《やなだ》四郎左衛門政綱としているのだ。彼の懸命な偵察は、今川義元の行軍位置を把握《はあく》した上、その休息場所をも的確に摑《つか》み得ていたのであった。この日五月十九日は、新暦上ではまだ六月二十二日であったが、猛火のそばにいるが如き炎暑の中、信長の行軍は午前十一時頃、鳴海東方台地に在《あ》った。将兵凡《およ》そ三千、今川方凡そ二万五千。将にこの秋《とき》であった。斥候隊から「今川義元、田楽狭間にて昼弁当を使用中――」の一報が入った。約一里半の距離であった。信長自身、突撃隊の一員となりて駆けに駆けた。その正午頃であった。一天には黒雲が覆い尽くし、忽《たちま》ち天を劈《つんざ》くような暴風雨となった。それは正に、棒のような雨が滝の如くに降り頻《しき》り、近辺の百姓らですら、その疾駆《しっく》する織田騎馬軍馬蹄《ばてい》の轟《とどろ》きは聞こえず、視界も利かなかったという。この暴風驟雨《しゅうう》は老農夫ですら未だ曾《かつ》て、体験した事なき凄《すさ》まじいものであった。従って、今川軍に接近し、いざ急襲《きゅうしゅう》という間際迄、今川軍にはこの織田隊が見えず、聞こえずであったのだ。幔幕《まんまく》の中の大将と側近以外は、その付近の松林の根方などでこの暴風雨をやり過ごそうと、分散し休息していたのであるが……大部隊の感覚は麻痺《まひ》同然であった。そしてついに、午後二時頃、織田軍が突撃し、大将今川義元はあっけなく、織田方の毛利新助によって首を挙げられたのであった。

偶然論者以外、斯かる偶然の幸運を理論で解説できようか。以降、信長の戦は一か八かの大博《おおばく》奕《ち》を避け、非常に手堅い戦法に終始したという。一度の奇跡ですら、これに恵まれた者は幸運児中の幸運児であるに、一個人の身に奇跡が二度あるはずがないという思念であろう。

最大の功労者を簗田としたが、百年に一度あるか否かの天象《てんしょう》に居合わせた天啓《てんけい》に対してこそ、先ず一番に深甚《しんじん》なる感謝を捧げるべきであったろう。

戦乱に明け暮れる、この国を統一せよとして、天は信長に幸運を授けたのであろうか。一刻も早く、この日の本を強力な統一国家にしなければ、大航海時代の当時、七つの海を支配しつつあったポルトガル、スペインに征服されかねないと御聖慮《せいりょ》されたに相違あるまい。この日の本を統一させ得る適任者が、織田信長であると天帝が御聖断《せいだん》され、強大運を授けたのである。それ故、田楽狭間から十二年後——これも奇縁を感ぜざるを得ず——の元亀三年（一五七二年）十一月にも再び織田信長は、不思議な幸運に巡り合っている。意図せぬ因縁《いんねん》に出会い、幸運の星を摑むのである、否、幸運が転がり込んだとするが適切であろうか。信長ならずとも、誰も考え及ぶような出来事ではなかったのだ。

　この当時の信長は未《いま》だ、天下統一には遠く、都から近江、越前、畿内、西国にかけて多くの敵に囲まれていた。零落《れいらく》したとはいえ、将軍の足利義昭は健在で都に蟠踞《ばんきょ》、その将軍を中心とした反信長派の輿《よ》望《ぼう》を担《にな》って、甲州の武田信玄がついに、腰を上げたのだ。往時の武田軍将兵は、神格化される程の最強軍団であった。その信玄が上杉、北條ら周辺の敵を鎮撫《ちんぶ》し、元亀三年十月、二万七千の大軍で甲府を進発し、上洛の途についたのである。途上《とじょう》、徳川勢を蹴《け》散《ち》らかし、正に鎧袖一触の勢いであった。が、十一月、十二月と軍旅は停滞、三河（愛知県東部）から遠州（静岡県西部）に後退し野営のまま越年した。果たせるかな、信玄は病を得、国に引き返す途中の四月、信州伊那郡の旅営で客死《かくし》した。歴史の機微《きび》は巧まざるものだ。信玄の存命がもう一年長ければ、信長は家康共共、野に屍《しかばね》を晒《さら》された可能性が大であったろう。さすれば、日本史はどうなっていたのか。

　然し、その幸運児織田信長も、これより凡そ十年後の天正十年（一五八二年）六月二日、家臣の明智光秀によって横死《おうし》（本能寺の変）、天下統一は果たせなかった。

信長はこれより前、天正元年（一五七三年）、将軍足利義昭を追放し、室町幕府を滅ぼしたが、その頃からである。古今に類をみない超絶然《ちょうぜつ》たる言動を為し、更には神と称するに至っていた。幼少期から神仏を否定してきた仁が、自らをもって神に昇華《しょうか》させるとは、何という撞着《どうちゃく》した唯我独《ゆいがどく》尊《そん》の極《きわ》みであろうか。真《まこと》にもって身勝手な、天をも神をも憚《はばか》らぬ不遜《ふそん》な世紀の偽装《ぎそう》なのであった。

ついに、天神の逆鱗《げきりん》に触れた。それこそ「是非にあらず」とされたのであろう。

天命を明智光秀が謹みて代執行し、鉄槌《てっつい》を下したのであろうか。

幸運の女神は一瞬来たりて、一瞬にして去る――織田時代は一代で潰《つい》えるのである。

神仏否定の仁が神を称す――
撞着した英雄か

大悟《たいご》徹底

柿谷という郊外の町がありました。

人口が三千余りの閑静な住宅地で、畑地が幾分残っておりました。

そこに町一番の金満家があり、その苗字《みょうじ》からして、金万田《きんまんだ》というのでありました。地の名主の末裔《まつえい》と言われ、大凡《おおよそ》、三千坪の敷地に部屋数二十幾つもの大邸宅が、聳《そび》えるが如く四方を見下ろしておりました。

この地所、屋敷以外でもその資産が、十億円以上とは〝町内雀〟の噂でありました。事実、この六十三歳の主《あるじ》はその現金資産を大方《たいほう》、定期預金にしており、自分は内科の開業医として日日、平穏に暮らしておりました。家族は六十一歳の夫人と、いずれも未婚である、三十一歳の長女、二十七歳の長男との四人でありました。

人家付近に棲《す》む大型昆虫のカマキリは、町内雀らの噂話や日常会話を、否応なく日日耳にしておりました。彼らが人間の造った庭園や花壇、田畑などにある植物を活動と休息の場所としていたからであります。更には、空地の叢《くさむら》などにも好んで棲息《せいそく》しておりました。その期間は、春・夏・秋の半年余に亙《わた》って、住民と共に暮らしていたのです。

柿谷に住まう多くの町民は、この金万田家を羨《うらや》ましく思っておりました。おかみさん達の立ち話に於《お》いても、屢《しばしば》ここの話で持ち切りでした。
曰《いわ》く――あんな豪邸に住んでみたいわ。
曰く――お風呂が温泉旅館の、それのようなんですって。
曰く――三畳《じょう》程もある化粧室は冷暖房完備よ。
曰く――家の中にちょっとした図書館があるんだってさ。
曰く――大金庫には何億円の現ナマが唸《うな》ってるそうな。
曰く――いやいや、それとは別に十億もの大金が定期（預金）とな。
――等等、囂《かまびす》しい。
こうした羨みの話を聴くにつけ、近辺の叢に棲まう老師カマキリは、苦笑を禁じ得ないのでありました。が、同時に憐憫《れんびん》の情を催し、彼女らの羨みに反駁《はんばく》するのでした。それらは次の如き「説法」でもありました。
（一）民衆よ、我が言を聞き給《たま》え。先ず申す――城塞《じょうさい》の如き大屋敷を維持管理するは大事《おおごと》なり。この大館には女中否、家政婦が一人住み込み働きなれど、長女長男は気儘《きまま》な日日を暮らしたり。この子らは、大甘に育てられた故か、家事など一切手伝わず、のみか、親に対して「○○さん」と呼びかける始末だ。親子関係の道徳的規範も長幼の序も何も、あったものではないぞ。ここの長女は、学問最高の府とされる大学卒であるが、そこでは何を修学したのであろうか。――嘆かわしき今日の故国の片鱗《へんりん》なり。話を戻す。奥方と家政婦二人では、一通りの掃除だけでも、何と、一週間前後を要すなり。三ＬＤＫの家とは違うのだ。当然なる事であるがな。物事には明暗・表裏あり。

（二）豪邸及びそれを取り巻く大庭園に囲まれた、環境下に暮らせば、今日の庶民には解せぬ感情すら起こるなり。風雨の夜を想像し給え――広い庭園に植栽された銘木の葉は、譬《たと》えるべきもなき、淋しき音を奏《かな》で、名も知らぬ鳥は短調の悲哀の声を放つ。家人は淋しいやら怖いやらで、寝もやれず、悶悶《もんもん》たる長夜を過ごすのである。

（三）資産家は常に狙われ、物騒なる日日に付き纏《まと》われるのである――金満家の宿命は、その資産を掠《かす》めようとする賊の狙われる的となり、盗賊《とうぞく》や空き巣狙いに対する用心に日日、心を砕き忙殺《ぼうさつ》されるなり――実際、この金満家では、過去二十余年で何度も盗賊の被害に遭《あ》っていたのである。長男が小学低学年時代、泥棒に荒らされた後の部屋に戻った折、その異様な光景に、怖気《おぞけ》の震《ふる》えが止まらず、長じた今日にも、まざまざと脳裏に甦《よみがえ》る事が何度もあるという程だ。これらも肝に銘ずるべし。さて、もう一つ、最も肝要なる格言を申したい――

（四）古より申す「金は天下の廻りもの」とな――人人は洋の東西を問わず、日常、二言目には「金がない、金がない」と零《こぼ》す。この聞き飽きたる言に接する度、おいらは人間共に言ってやりたいのだ。尤《もっと》も、おいらの発する声を理解できず、或いは理解できる奇《き》特《とく》な仁が稀《まれ》にあっても、耳を藉《か》さないであろうけどな。ともかく万に一人を信じて申しておく。人間共が暮らす故国の国家予算を先ず知るのだ。仮にそれの五年分が大凡、五百兆円としよう。さて、その百万分の一は幾らになるか――巷《ちまた》の諸兄諸姉、立ちどころに答えられるかい。一千万分の一ならどうか。さあさあ――知らざあ、おいらが答えましょう。前者が五億（円）、後者が五千万（円）である。ここからであるぞ――そうだ、いいか、これを己の所持金と思い込むのだ。つまり、五千万円から五億円の範疇《はんちゅう》で、己の分際に似合う額を決めるのだ。慎ましい仁なら五千万（円）であろう。欲張りであれば五億（円）ともなろうな。但し、但し、それは長期も長期、三十年の定期預金である事を、これ又、肝に銘ずるべし、であるぞ。ここが最大の急所でござるぞ。而《しか》して、年率０・１％の低利でも、年に五万円から五十万円となるな。それが三十年定期であるから、各各、ざっと、百五十万（円）、一千五百万（円）増えるという訳よ。この定期があると思い込む事により、人間は

ウーム……五億の大金か……五千万円か……
それにしても、それが……三十年の定期とな……
ウーム……大悟徹底すべし、か……

随分と鷹揚《おうよう》になり余裕が生まれるという寸法よ。さすれば、齷齪《あくせく》する事が減り、金満家を羨む事もなくなる訳よ。つ、ま、り、文字通り「金は天下の廻りもの」と肯《がえ》んずる事が能《あた》うであろう。縦令《たとい》、所持金が僅少であろうと、その日その日を何とか、食っていければ御《おん》の字と思うのさ。おいらの昆虫全てはカネという代物の概念は微塵《みじん》もなく、唯唯《ただただ》、食料が通貨替わりさ。日日、何とかかとか食っていければ、望外の幸せなのだ。人間もおいららの生き様を会得できれば、何の宗教も不要だぜ。これが真《しん》の解脱《げだつ》というものさ。大悟一番これに徹するべし。

デパートにある衣装が全部
わちきのものなのね……

（五）結論を申そう——金満家を取り巻く近辺の住民多くが想像し或いは嫉《ねた》む程、金満家の生活が必ずしも、幸福とは言えず、悠悠快適なる暮らしでもないのでござる。寧《むし》ろ、恐怖や淋しさに苛《さいな》まれる日日での、豪勢で贅沢《ぜいたく》な生活よりも、日日質素な生活ながら、不安なく安穏《あんのん》に暮らす方が、精神衛生上遥かに優り、結局はより長生きできる事、請け合いなりである。掉尾《ちょうび》に当たり、もう一つだけ申しておこう。優雅なる淑女ドレッサー或いは、単なる衣装道楽婦人方方に申し告ぐ——有名デパート婦人服売場にある、新品衣装を、全てわちきの物と思い給え。而して、そこが超大型洋服ダンスと信じるのさ。その上で、年に一、二度、その売場での好みの稜羅《りょうら》を購入するのだ。その代金は超大型洋服ダンスの保管料と思うのさ。その保管料で晴着が一、二着ずつ増える訳故、三十年ともなれば、三十から六十着もの「晴着持ち」となり、在デパート分の衣装と合わせれば、所有何千着にもなろう。天下の大金と無数の衣装が自分の所有と己を薫育《くんいく》できたなら、大願成就《たいがんじょうじゅ》の身となり、その御仁《ごじん》こそ歴史にその名を残すであろう。重畳《ちょうじょう》なり——。

窮虫入懐

甲虫の仲間のハンミョウ（ハンミョウ科）は、体長が二センチ位の小さな昆虫です。前羽（上側にある堅い羽）が金緑色、緑赤色に輝き、とても美しい姿をしております。頭部の緑色、胸部の赤色も同様に光輝を放ち、宛《さなが》ら、宝石の如き昆虫とも申せましょう。春から秋の比較的長期間、民家付近などにも現れ、人が歩く前を低く飛ぶ事が多く「道しるべ」「道教え」の異名を有す程であります。

所が、端麗《たんれい》な容姿とは裏腹《うらはら》に、複眼は突き出て眼光鋭く、牙《きば》は細長く鋭利《えいり》、気性も激しく、小形昆虫屈指の強者と言えましょう。

身体全体が小さく美しい上、恰《あたか》も、道案内の仕草を見せる事もあってか、周《まわ》りにいる他の小虫達は、ついつい気を許し、気軽に声をかけ、寄っても来るのでした。そうなると、ハンミョウの思う壺《つぼ》でした。

時期は初夏、五月下旬、昼前、とある民家の庭内での事でした。

本来なら、夜間に活動するヨトウガが、どうしたのか、その辺をよたよたと少し歩き、或いは飛び立とうとも試みますが、上手くゆきません。その辺りを飛んだり、着地したりしていた一匹

のハンミョウがこれを目にし、

「どうしたんだい？」

　と、声をかけました。メスヨトウガは一瞬、ぎくっとしましたが、

「昨晩、この近くの畑の野菜に止まって寝たのに、朝方の強風で飛ばされ、ここにいるのですが、わたし達は日中の感覚が鈍く、その畑がどこか分からず、困っているのです」

　と、正直に答えました。ハンミョウは元来、ハエや小形のガなどの小昆虫を捕らえて餌とする肉食昆虫で、当初、勿怪《もっけ》の幸いとばかりに、このヨトウガを御馳走になろうとの魂胆《こんたん》でありました。然《しか》し、瞬時、先達《せんだつ》からの教訓《きょうくん》が脳裏を過《よ》ぎったのでありました。それは、

「窮鳥《きゅうちょう》、懐《ふところ》に入れば、猟師もこれを撃たず」

　という訓話《くんわ》でありました。これがため、ハンミョウは躊躇《ちゅうちょ》し、攻撃的精神が萎《な》えてきた気がしたのでした。

「そうかい。それは大変だったたな。じゃあ、おいらがその畑へ道案内するから、付いてきな」

　と、柄にもなく、本来的には心にもない親切な言葉をかけてやったのでした。自分でも、思いがけない言を発したので、もうこれを翻《ひるがえ》す事はできません。得意の軽やかに少少飛んでは小休止を繰り返しつつ、ヨトウガを誘導、四十メートルばかり離れた畑に連れて行ってやりました。

　付いて行く途中、ヨトウガは熟熟《つらつら》考えました。僅か五分足らずの時間に、彼女はそれ迄の自分

の思慮を考え直さねばならない程、現実の複雑怪奇《ふくざつかいき》さに、身を晒《さら》されているのでした。

一つ、「兇悪なるハンミョウに注意せよ」との教訓は真実なのか。

一つ、このハンミョウの言動は、心からのものであろうか。将又《はたまた》、何らかの思惑《おもわく》があっての事なのか。もしそうであるならば、悠長《ゆうちょう》な作戦とも映るが……。

一つ、畑にて別れる際、どう挨拶し、何を申すべきや。

思念が纏《まと》まらない内、棲《す》み処《か》の畑に到着、ヨトウガはともかく、感謝の言を発しました。

「此度《こたび》は真《まこと》にもって深謝申し上げます。追って、ささやかながら御礼を致したく、就《つ》きましては、お望みの物をお聞かせ下さい」

するとハンミョウは苦笑し、

「望みか。それはそなた（の身を食らう事）であったが、なまじ、不思議な因縁《いんねん》、唯唯《ただただ》武士の情けが為せる業《わざ》よ。

武士ではないがな——幾ら、餌の虫が転がり込んだとはいえ、困窮《こんきゅう》して迷い込んだものを、容赦《ようしゃ》なく捕らえて食らえば、末代迄の恥だからな。普通は一寸の虫にも五分の魂だが、おいらは一寸足らずの、溢《あふ》るる情け——だよ。おいらに出会ったのが、そなたの運のよさよ。世はおいらの如き馬鹿情けの者ばかりではないぞ、多くの人間のように、そうと見せかけて騙《だま》して、捕らえようとする輩《やから》が多いからな。気を付けなよ。そなたに幸運の風が吹いたのだな。さらばじゃ」

と、思慮深げに語り、直ぐ飛び去りました。

勝者の強欲

綺羅《きら》、星の如し、であった。
大手製薬会社の社員は、であり、その頃は、である。
製薬業界に於《お》いて、東一製薬株式会社は、医薬品販売高で日本屈指の古豪である。東京本社以外に、全国で五十近くの営業所を有す。その内の一つ、岡山営業所が舞台となった。
当営業所の陣容は以下の通りである。
所長一名――全体の責任者及び、主として「病医院課」を統括《とうかつ》
所次長一名――主として「小売店課」を統括
課長三名――総務課長、病医院課長、小売店課長
内勤事務担当者四名――男一名、女三名
営業担当学術員十二名――病医院課所属九名、小売店課所属三名――以上、所員合計二十一名
時は平成十年五月――
小売店課所属の山地雄太は、公私に亙《わた》り得意絶頂期にあった。ここ四期二年間、いずれの期にも営業計画を百％以上達成し、所長を始め、上松所次長、園木課長らから、絶大なる信頼を勝ち

得ていた。それ故と申すべきか、年二度の査定・評価はここ何度も常に、トップのSランク（Sはスペシャルの略）を受けていた。この査定・評価は所謂《いわゆる》、相対評価で七段階となっていたが、Sは4％の者しか授《さず》からないのであるから当然、百人中のベストフォーという事で、正真正銘のトップでもあったであろう。営業担当者として、これに勝《まさ》る名誉はあるまい。名誉だけではない。実益？たる昇給や賞与にも多大に関与し、山地は同世代同僚比でも、圧倒的優位、つまり、破格の高給取りを誇示していたのであった。

更には、容貌《ようぼう》が人気の芸能人似で、口八丁手八丁の山地は、自社内勤者、関係先、夜の巷《ちまた》等の異性にちやほやされてもいた。小売店課に於ける販売促進経費（以下、販促経費又は販促費と省略する場合あり）使用の裁量《さいりょう》を任されてもおり、その大金を自由自在に、操《あやつ》っていたという次第である。山地は華のキャバレー・クラブ・バーや高級料亭等に対し、湯水の如きに販促金を注ぎ込み、夜な夜な大尽風《だいじん》を吹かせていたという訳だ。であるからかどうか、そちらでの人気も沸騰《ふっとう》、愈《いよいよ》、自信を深め、鉄桶《てっとう》の陣を構えていたと言えよう。

奢侈《しゃし》な日日を送りつつも、山地は誰にも話していない、一つの大きな問題を抱えていた。それは問題というべきものではないかも知れない。私有の財産たる留守宅の件であった。当岡山営業所では便宜上、営業担当者で希望する者は、社有の宿舎に入居する事ができたので、山地も他の同僚らとそこの一室に入居していた。それはともかく、現在、妻子が住まう広島市の自宅は、半年余り前に宅地を購入し、家屋建設した壮麗《そうれい》なる邸宅であった。但し、その費用の殆《ほとん》どを借金で賄《まかな》っており、その総額は大凡《おおよそ》、六千万円であった。如何《いか》に成績優秀の営業社員とて、一介の従業員としては、その負担が双肩にずしりと重い。が、生来、陽気な山地は、そのような事で懊悩《おうのう》苦悩《くのう》するタイプではない。まあ、その内、何とかなるであろうという不敵な質《たち》なのである。何しろ、上司であろうが、先輩であろうが、約束時間を一時間も、それ以上も連絡なしで待たせ、平気の平左でけろっとしている仁なのである。自称、揚げ物を好物とする位、胆肝膵からのリパーゼ他消化酵素の分泌《ぶんぴつ》が旺盛《おうせい》なのであろう。つまり、肝が太いのだ、この仁は。

今少し、山地雄太の逸話を述べてみたい。この仁にして、独特なる「寝言《ねごと》」あり。通常、寝言と申さば「唐人の寝言」ではないが、脈絡のない意味不明の単語や、その羅列《られつ》を発する程度のものが多い。所が、彼のそれは些《いささ》かならず異なり、うつつの如きに判然たるものが目立つ。又、いと面白きものがあり、そうした数例を挙げてみるなら、左の如しである。

——僕の身体で払ってあげるよ

——歌ってよ、一緒に、明代（当営業所女事務員の名）ちゃん

——そうですよねえ、次長

——野川（同じ課の先輩）さんがそうすればいいと言うなら、そうすればいいでしょう

——お母さんに言い付けちゃうから

　さて、同じ小売店課の浜杉正人は、二年余り前の平成八年四月に入社、現在三年目の冷静おっとり型の若手であった。新人として初めて配属されたのが、この岡山営業所小売店課であった。当時の直属上司・園木努小売店課長と、上松昇一所次長は、現在と同じである。この二者は犬猿の仲ではあるが、共に実績至上主義者で、何をしてでも期間計画を必達せよとするタイプの上役であり、数

字を上げるためには商道徳もへったくれもないと、檄《げき》を飛ばす仁であった。赴任当時、浜杉はこうしたものがこの会社の社風かなと思ったが、その内、多くの会社の営業部門も、こんなものかと思わされて、今日に及んでいるのであった。

六月に入ったある朝、平日のいつものように、浜杉は社有宿舎の自分の部屋——といっても八畳一間と狭い——で、簡単な朝食を済ませ、徒歩五分の営業所への出社の用意をしていた。所へ、隣部屋に住む先輩の山地が、お早うと言いながら入って来た。時間が合えば、まま一緒に出社する同僚（山地四十一歳、浜杉二十五歳）であり、日常的な行動の一環であった。が、本朝、山地は複雑な表情で、

「いやあ、浜ちゃん、昨夜の君の怪気炎《かいきえん》には驚いたな、全く」

と切り出したが、浜杉は山地が、何を言い出したのか要領を得ず、

「え？　何ですか」

と聞き直した。

「何だ、覚えてないのかい」

「何をです」

「昨夜、酔っぱらって帰っただろ。それは覚えてるだろ」

「はい、一緒に飲んで帰りましたからね」

「それで君は部屋に帰ったのだが、十分後位だったか、僕の部屋に殴り込みをかけたのさ」

「え、殴り込み？」

「ハハハ、殴り込みは冗談だが、それ位勢い込んで来たという訳さ。もう、十二時を過ぎていて、早く寝ようぜと僕が言ったら、君は『ちょっと、わたしの話を聴いて下さい』として、滔滔《とうとう》とやり始めたのさ。何でも、製薬企業の営業担当学術員は斯《か》くあるべしと言い出し、一人で二十分ばかりも辯《べん》じ立てたのだから、恐れ入り谷の何とかさ。君にして、この雄辯《ゆうべん》あらんとは敬服《けいふく》の至りだ」

　すると、浜杉は不満げな表情で、

「何を申されますやら……自分は大酔していて、部屋に戻るなり背広を脱ぎ捨て、ばたんきゅうで、さっき迄ぐっすり寝入ってましたよ。山地さんこそ、そのような夢をみて、夢うつつを、さ迷ったって事じゃあないんですか。この正月明けにあった、沢藤（医薬品等卸会社）の新年会の泊まりでも、同じ部屋に我ら三人でしたが、あの夜山地さんは『借金を返さにゃあならんのだ』などと、寝言を吐いてましたからね。野川さんも聴いてますよ。（その寝言と同時に）眼が覚めましたからね、二人共。大きな怒鳴《どな》り声でしたよ」

　と、逆捩《さかね》じを食わせ、一向に認めようとしない。山地は苛立《いらだ》って、

「今、そんな事はどうでもいいんだ。君が素直に認めないんなら、歴とした証拠を見せてやろう。ホラ、これは君のネクタイピンだろ、きのう、していた分の」

と言って、それを浜杉に差し出し、手渡した。

出社時間の切迫《せっぱく》もあって、この件はそれで何となく終わったが、浜杉は山地の言を信用できず、営業所の机に付いたまま、暫《しばら》く黙考《もっこう》していた。

（山地先輩こそ、寝惚《ねぼ》けて我が部屋に侵入し、夢遊病者のようにタイピンを持ち去ったのであろう）と結論づけた。が、一抹《いちまつ》の不安は拭《ぬぐ》い切れなかった。

当岡山営業所の上松所次長にも少し触れておく。既に示した通り、小売店課を統括する責任者である。この御仁《ごじん》を紹介する際、いの一番に申すべきは、齢《よわい》五十六ながら、旺盛なる活動家であるという点であろう。本社や支店、営業所の会議以外の実働日の殆どを外勤に当て、配下の営業担当者と共に、その得意先や取引卸店を訪問するのであった。営業所の幹部が精力的に、主要得意先や関係卸店を廻るのは結構な事であるが、大きな瑕瑾《かきん》が付随していた。それは桁外れな頻度《ひんど》で実施する、飲食の接待である。詰《つ》まる所、結果的に上松所次長はこの役職時代を通じ、休日以外の晩飯代を百％近く、販促費等の経費で賄っていたのだ。これは驚愕《きょうがく》的事実であるが、実際の得意先の接待なら二次会、三次会、果ては仕上げ？のラーメン店或いは鮨屋《すしや》に至る、超過剰接待をしたとて、後ろめたさなぞなかったかも知れぬが、この仁にして「伴食宰相《ばんしょくさいしょう》」の異名ありは、何を語るのであろう。

この大手製薬会社の当営業所などでは、同じ会社の者が、同じ会社の人を接待するという「同同接待」が堂堂と罷《まか》り通っていたのだ。それが日常茶飯であった。剰《あまつさ》え、それが夜だけではないのであるから正に、第三者がみれば唖然《あぜん》とするであろう。単刀直入に申すなら、この仁などは昼食も朝食をも、ロハで済ませようとする魂胆《こんたん》なのであった。又、この仁は前夜いかに大酒を食らおうが、宿酔する事もなく、翌朝食も十分に摂《と》る健啖家《けんたんか》であった。

　こうした有様であった故、何と、収入は略《ほぼ》丸残りとなり、長年に亙る蓄財は相当なものであろうと、四囲も噂していたのである。然《しか》も、使用料格安の社有宿舎住まいであるから、主な支出は、留守宅に於ける夫人の生活費位なもので、真《まこと》に安気な暮らしぶりと思量されていたのであった。

　さてその社有宿舎の概要をというと、木造二階建ての各階に部屋が六つずつあり、八畳一間と別に、狭いながらも厨房《ちゅうぼう》、風呂、

ええっと、
うな重の特上二つと
天ぷら盛り合わせ……
刺身も貰いましょうか
そうだよ
スタミナを付けないとね

経費処理による身内午餐会

便所が設《しつら》えてあり、一人住まいの日日の暮らしに困る事はなかった。小売店課の営業担当者三名と、同課を統括する上松所次長、病医院課の営業担当学術員六名の計十名が入居していた。建物の出入り口は一か所しかなく、そこが玄関替わりとなっており、そこから一番近い部屋に管理人が住み込み、その右側が端で、二階へ通じる階段があった。玄関直ぐの上部壁には名札掛けがあり、入居者は在室時にその名札を表（白）にし、外出（不在）時に裏（赤）とする決まりがあり、全員の名札が白になった時点で、管理人が出入り口の施錠をするのであった。各部屋は施錠できる造りにはなっておらず、独身寮のような感覚で、住人は起居していたという訳である。

さて「ネクタイピン事件」から凡そ一か月間は何事もなく、七月七日の金曜日、降雨もなく七夕祭りを迎えました。営業所の連中は何を祈ったのでありましょうか。そんなロマンよりも何とかで、この夜も小売店課の野川、山地、浜杉の三名は、上松所次長を囲繞《いにょう》するかの如きに、岡山市の飲食店三軒を梯子《はしご》し、夜半の十一時半過ぎ、揃って宿舎に帰ってきたのでありました。上松と野川は酒豪とされるが、山地と浜杉は然迄《さまで》もない。いつもながら酩酊《めいてい》していた浜杉は、部屋に入るなり、着替えもそこそこに、コップ一杯の水を飲み、直ぐ床に就《つ》いた。

翌朝、土曜日、休日、浜杉が目覚めたのは九時前であった。彼は徐《おもむ》ろに、部屋の出入り口付近にある厠《かわや》へと立った。と、土間から上がった所に、自分の物でない不審な鞄《かばん》があるのを目にした。彼は半ば無意識裡に鞄を開けてみた。中には病医院課の担当者が使用する、パンフレット類や業務関係の書類が入っていた。という事は、この宿舎に住む病医院課六名中、誰かの物であろうと察せられる。約一か月前の異な小事件が思い出され、又も、身に覚えのない事象《じしょう》に遭遇《そうぐう》した浜杉は思わず、ぶるっと戦慄《せんりつ》が走った。ともかく早早に、ここに住む病医院課六名の部屋を順次訪れ、己の潔白を縷縷《るる》陳述に努める気であった。そして、二番目に同期入社Dの部屋を訪ねた所、Dは朝八時頃起きて、鞄が見当たらない事に気付いたという。浜杉の辯解《べんかい》じみた経緯説明に、Dとしては到底《とうてい》納得できるはずがなかった。が、実物の中味確認では異常なく、問題自体が金目関連でもなく、同期入社の一種誼《よしみ》もあってか、Dは呟《つぶや》くように、

「妙な事があるもんだな」

として、その場は別れた。このDは同じ病医院課のEと、業務上の関係が密であった。Eもこの宿舎暮らしで、小売店課の山地と懇意であった。齢が山地より一つ下の不惑《ふわく》四十であった。

半月ばかり前の六月中旬、休日の日長、DはEの部屋に呼ばれて、お茶を馳走されていた。互いの自慢話、不満の打《ぶ》つけ合い、益体《やくたい》もない情痴話《じょうちばなし》の類等、一頻《ひとしき》り世間話に花を咲かせた後、頃よしとしたのであろうか、Eはそっと D に耳打ちした。

「君は浜杉と同期（入社）で親しいんだろ？　いや別にそうでなくてもいいんだが、君、知ってるか」

と、少少勿体《もったい》ぶって切り込んだ。

「何をですか」

と、Dは柳に風と受け流した。

「いや、おれもたんだ先日、知ったんだ。浜杉君は夢遊病者というじゃあないか」

「えっ……何？」

Eは構わず話の歩を進める。

「夜な夜な、丑三《うしみ》つ時に（この宿舎の）通路を徘徊《はいかい》しているそうだぜ。小父さん（管理人）迄知っているというじゃあないか」

「本当ですか？　誰がそんな事を……」

「同じ課の山地氏も知ってるそうだが……」

今、鞄事件の当事者となって、Dは半月前のこのEとの話し合いを思い出したのであった。この自分の仕事用の鞄が、浜杉の部屋に彼の意志とは無関係にあったという事実は、或いは、浜杉のその病気によるものかとも思量した。疾病故の「無意識持ち去り」という次第であったのか。夢遊病者なら有り得る事態やも知れんなと、Dは心中、頷《うなず》いたのでした。

とまれ、この鞄事件により、浜杉は夢遊病人という烙印《らくいん》が押されたのであった。

八月、旧盆の頃には、管理人を含む宿舎の住人全てが、浜杉の病状を知る所となり、それら計十名から逆流してくる、声なき声もあって、とうとう、浜杉は己が夢遊病者となりしかと、ある種の鬱《うつ》病に陥《おちい》っておりました。そうした折も折、同類事件が起ったのでありました。続けざまに二件である。一つは浜杉の部屋に、病医院課Fの目覚まし時計が移っていたという件。今一つが逆に、浜杉の眼鏡が病医院課Gの部屋に転がっていたという事実であった。

日夜苦悩する浜杉は、八月下旬、夏休暇を取得し、郷里の広島市の実家に帰り、家族と相談、地元の専門医を訪ねた。然し、確たる療法や薬剤がある訳でもなく、結局は気にせず、くよくよせず、精神安定にこれ努め、気楽に生活しなさいという、極《ごく》ありふれた精神生活指導だけで終わった。診察した医師は、患者を寛《くつろ》げさせようとしてか、

「東一さんにお勤めですよね、（自社内に）よい薬はないんですか（笑）」

と、冗談を口にした。が、浜杉は力なく笑みを見せ、辞去《じきょ》した。

初秋九月の一月は、周《まわ》りから指摘されるような問題は起こらず、浜杉はほっと一息ついたのでした。上期は終わり、仲秋の十月となった。問題の発端のネクタイピン事件から、四か月余が経過した十月六日金曜日、上期の打ち上げと称して、小売店課の関係者である上松所次長、園木課長、野川、山地、浜杉の五名は又ぞろ、岡山市の馴染《なじ》み料理店で痛飲した。上期、同課は期間納入計画を百％達成し、その慰労会でもあったからか。就中《なかんずく》、山地は個人別計画に対し、106・4％の達成率で、課の牽引役を発揮、個人で五期連続の輝かしい成績を上げたのであった。因みに、野川は同98・5％、浜杉は同97・7％となっていた。

冒頭の挨拶で上松所次長は、営業実務担当者三名の奮闘を型通りに称揚《しょうよう》した後、

「――小売店課として（上期の）百％達成は真に誇れるものである。更には、ここ二年半の成績は、全国を俯瞰《ふかん》しても大仰《おおぎょう》でなく、トップクラスの常勝軍団と言ってよい。その偉業の祝勝会として、本日は秋の夜長を心ゆく迄、飲み食み《は》語らい、今期も再び鋭意取り組むべく、大いに英気を養われたい」

と述べ、更に、

「わたしも最後迄付き合いますから」

と結んだ。自分も一緒になって、心ゆく迄宴《うたげ》しようという意思表示でもあったろう。

園木課長もアルコール好きでは人後に落ちない。名状《めいじょう》し難いが、平日の朝から缶ビールを一、二本飲む程であった。尤《もっと》も、健啖家の上松とは異なり、食が細く、体型も痩身《そうしん》小柄であった。実はこの仁こそ、第一次的に課員を査定・評価する立場にあり、山地をここ二年、常に高く評価した直接の上司なのである。正に、（愛《う》い奴、近《ちこ》う参れ）なのである。

上松も山地贔屓《びいき》では負けない。この席に於いても、

「山ちゃん、前期も有り難な。感謝、深謝、多謝に尽きるね。これがほんとの三顧の礼だ（笑）。さあさ、一つゆこう」

と、ご機嫌、手ずから酌《しゃく》をした。

山地はこの営業所内だけではなく、全社中の花形営業担当者であった。彼の絶頂期、黄金時代であったのだ。

さて、酒が程よく入った頃、上松所次長は浜杉に言った。

「浜杉君、体調はどうかね。この所、顔色がよいように映るが……」

「お蔭様で、体調もまあまあで、何とか頑張っているんです。これでも」

「そうか、今期は百％（達成を）頼むぞ」

続いて、野川にも、

「いやあ、野川ちゃん、長健堂（超重点得意先）の社長を（恒例となっている接待に）ぼつぼつ呼んだらどうかね」

「ええ、来月中旬を目途《めど》に話を進めてますんで。又、よろしくお願いします。その十一月にはスフル（かぜ薬）の一括大量納品を見込んでますんで」

「そうそう、今年もそれが実績となれば、見通しが明るくなるもんな。是非、頼むよ」

等等、各担当者へ如才《じょさい》なく語りかけるのであった。この伴食宰相は。

八時過ぎにそこを辞去し、同じく岡山市内歓楽街の、とあるクラブでの二次会には、園木課長を除く四名が参加した。園木はもう、上松との同席が生理的限界に至ってきたのであろう。野川と浜杉は、ピアノ演奏による歌唱や、ホステスとのダンスに興じていたが、山地と上松は何事か、盛んに話し込んでいた。無論、洋酒水割りやらを、ちびちびとやりながら、頼みもしない高級オードブルを抓《つま》みながらである。どうやら、上松によるマネー講座のようでもある。

「ぼかあ（僕は）株は、自社株（の希望者購入）のみで、証券会社を通してはやらんのだ。奴さんの言う事を聴いていたら、大損するのが落ちだという事だからね。まあ、地道にコツコツ貯めるのが一番だよ。ぼかあ、そう思うね」

「次長は（主に）定期預金ですか」

「何、箪笥《たんす》預金さ。いざという時には現金が一番頼りになるからね。幸い、うちの会社の業績は先ず先ずで、我我外勤者は、他業種では考えられない高額の外勤日当を貰ってるからさあ、上手くやれば（切り盛りすれば）給料、ボーナスの多くを残す事ができるからね」

「本当ですよね。次長はもう大分貯めてるんでしょうね（笑）」

「大した事はないが、まあ、これ位なもんさ（笑）」

と、右手人差し指を立てて見せた。一億円の示唆《しさ》であろう。

「そんな大金を現金で……保管が大変でしょう」

「何、億と言ったって、大き目の鞄に入りそうだし、箪笥の空間に十分入るのさ。四、五億もあれば別だがね（笑）」

「そんなもんですか。だけど盗賊《とうぞく》に狙われる心配がありますねえ」

「いや、箪笥の鍵をかけているし、第一、玄関には管理人の関所があるからね。入口はそこだけで、そこを通らないと、誰の部屋にも行けんもんな」

「そりゃあ、そうですがね……」

実は、上松所次長が多額の現金を、自室内に保管しているであろう事は、山地もとっくに知り得ていたが、今初めて知ったかのようなふりをしていたのであった。

とまれ、十時半頃、そのクラブを後にして、三軒目はこれ又、行きつけの鮨屋であった。上松と野川は斗酒《としゅ》なお辞せずの態であったが、山地と浜杉は大酔の色が濃い。それでも、四者は揃って宿舎に帰着した。深更《しんこう》零時前であった。

浜杉にとって幸いにも、平穏な日が続き、晩秋十一月となった。

事件は上松所次長、園木課長両者の留守中に起きた。

広島支店での会議及び管理職研修会の日程は、十一月二十日（月）から同二十二日（水）となっていた。上松と園木が出席する段である。ついでに申せば、不仲の二人が相携えて移動する訳ではない。上松所次長は、この出張に関連し十七日（金）の時間外から移動を開始、広島市の自宅に帰り、十九日（日）迄、在宅。つまり、十七日から二十二日の六日間、岡山市の社有宿舎を留守にする予定であった。厳密に申せば、十七日の朝八時頃、宿舎を出立《しゅったつ》してから、二十三日（木＝祝日）の午後九時頃、宿舎に戻る予定となっていた。尚、園木課長は十九日の午後、岡山市の自宅を出立する予定となっていた。

さて申し遅れたが、宿舎管理人は原則として、外出時間帯が毎日十三時から十七時となっており、この間、買い物、通院他の用事を済ます事となっており、宿舎に社員がいるいないに拘《かかわ》らず、玄関出入り口を施錠して外出する。仍《よ》って、その間住人は、各人が所持する、玄関の鍵で開閉し出入りする決まりとなっていた。

十一月十八日（土）、この日、病医院課は課内ゴルフ大会で、宿舎住人六名は早朝六時頃から全員、宿舎にいなかった。野川も十七日（金）の夜から広島市の自宅に帰っていた。上松所次長も既述の通りで留守、浜杉も十三時頃から外出し、略同時刻に管理人も出たので、その頃から宿舎にいたのは山地だけであった。

第一発見者は、この社有宿舎管理人であった。

浜杉正人の異常が発見されたのだ。十一月二十日（月）、この朝、九時過ぎても浜杉が宿舎を発《た》たないので、不審に思った管理人は、彼の部屋を覗《のぞ》き、声をかけたが応答なしのため、部屋に上がった所、浜杉は寝床で眠っているが如き状況であったので、軽く揺すったが反応がない。もしやと慌《あわ》てた管理人は直ぐに救急車を呼び、警察にも連絡した。

八畳和室の片隅には鞄が置いてあった。警察に連絡した後、管理人はそれに気付いたが、浜杉の業務用の鞄であろうと、別段それに不審は抱かなかった。

浜杉正人は二十五歳の若さで死亡した。他殺や自殺が考えられる様相はなく、検死の結果、急性心不全が死因とされた。死亡推定時刻は十九日（日）の午後とされた。が、それより先、警察による室内捜査によって、鞄の中に多額の現金が発見され、俄然《がぜん》、事件性が色濃くなってきた。二千万円もの札束であり、若い浜杉の所持金とするのは不自然で、然も、施錠のない室内に放置されてあるのも、これ又、極《きわ》めて不自然である。何らかの事件の当事者か、事件に巻き込まれたのか、その人間は死亡しており、奇《き》っ怪《かい》な事件の捜査が本格的に始まろうとしていた。

直ちに、宿舎利用者（住人）全員に連絡が取られ、至急、宿舎に集合せよとされた。広島支店で会議中の上松所次長と園木課長にも至急電が入り、事の概要が知らされ、二人は会議を中座《ちゅうざ》し、現場の宿舎に直行する段となり、十三時頃その宿舎現場に到着した。

上松所次長は、二千万円入り不審鞄の件を耳にしていた事もあり、自分の部屋の簞笥に保管の多額現金が盗難に遭《あ》ったのではないかと心配の余り、宿舎に着くと、警察による聴取の前に、自分の簞笥内を確認したいとし、取り調べ官に了承された。

心配は悪く的中した。簞笥内に保管の凡そ、一億一千万円の内、約三千万円はあったが、約八千万円が見当たらないというのだ。青ざめた上松は直ぐに、その旨《むね》を担当官に申し出た。簞笥に施錠はされてなかったという。

上松や園木がこの宿舎に到着するより先刻、既に、小売店課の野川と山地、病医院課の六名

（D、E、F、G、H、I）への事情聴取、室内捜査等は、一通り済んでいた。が、警察として、特段の情報は得られてなかった。

　こうして、この「若者急死と多額現金入り鞄放置事件」（以下、単に「事件」と略す）は、謎深き奇怪な事件とされた。

　この事件の大要を整理して以下に記す。
①浜杉の死因は急性心不全であり、自殺や他殺ではないとされた。死亡推定時間は十九日（日）の午後。第一発見者の管理人によると、二十日（月）午前九時二十分頃に発見。鞄はその後に見たが、浜杉の業務用のそれと見做《みな》し、中を見てはいない。
②上松所次長は、洋服簞笥内保管の現金額を約一億一千万円であったと口述。直近確認日を十一月十二日頃とした。二十日十三時過ぎ現在確認では、簞笥内には約三千万円しかなかったと口述。約八千万円が見当たらないとした。但し、一億一千万円が簞笥内に保管されていたかどうかは本人以外、誰も証明できる者はいない。
③他人が上松の現金を盗んだものと仮定し、簞笥内に一億一千万円あったと仮定するなら、三千万円の残金と鞄内二千万円を加えたものとの差額六千万円が行方不明となる。又、鞄内の二千万円が必ずしも、上松の部屋から見当たらなくなったものの一部とは断定できない。
④浜杉は十八日（土）の十三時頃外出し、十八時頃帰着した。彼よりも、一時間ばかり前に帰

っていた管理人が、浜杉の帰着を見届けており、この時点での生存は確認されている。又、彼は六月頃から宿舎住人らより夢遊病者とされてきた。

⑤上松は通常、箪笥の鍵を宿舎玄関内側の上部にある名札掛けの名札の下（内側）に、布小袋に入れて掛けており、急遽《きゅうきょ》宿舎に戻った二十日（月）の十三時過ぎ頃には異常なく、そこに掛けてあったのを、本人が確認している。現物の鍵指紋検査でも、本人以外の指紋は検出されていない。又、二十日もそうであったが、必ずしも洋服箪笥に施錠してはいなかった由である。

⑥十八日（土）、病医院課の宿舎住人六名全員は、ゴルフ大会で早朝六時頃から夜八時頃迄、宿舎を留守にしていた。十三時頃から十八時頃迄は浜杉も外出で不在。野川は十七日（金）の夜からは広島市の留守宅に向かい、十九日（日）の二十時頃、宿舎に着。上松所次長は再三触れた通り、十七日から広島市の留守宅に帰っていた。又、管理人も十八日の十三時頃から十七時頃迄は宿舎にいなかった。以上により、十八日（土）十三時頃から十七時頃間、宿舎にいたのは山地雄太だけであった。当然の如く彼は参考人として、長時間に亙り事情聴取された。が、彼の室内他、身辺を隈《くま》なく閲《けみ》されたが、何ら物証とされるような物は発見されなかった。

⑦山地以外も、死亡した浜杉と管理人を含む宿舎住人全員の室内、室外、駐車場も調査され、更には、営業所社屋、社有車、自家用車、住人の実家又は留守宅等等、余す所なく閲されるも何ら、有力な物証は出現しなかった。尚、浜杉が使用している業務用鞄は、営業所内、彼の机の横

で発見されている。仍って、彼の室内に放置されていた、多額現金入り鞄は彼の所有物ではないとされた。

——捜査・検査等は事件発覚の二十日（月）から一週間余続けられるも、真相解明は一歩も進展しなかった。結局、その時点での警察見解としては、次の一点のみであった。即ち、二十日（月）午前九時二十分頃迄に、浜杉の部屋に放置され、その鞄内にあった二千万円は、夢遊病者とされた浜杉が、十七日（金）の夜から十九日（日）の午前中の間に、上松の部屋内洋服簞笥内から取り出したものと推定されなくもないが、本人が十九日の推定午後に死亡しており、窃盗《せっとう》とは断定されない。又、上松が主張する盗難（喪失）金額八千万円と、鞄内の二千万円を彼の所持金であったと仮定した場合、その差額の六千万円は、それが事実かどうかを含め、その行方は全くの謎とされた。

事件は解決されず、社有宿舎住人間には、おぞましい疑《ぎ》心暗鬼《しんあんき》の気が横溢《おういつ》、互いに口を利く事すら稀《まれ》の巣窟《そうくつ》と化した。そして、いつしか世間は歳末狂騒の候となった。

意想外の所から事件解明の端緒《たんちょ》が現れ、山地雄太による完全犯罪の目論見《もくろみ》は瓦解《がかい》した。

そうだ、八千万円という多額現金窃盗犯人は、山地であったのだ。警察の捜査を掻《か》い潜《くぐ》り、追及を躱《かわ》したかにみえた、山地にとっては正に、青天の霹靂《へきれき》ともいうべき事態が忽然《こつぜん》と惹起《じゃっき》されたのであった。

ここでもう一度、事態・事件の推移を顧《かえり》みると——。

現在を去る、約七か月前の五月十四日、日曜日の午後、業務上の打ち合わせとの呼びかけに、山地は上松所次長の部屋を訪れ、コーヒーを馳走された。世間話を交え一時間が経った頃、上松所次長は厠へと立った。

その僅かな隙《すき》を突いて、山地は素早く鍵のかかってない洋服簞笥を開いた。簞笥内には、以前、この宿舎住人から聴取したその記憶通り、プラ容器二箱があり、多額と思《おぼ》しき札束が唸《うな》っていた。これはしたり——彼は俊敏《しゅんびん》に札束の大凡数量を勘定した。一つの容器には、帯封《おびふう》された百万円の束が、縦に二列、横に五列の計十束が一段、これで一千万円となる。これが八段重ねとなっていた。即ち、八千万円である。もう一つの容器箱には、同様の三段で三千万円に、束になってない札が数十枚見られた。合計一億一千万円余である。想定していた金額の現金を、間違いなく己の眼で確認した次第である。二つのプラ容器箱には、上部から前側と横側にかけて、布団シート様な布が被《かぶ》せられていたが、勘定《かんじょう》の際除いた。それを素早く元通りに被せ、元の食卓に着いた。何食わぬ顔をして残り少ないコーヒーを啜《すす》った。この間、一分弱の早業《はやわざ》であった。ついでながら、そのプラ容器は縦が約35センチ、横が同40センチ、高さが同20センチであった。

続いて同月下旬、山地は玩具《がんぐ》店にて、贋《にせ》一万円札の百万円束を八十束購入した。これは一束百枚の内、上部三枚が贋札で残りは白紙であった。要は、八千万円分の白紙を含む贋札を買ったという次第である。

さて、広島支店での会議は原則として、毎月二十日前後に開催される。叙述《じょじゅつ》のように管理職の上松所次長と園木課長が出席する。六月のそれは十九日（月）、二十日（火）の二日間であった。その日程を利用して、上松はいつものように、十六日の金曜日に移動して、広島市の留守宅に帰るのであった。

そして、ついに実行の秋《とき》がきた。

六月十七日、土曜日。宿舎住人が寝静まった深更、山地は上松の部屋に侵入した。予め箪笥の鍵も、上松の名札掛けの名札内側から外し、所持していた。そして、八千万円入りの方のプラ容器から全札束を取り出し、替わりに贋札束を、本物が並べられていた通りに入れた。つまり、本物と贋札を擦《す》り替《か》えたのである。

翌十八日、日曜日の午後、山地は自家用車で外出、広島市の留守宅近くに借りている農園に直行、そこの倉庫に何故か、六千万円もの大金を隠蔽《いんぺい》した。更に、残りの二千万円は宿舎自室の洋服箪笥に入れ、鍵をかけた。同月二十日の夜、上松所次長は岡山市に戻り、宿舎に着。同夜以降、山地は固唾《かたず》を呑んで上松所次長の動向を見守ったが、気付かれもせず、十月六日の打ち上げ会に及び、そこで、上松所次長との会話は既述した。己が大金を盗み、盗まれた仁とその大金の保管に関する話を、しゃあしゃあとするのであるから、恐るべき根性なのか、小心故、その気付かれてない確認を何度もしたいのか……どうであろうか。

由来《ゆらい》、物語上での「起承転結」は「転」が、最も難しく且つ肝要とされる。山地が演じる此度の「狂言大芝居」も、その時がやってきた。これをいつにするかで日夜、深慮《しんりょ》したが、結論を十一月十九日（日）の深夜とした。晩秋の深更零時前は虫の音も聞こえない。

営業所倉庫には、営業担当者用の予備の鞄が十数個在庫されていた。七月下旬に山地は、一個を無断で持ち出し、自室の箪笥に入れていた。六月十七日に盗掠《とうりゃく》した八千万円の内、箪笥に隠蔽しておいた二千万円を、この夜九時頃、その鞄に詰めた。そうした上で、浜杉の部屋内、八畳間の片隅に置いたのであった。その時刻が零時前であったのだが、実はこの時点で、既に浜杉は死亡していたのであるが……。盗み取った八千万円の内、四分の一の二千万円を惜しげもなく、浜杉の部屋に放置したのは固《もと》より、考えあっての事であった。それは、上松の部屋から消えた八千万円が、夢遊病者浜杉の夢中での仕業《しわざ》であるというように、山地が仕立て上げようとしたに他ならない。世間一般の感覚では、八千万円を盗掠しておいて、その内、二千万円を捨てるが如き真《ま》似《ね》をする馬鹿はおるまいという、常識を逆用したものであった。浜杉以外の者が、八千万円を手中にしたとするなら、その中から二千万円を反故《ほご》にするという愚を演じるはずがあるまいと、思わせる策であったのだ。夢遊病者によるものならば、夢中、幾ら持ち出したのかすらの自覚もなく、不明分の六千万円を無意識裡にどこか隠したか、どこかに放棄《ほうき》したか、将又《はたまた》、誰かの部屋に置いてきたのか、第三者に如何様《いかよう》にも想像させられよう。謂《い》わば、惑乱《わくらん》を企《たくら》んだものであったのだ。要するに、どうみても、夢遊病者が犯したものに違いあるまいと仕向けたという訳だ。実際、捜査関係者等がそのように推断《すいだん》したのであれば、二千万円の代償《だいしょう》は高くなかったという事になるのであろうが……。

山地はその後、今度は上松の部屋にも忍び込み、曾《かつ》て、八千万円とその贋札とを擦り替えておいた分、即ち贋札を取り出し、密かに、宿舎敷地内にある駐車場内の自家用車トランクに仕舞《しま》い込んだ。二十日（月）は早目の七時に出社し、営業所駐車場内の角にある焼却炉に、その贋札を持ち込み、他の書類ごみ共共焼却処分した。最後には、灰となった残渣《ざんさ》をも念入りに掻き混ぜておいた。この十九日（日）深夜から二十日（月）の就業時間前にかけての、山地の一連の行動は、一一薄氷《はくひょう》を踏むが如き、危険なものであったが、不思議と自分自身、振り返ってみるに、落ち着き払っていたのであった。そして結果的に、誰にも知られずに事が完了したのであった。プラ箱等に指紋が残らぬよう、細心の注意も怠ってはいないのであった。

そして、二十日の午前九時二十分頃には、管理人によって異常事態の発覚に至ったのである。その後の捜査等の流れは既述した通りであり、ここでは重複を避ける。

捜査が暗礁《あんしょう》に乗り上げる中、年が改まって平成十一年の正月を迎えた。事実上の捜査打ち切りに、山地は自作自演の狂言芝居を全《まった》からしめたものとし、安堵《あんど》の胸を撫《な》でおろした。と同時に、己の長期的計画による完全犯罪の筋書きと、その遂行に内心、拍手喝采《かっさい》を贈りたい程であった。唯一つ、筋書き通りに進行しなかったのは、浜杉の急死であったが、一時、結果的には山地にとって、思わぬ僥倖《ぎょうこう》であったと思わなくはなかったであろう——以上が窃盗犯山地の、窃盗及び死亡事件に拘る顚末《てんまつ》一部始終である。

一方、悲しみに暮れる、浜杉の遺族は、年明けの一月上旬に広島市で法要を執《と》り行い、その後、遺品の整理の途に着いた。昨年十一月、宿舎から実家に送った遺品はそう多くはなかった。衣類、日用品、台所用品、雑貨の類等で、業務上の書類や資材等は既に、十一月中、会社に返却済みであった。

山地雄太の運命を劇変させ、故浜杉正人の名誉を回復させたものとは、そも何であったのか。遺族が遺品のバッグを整理中、小型簡易録音機を七台発見した。

八月、倅の帰省時、夢遊病者呼ばわりされている経緯を父母は聴取しており、専門医での受診を勧めもした。その折、倅は自分が夢遊病者ではない証明を、山地に見せつけてやりたいので、その方策の一環として、彼の部屋に録音機を随時設置し始めたのだとの、告白を聴いていた。今、それを思い出したのだ。

抑《そもそも》、浜杉が山地から、夢遊病者呼ばわりされた発端は、昨年六月であった。浜杉は頑《かたく》なに否定したが、自分のネクタイピンを山地から差し出されては、如何んともし難かった。が、後の深慮で、これは山地が自分のネクタイピンを、前もって取り出しておいたものと推量《すいりょう》した。その後の同類事件に関しては、山地の仕業に違いないと断定していたのであった。その証拠を摑《つか》もうとして、浜杉は山地の特異なる「現実的寝言」に眼を付けたのである。七月中旬、大手家電店で簡易録音機を購入、折折、機をみて山地の部屋に密《ひそ》かに設置し、その回収も折をみて実行していたのである。それにしても、証拠となりそうな寝言を、録音として入手しようとするのであるから、いつそのような寝言を吐くとも知れず、悠長《ゆうちょう》な作戦とでも申すべきか。鳥取砂丘のどこだかに落とした、小さな釦《ぼたん》を探すようなもので、成就《じょうじゅ》する可能性は低い。が、浜杉の知る限り、山地の寝言の数数は、極めて日常的、現実的なものが大半であり、山地による企みや秘密事を、夢の中の寝言で吐露《とろ》する可能性を信じて、録音機を設置したのである。

今、それが両親の手で再生されようとしている。二台からは、次の声が再生された。

――カネは畑の倉庫だ。

――あいつを病人にしてやったんだ。

これは神のご加護なり――両親は手を合わせた。父はもう一つ、昨晩の夢を反芻《はんすう》した。それは夢の中で息子が「父さん母さん、急ぎお届け下さい」と哀訴《あいそ》していた事をである。これはこの録音機の事を指しているのではあるまいか。直ちに両親は広島県警を訪れ、いきさつを縷縷開陳した。県警も間を置かず、岡山県警所轄部署（昨年十一月二十日以降、事件を担当した部署）と連絡を取った。十一日（木）の午後であった。又、同時に広島県警は、担当官三名が山地の広島市の留守宅周辺を洗い、山地が借りていた農園を特定した。それは凡そ二十坪ばかりの土地で、片隅に二平方メートル程の小さな倉庫が据《す》えられていた。以上により、この日十五時、山地本人に連絡を入れ、翌十二日（金）八時から本人立ち会いのもと、現場検証をすると通告した。当然、担当官三名はこの時点からずっと、現場近辺に張り付いていた訳である。

何という、天の配剤であろうか。

この土・日曜日である十三日、十四日に山地は、別の場所に借りていたコンテナ倉庫に、六千万円を移す予定としていたのである。強悪運児山地雄太もこの期《ご》に及んで悪運尽き、たった一日の違いで、地獄へ逆落《さかお》としの天罰を食らったのである。

浜杉正人が夢遊病者とされ、上松昇一の二千万円を、夢遊中に取り出したものと、一部の関係者間で推断されていた件は全面的に否定され、その名誉が回復されたのである。

人類殲《せん》滅《めつ》策戦会議

現在は末法末世《まっぽうまっせ》か。

悠久なる時を経ようが、人類の跋扈《ばっこ》は果てしない。

その応報は陸海空の汚染となり、地球を蝕《むしば》む。のみならず、阿鼻叫喚《あびきょうかん》の戦禍は絶えず、その火種はおちこちで燻《くすぶ》る。未知の疫病は流行《はや》り、飢餓は急増、天災は日常となった。

剰《あまつさ》え、今世紀末には大彗星《すいせい》が地球に突っ込んでくるという。

イエスら聖賢《せいけん》の予言は次次と的中、現実となっている。

完膚《かんぷ》なき迄痛め付けられた、この地球は重体で瀕死《ひんし》状態にある。然《しか》るに人類の猛省《もうせい》などなく、その症状は加速度的に悪化の一途《いっと》だ。その最たるものが、ここ数十年来世界的規模で頻発《ひんぱつ》し続けている異常気象であろう。その警報は全世界で鳴り続けているのである。つまり、異常が日常になってきているのだ。

高温・熱波は数か月単位となり、温帯での春秋《しゅんじゅう》は消えた。それによる山火事で膨大《ぼうだい》な森林は消失、極地の氷塊《ひょうかい》は融解しつつあれば、海水位は異常に上昇、島国国家の水没が指呼《しこ》の間となった。

海洋変化は漁業にも深刻な影響を及ぼす。魚介類の種は減少の一途で、烏賊《いか》や秋刀魚《さんま》すら食する事、能《あた》わずとなった。又、春雨や小糠雨《こぬかあめ》の如き情緒ある雨は夢となり、降れば数日で数百ミリから千ミリもの豪雨となり、颱風《たいふう》の暴風は瞬間風速七十メーターにも達し、家屋さえ薙《な》ぎ倒す。これらによる甚大《じんだい》なる農業被害は常態化した。一方では日照り・旱魃《かんばつ》による大地の砂漠化も留まる所を知らず、農地の激減となり、何十億もの人類の食糧難に直結しておるのだ。要する所、地球環境破壊は時間の問題なのだ。正に存亡の危機である。

人間は自業自得《じごうじとく》であろうが、他の生物の恐怖は如何《いか》ばかりか。就中《なかんずく》、全動物約百七十五万種中、九十五万もの種を擁《よう》する昆虫も、その全滅の大危機を直覚的《ちょっかく》に察知、怖気《おぞけ》を震っている今日現下であった。

さなきだに、この一世紀余に於《お》いて、絶滅させられた昆虫は幾万種とも知れない。全昆虫が瞋恚《しんい》のほむらとなり、対人敵愾心《てきがいしん》は沸騰《ふっとう》し、頂点に達していた。

畢竟《ひっきょう》、どうすべきか。坐して絶滅死を待つのか。乾坤一擲《けんこんいってき》の大博奕《おおばくち》に打って出るべきか——昆虫界は背水の岐路に立たされていた。

虫界のリーダーを自任するカブトムシ連合は、既に今世紀前後から、他の昆虫らに左の如く、主戦論の啓蒙《けいもう》活動を継続してきた。否、渾身《こんしん》で叫び、訴え、説いてきたとするが適切であろう。

即ち——昆虫界は須《すべか》らく団結すべし。而《しこ》うして、ここは大死一番、人類と戦い、これを誅伐《ちゅうばつ》すべし、と。

カブト説に賛同した昆虫界は「昆虫総軍」を設立し「対人類殲滅策戦会議」を、大同団結して開く段となり、その議長にカブトムシが推《お》された。併せて、昆虫総軍中央司令本部総司令長官兼参謀総長に推挙《すいきょ》された。昆虫界に門地《もんち》の高低はない。議長兼長官兼総長に推されたのは、此度《こたび》の首魁《しゅかい》であり且つは剛《ごう》の者故か。

時恰《あたか》も、二〇三一年五月の晦日《みそか》、所は米国ルイジアナ州モンロー近郊の清風戦《そよ》ぐ大草原の一角であった。江湖《こうこ》の喧騒《けんそう》をよそに、緑風薫る中、そこに会場を設《しつら》え、地球の有様を憂える、慨世《がいせい》の昆虫界十四軍他の代表が揃って参集、開会の運びとなった。初夏の昼下がり、午後二時であった。

カミキリムシ軍を除く甲虫軍の代表をも兼務するカブトムシは、この会議を主宰《しゅさい》、冒頭の挨拶もそこそこに、大義名分たる所信を断言した。

——既にここ二世紀にも亙《わた》り、この地球を私物化する人間共に対し、為す術《すべ》もなくこのまま坐して待っていたとしても、ついには人間共に我らを滅亡させられるだけだ。そうなる前に、ここであらん限りの総力戦に打って出て、逆に人類を駆逐《くちく》、全滅させるしかない。現在がそのギリギリの時だ。人間ていうのは、百年河清《かせい》を俟《ま》つ所か、何万年待ったとしても、一片の反省すらない生物である事、とうに証明済みだ。そこでだ。この考えに反対する者は、よもやいないと思料するが、それでよろしいな。

十四の各軍代表他は、間、髪を入れず、挙《こぞ》って賛同の声を上げた。と、そのような観を呈した。

その内、トンボ軍代表のギンヤンマは特に、自身の発言を求め、左の如くに人間の性《さが》を斬って捨てた。

――人間は有史来、何をしてきたか。自分らのものでもない大地、大海、大空を寸毫《すんごう》も余さじと占有した上、産業革命などと称して、無数の種類の人工物を大量に製造し、大量に消費した揚句、この神秘の源たる地球をそっくり巨大なゴミ捨て場として、陸海空を屍《しかばね》としているではないか。剰え、狡智《こうち》の限りを尽くして、恐るべき兵器を際限もなく研究・開発・製造、昼夜それにうつつをぬかし、今では地球を何百回も滅亡させられる程の核兵器なる代物を所有し、自分らで自分らの首を絞めているのみか、全生物を奈落の底に追いやっている、いとど無慈悲なる動物である事、歴然たり。仍《よ》って、人間以外の全生物を救うため、これこそを絶滅させるに如《し》くはないのだ。昆虫一族悉皆《しっかい》九十五万種が合力すれば、何ぞ、恐るるに足らん！

ギンヤンマには自らの発する言が、自身のそれではなく、自分も謹聴している天の啓示《けいじ》であるかのように思われてきた。そして、ふと現実に戻ると、大危難を前に立ちすくむ生命が滴《したた》らす脂汗さえ浮かべていた。

一瞬の静寂《せいじゃく》の間を縫って、議長カブトムシが言挙《ことあ》げし、ギンヤンマを慰撫《いぶ》し、その上で議事を進めた。

――ギンヤンマ殿、よう申された。蓋《けだ》し、至言でござる。そこで、ここからは殲滅策戦の枢要《すうよう》なる戦略についてだ。人類滅亡を計るための独参湯《どくじんとう》は何か、その具体策を各軍に開陳《かいちん》して貰うが、最優先すべきは、人間共に必須の農作物等、食糧生産の妨害作戦と考量する。その点をも踏まえ発表されたい。

いの一番に、カブトムシの信任厚いトノサマバッタが挙手し、各軍の軍略披瀝《ひれき》が開始された。

バッタ軍代表トノサマバッタ——御意《ぎょい》。先ず、アフリカ大陸での人類掃討《そうとう》策戦は、拙者らのバッタ軍に任せられたい。これの最主力はサバクトビバッタ師団である。皆もご存じのように、このバッタ猛者《もさ》は昔から、何百万匹もの大軍団で長征《ちょうせい》し、田畑や森林、草原を襲撃《しゅうげき》する。すると、農作物や草木の葉は、あっという間に食い尽くされ、不毛の地になるという訳よ。大空は真っ黒に覆《おお》い尽くされ、人間共は「緊急バッタ警報」なるを発令する慌《あわ》てぶりよ。その上、無駄な骨折り同然とも言うべき、殺虫剤の空中撒布で、自己満足しよるのだから世話がない。そんなもんで、わしらを根絶《こんぜつ》できん事は、人間共が最も知っているはずだが……第一、酸鼻《さんび》を極《きわ》めた、近代戦争であるあの第二次世界大戦で、何千万もの死傷者が出たが、それですら、交戦国のいずれも滅亡してはおらん。終戦時の世界人口は、二十数億であった故、一、二％程度が犠牲になったとされよう。つまり、近代の最新鋭通常兵器でもってしても、人が人を殺しても殺しても、殺し尽くせられるはずはないのだ。他の動物に対しても然り。但し、核兵器や人類による地球環境破滅によっては、その限りに非《あら》ずだ。それ故、人間共に我らが滅亡させられぬよう、その方策をこうして

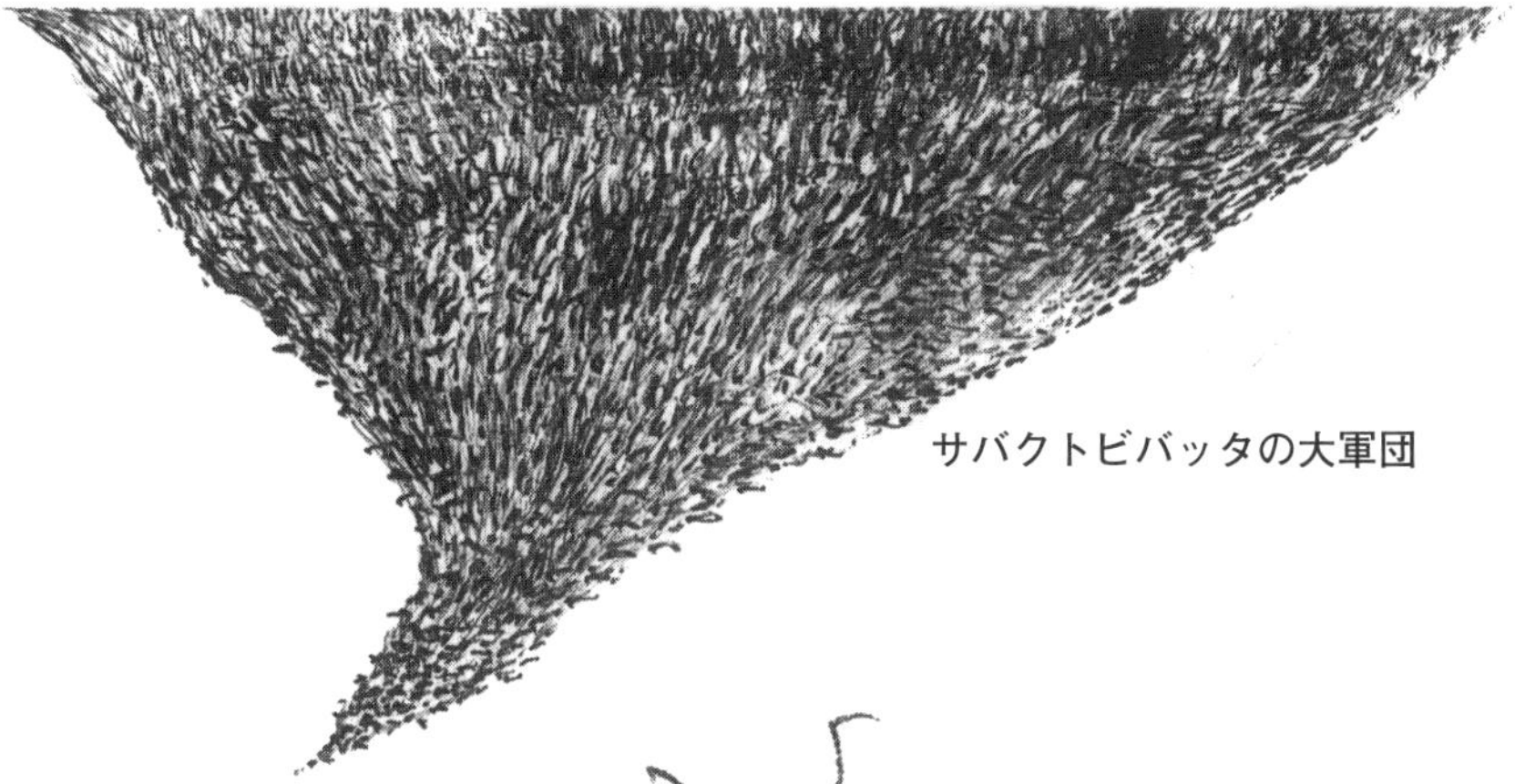

サバクトビバッタの大軍団

サバクトビバッタ群生相

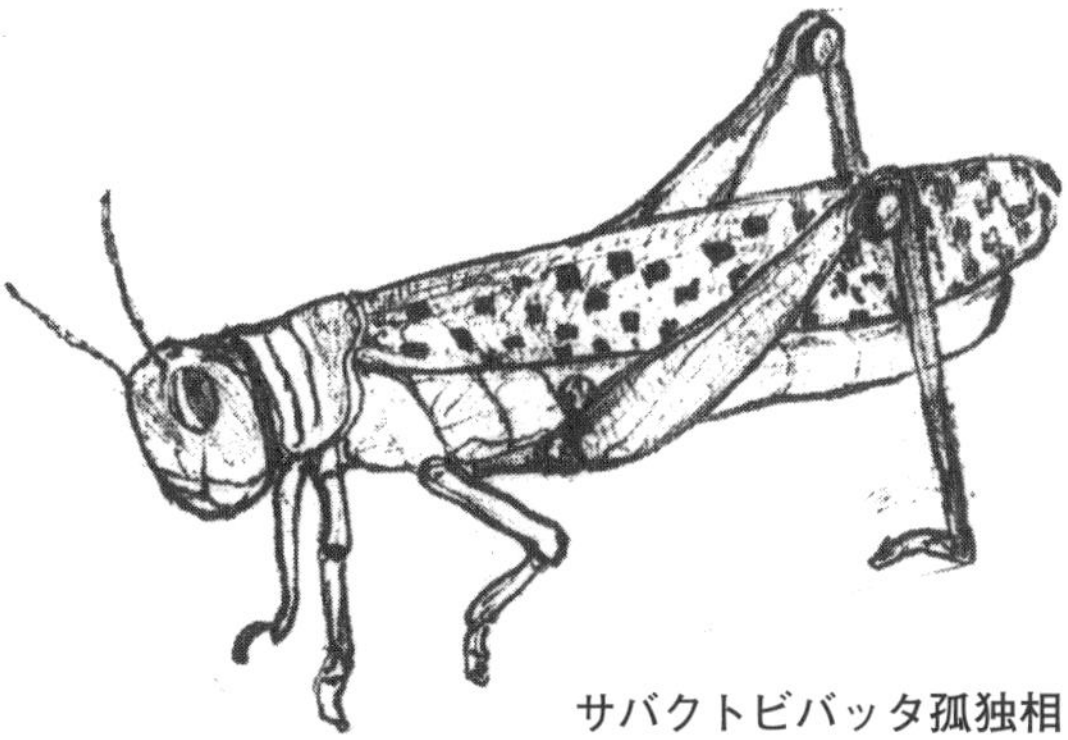

サバクトビバッタ孤独相

鋭意、熟慮しているのだわね。本題に戻ろうぞ。それで、西アフリカのルワンダを、師団の橋頭堡《きょうとうほ》と致したい。その上でだが——斯《か》かるサバクトビバッタ師団の増強を計るべく、中東及び南アジアにいる仲間のルワンダへの移管に協力を乞《こ》うものにござる。増強が実現されれば、アフリカ大陸での食糧は底を突き、ここに於ける人類掃滅《そうめつ》が、ぐっと現実味を帯びてくるはずだ。今一つ重要なのがイナゴ師団よ。これには人間界の主食の一つである稲を食い荒らして貰うわ。もう一方の主食である麦類については、セミ軍のオオヨコバイ師団を基軸とし、それらに委《ゆだ》ねたい。クマゼミ殿、よしなにお願い申す。拙者からは概略、以上でござる。

セミ軍代表クマゼミ——合点、心得た。バッタ軍に敬意を表すと共に、実戦の暁には奮闘を祈る。

初っ端《しょぱな》からの意気軒昂《いきけんこう》たるバッタの発言に、議場内は熱気に溢《あふ》れ返った。議長とバッタによる事前の談合が功を奏したのであろう。或いは推断《すいだん》するに、その折、カブトムシの献策によるものであったろうか。何にせよ古来、カブトムシに対するトノサマバッタの信順《しんじゅん》ぶりは特筆ものであった。

議長カブトムシ——トノサマバッタ殿、蓋世《がいせい》の勇たる大戦略のご開陳、深謝に堪《た》えない次第にござる。移管の件、全軍にて協力致そう。次に、十数万種もの多様なる大軍を擁する、ガ軍のカレハガ殿、どうぞ、ご発言を。

ガ軍代表カレハガ——我が軍は成虫も幼虫も強力でござるぞ。ガ軍は人類が必須とする、主要果樹であるりんご、ぶどう、桃、梨、梅、栗、柿、さくらんぼ、桑……等等を食い漁《あさ》り、これらを悉《ことごと》くダメにしてくれるわ。シャクガ師団に、ヤママユガ師団、わしのとこのカレハガ師団やシャチホコガ師団などが主軸となる。野菜の方とて疎《おろそ》かにはせんぞ。人間共が多く栽培する野菜である、キャベツ、じゃが芋、大根、白菜などは、ヨトウガやカブラヤガの幼虫である、ヨトウムシ及びネキリムシが専門でやる。又、スズメガ師団には、大豆、茄子《なす》、じゃが芋、胡麻《ごま》、山芋他幅広く食害させ、人間共にショックを与えるわさ。まだまだあるぞ。米などの貯蔵穀物や小豆、トマト、苺や茶に至る迄、メイガ師団他に頑張って貰うわさ。ウリ科の胡瓜《きうり》、瓜《うり》、南瓜《かぼちゃ》、メロン等には、甲虫軍のウリハムシ師団に協力して貰いたい。カブト殿、よろしくお願い申す。以上でごわす。

甲虫軍代表兼議長カブトムシ――確《しか》と承った。ガ軍にも衷心《ちゅうしん》から敬意を表す。さて、次なるはチョウ軍のキアゲハ殿、さあどうぞ。

チョウ軍代表キアゲハ――不肖《ふしょう》それがしの軍は、碌碌《ろくろく》たる軍でごじゃるが、精根の限り立ち向かう所存におざる。各師団の幼虫を主体に、蔬菜《そさい》類と果樹類の壊滅《かいめつ》に心血を注ぐ。それがしの師団は人参専門だが、アゲハ師団にて、みかんなどの柑橘《かんきつ》類を潰《つぶ》す。而《しか》して、最主力のモンシロチョウ師団には、アブラナ科のキャベツ、白菜、大根、カリフラワー、ブロッコリー等等を食い尽くさせよう。何せ、このモンシロの幼虫アオムシは、類をみない程の大軍でごじゃるでな。更に、シジミチョウ師団他には、森林に入って貰い、主にクヌギ科の樹木を枯れさせ、森を死に至らしめるのさ。その他、稲、砂糖黍《さとうきび》、山芋……等も食い散らすに造作《ぞうさ》なしよ。概要、以上にごじゃる。

議長カブトムシ――キアゲハ殿、有り難うござった。続いて、ハチ軍のオオスズメバチ殿、どうぞ。

ハチ軍代表オオスズメバチ――人類征伐《せいばつ》せずして焉《いずく》んぞ我らの安泰あらんや――で、ありまするな。そこで当方の戦略は、ハチ特有なる独特の策にあります る。即ち、毒針大軍団を結成し、総勢何兆匹ものハチ兵による、毒刺攻撃を展開致す。この毒刃《どくじん》によって、無数の人間共にアナフィラキシーショックを惹起《じゃっき》させ、多数を死に至らしむる段なり。毒針大軍団の構成として、スズメバチ混成団、アシナガバチ同、ベッコウバチ同、ツチバチ同などが担《にな》う。又、ミツバチ師団では当然、蜂蜜製造を全面的に止め、人類への提供を断つ。消極的ながら、これとて一策になろう。以上です。

議長カブトムシ――オオスズメバチ殿、独創《どくそう》なる毒針作戦、実戦での完勝を祈る。続いて、ハエ軍のキンバエ殿、よろしく。

ハエ軍代表キンバエ――はい、ハエ軍はカ軍及びゴキブリ軍との協同戦線にて、人類にとって重大なる疫病病原菌の媒介に注力する。ご承知の通り、コレラ、チフス、ペスト、赤痢、脳炎、デング熱他を伝染させ、人類間に重病の蔓延《まんえん》を計り、もって、人類衰退の途に貢献する。カ軍のアカイエカ殿、ゴキブリ軍のオオゴキブリ殿、よろしくお頼《たの》申す。特異作戦のあらまし迄。

カ軍代表アカイエカ――勿論です。是非とも協同戦線を張りましょう。アブ師団らも加担させる手筈《てはず》です。

ゴキブリ軍代表オオゴキブリ――尤《もっと》もだ。我らゴキブリは、大昔から人間の真近にいるわ。故に、彼奴《きゃつ》らの性癖《せいへき》や弱点もよう摑《つか》んでおるわ。媒介役任せてくれ。

蒲柳《ほりゅう》の質《たち》のアカイエカは幽《かそ》けし声で、オオゴキブリは蛮声《ばんせい》を張り上げた。

と、ここで左前足を上げ、発言を求めた者（虫）があった。オオヘリカメムシである。議長の許可を得、揚言《ようげん》した。

カメムシ軍代表オオヘリカメムシ――一寸待ってくれ給《たま》え。特異作戦といえば、うちだって負けんぞ。何とならば、うちらには人間の五感の一つである、嗅覚《きゅうかく》を封じる奥の手を有するからさ。それが何かと申せば、うちら特異の悪臭ガスだよ。これの抽出掻《か》き集め作業は既に、数年前から仲間が孜孜《しし》として励んでおり、全部で十余年間分もの、この悪臭ガスをドラム缶に貯蔵する。これを開戦劈頭《へきとう》にばら撒く訳よ。そうさな、ニューヨーク、ロンドン、東京……等、超大都会の上空から撒き散らすのだ。さすれば、人間共の鼻や眼が潰れるわい。以上なり。

議長カブトムシ――数数の立体的作戦の披瀝、多謝の一言にござる。人類の肯綮《こうけい》を衝《つ》いたご意見、珍重にござ候《そろ》。さてと、未《いま》だ控えられしアリ軍のヒアリ殿、其許《そこもと》も秘策がおありであろう、

カメムシ軍による悪臭ガス投下作戦

いざ、どうぞ。

アリ軍代表ヒアリ――されば、で。無数のアリ兵集団で人類を斃《たお》すのが、こちとらの独得なる軍略であり使命でもある。先程、トノサマバッタ殿は、アフリカ大陸から人類を掃滅さるると申されたが、こちとらは南米を受け持とう。何せ、そこを本拠《ほんきょ》とする、その名も勇者の軍隊アリがおるで喃《のう》。健在なるこの師団の無数勇者でもって、人を悉皆殺戮《さつりく》し、南米を無人大陸とするのが、わしらの窮極《きゅうきょく》の目標よ。縦《よ》しんば、幾分の数の人間が生き残ったとしても、仮借《かしゃく》なき波状攻撃を敢行するわさ。又、其奴《そやつ》らの蛋白源である豚や牛、鶏らの家畜も併せて殺し、それをば頂戴する。さすれば、残存人間の食料がなくなるという訳よ。何様、各強力友軍が農作物をも断ち切ってくれるのでな。わしとこのヒアリ師団も加わるし、サムライアリ師団の精兵《せいびょう》も馳せ参じる。これで無敵陸戦隊よ。以上でごじゃる。

議長カブトムシ――宜《むべ》なる哉《かな》。ヒアリ殿、有り難き儀、よしなに頼み申す。さて、お後はセミ軍とカミキリ軍よ喃。まま、ここで暫時《ざんじ》少憩と致したい。

と、ここで休憩の合図を見届けたのは、会議場から二十間ばかり離れた叢《くさむら》に待機していた、クロヤマアリ挺身《ていしん》隊凡《およ》そ千匹であった。議場に急ぎ、近付いた所で、隊長らしきが「さあー早く」と、麾下《きか》の給仕係を励まし、自ら呼ばわった。

――さあさ、皆の衆、諸兄諸姉、さだめしお疲れであろう。「待てば甘露」でござる。この粗茶で喉を潤し給え。

夏末《ま》だしの郊外は、涼やかなる薫風《くんぷう》がそよ吹いていたが、白熱の論辯《ろんべん》下、この甘茶は一同恰好《かっこう》の清涼剤となった。

少憩時の寸暇《すんか》をも有効にとばかり、議長は懈怠《けたい》なく軍代表三、四の席を廻り戦略確認旁《かたがた》、士気を鼓舞《こぶ》した。議長カブトムシは辯才《べんさい》は固《もと》より秀でていたが、何より、昆虫界の盟主《めいしゅ》たるを自認するだけに、武弁殺伐《ぶべんさつばつ》たる仲間内の融和にも配慮を怠《おこた》らず、又、常日頃から諧謔《かいぎゃく》や洒落《しゃれ》を忘れず、この危機下にも悠揚《ゆうよう》として迫らぬ鷹揚《おうよう》さを堅持、信念は堅確不変《けんかくふへん》、衒《てら》いもない。

軍装・武装の三強者

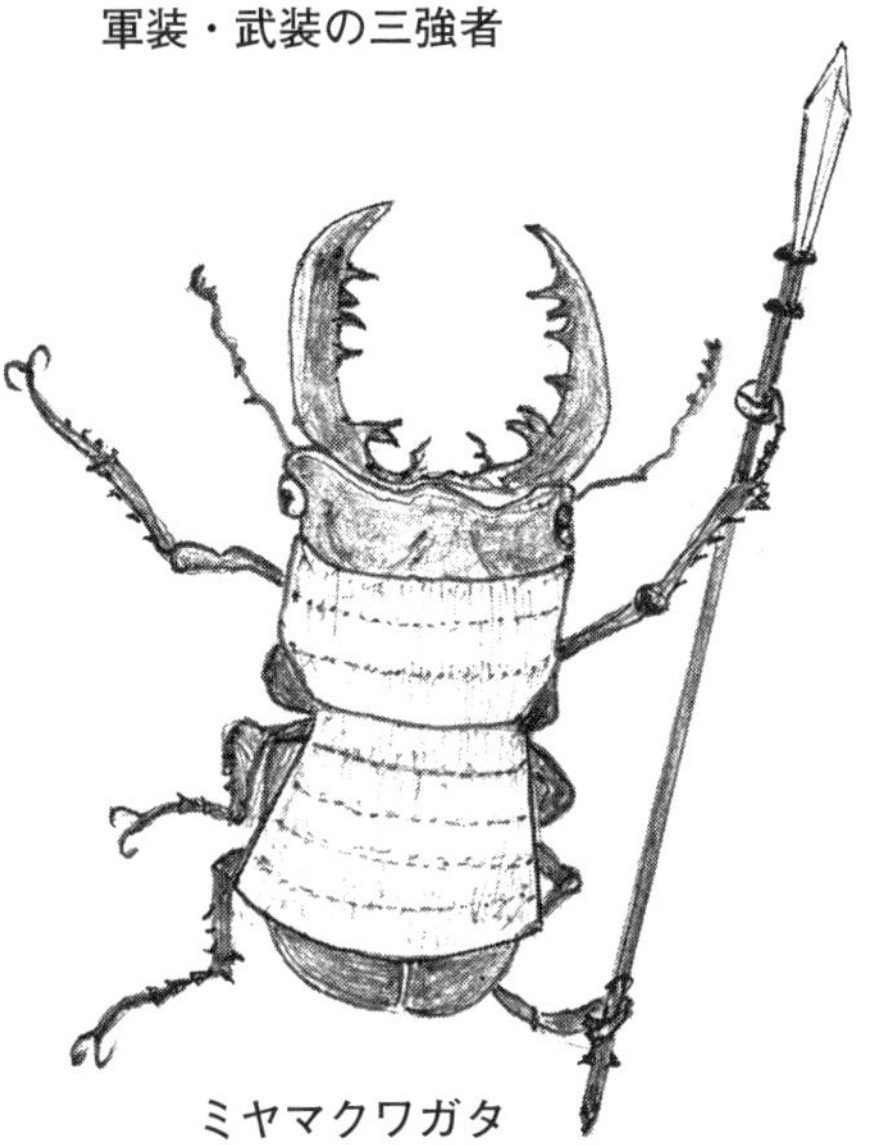

ミヤマクワガタ

カブトムシ

四半時弱の休息を終え、その議長が再開を告げた。
——では、再開する。セミ軍のクマゼミ殿、どうぞ。
セミ軍代表クマゼミ——はい。我らは先般、トンボ軍及びバッタ軍コオロギ師団との夜っぴての会談で協定を結んだ。それがこうよ——我らがその得意な声、即ち、ミイーンミンミンミンのミンミンゼミの如く、時にのんびりと、カナカナカナカナカナのヒグラシの如く、時にもの淋しく、シャアシャアシャアシャアシャアの吾クマゼミの如く、時に騒がしく、リーンリンリンリンのスズムシやマツムシ、コオロギ、ウマオイ、カンタン等等の如く、時に美しく沈着した声音《こわね》をもって、四方八方で鳴き続ける。而うして、人間多数の耳を馴化《じゅんか》させた上、油断させる。その隙《すき》を突いて、トンボ軍のギンヤンマ、ウスバキトンボらを主体とする、超高速部隊をして、偵察《ていさつ》任務及び連絡任務を全《まっと》うするという訳よ。ギンヤンマ殿、エンマコオロギ殿、そうでござったよな。
トンボ軍代表ギンヤンマ——如何にも左様にござ候。それがしら無力ながら、敵軍の動向を探り、その情報を各軍に提供すべく、偵察隊と連絡隊の先頭に立って働き、身を粉にする覚悟にござ候。

オオスズメバチ

バッタ軍コオロギ師団・エンマコオロギ――我らの役目、確と引き受けた。命の限り歌い鳴き続けようぞな、もし。

議長カブトムシ――クマゼミ殿、ギンヤンマ殿及びエンマコオロギ殿、仰《おお》せの連絡を含む情報戦こそ、いとど肝要でござるな。是非、早目早目に願いたい。それでは、ミヤマカミキリ殿、長長とお待たせした。さあ、お願い申す。

カミキリムシ軍代表ミヤマカミキリ――我が軍の戦略開陳と同時に、申し述べたき儀がござる。それを聴いて給《たも》れ――人間共はわしらを称して、カミキリムシなどと頓珍漢《とんちんかん》な名を付けて、恥ずかし気もないが、抑《そもそも》、紙？　髪？　を切る様な仲間はおらん。切ったり、食らったりする対象は樹木類である。そこで、策戦も当然、多種多様な木木を文字通り噛み切り、食《は》み、枯らして、人間共の生活必需品の基を遮断《しゃだん》させるのよ。骨子《こっし》は以上でござるが、人間共の性根《しょうね》、本質に関しもう一寸言わせて貰いたい。わしらカミキリムシ――人間が勝手に名付けた呼称だが――だけではないぞ。二、三例を挙げるなら次の如しである。蔬菜類のキャベツや白菜を齧《かじ》り食む、ガの幼虫君らを称して「夜盗虫」などと聞こえの悪い名を付けて、臆面《おくめん》もない人間共が果たして、何を為してきたというのか。太古の時代からの鳥類や獣類の狩猟、海、河川での数多《あまた》種類の魚介類を取りまくってきたのであるから、己らこそ「昼夜盗人」と蔑称《べっしょう》すべきである。ガの幼虫君らを「夜盗虫」とするのならばな。当たり前だで。人間てえのは全く利己主義の権化《ごんげ》であるな。彼奴らの不義不正と撞着《どうちゃく》した身勝手さは有史前より今日迄不変である。否、悪質度が弥増《いやま》していような。同時に、支離滅裂なる人種も増加の一途だ。その最たるものが勝利至上主義である。勝ち即ち正義とし、これが当たり前のように、罷《まか》り通るのであるから言語道断である。勝つためには手段を選ばず、敗者や敗戦国の人格、国の大義・正義は蔑《ないがし》ろにされ、負け即ち極悪とされるのだ。この典型例が第二次大戦で敗れた日本であるな。全くもって、ありもしない「慰安婦連行」他をでっちあげられた上、今尚、世界に吹聴《ふいちょう》し続けられ、相手方の原爆投下や無差別都市空襲（爆撃）他は、正義の行動であったと、ほざかれたままであるのだからな。斯様《かよう》な「憂き世」を儚《はかな》んで、次次と宗教が現れそれに縋《すが》るのだ。又、稀《まれ》なる寛厚《かんこう》の人達は、和光同塵《わこうどうじん》たる生活で清廉潔白《せいれんけっぱく》たる日日を悶悶《もんもん》と送るのであろう。さてと、人聞きの悪い名前の話の続きだが、彼奴らは、我ら昆虫の中に、わざわざ「テントウダマシ科」等「〇〇ダマシ科」なる項を設け、〇〇ダマシ、××ダマシ……などと名付ける始末だ。抑、誰が誰を騙《だま》したというのだ。AがBに似ているという単純な理由だけで、Aは「B騙し」と名付けられたんでは、堪《たま》ったもんではないぞ。その内の一つ「コブスジツノゴミムシダマシ」なる仲間は、十三字もの長さだ。全く馬鹿げてるの一言だな。長ったらしい名といえば、シジミチョウ科の「ムラサキオナガウラナミシジミ」やハネカクシ科の「ホソフタホシメダカハネカクシ」ら他が十四字だが、堂堂？　十五字もの大御所もあるな。それが「シラフヨツボシヒゲナガカミキリ」であるぞな。逆に科名で「カ科」なる〝超短科〟あり。

詰《つ》まる所、気まぐれ名付け役人の面目躍如《めんもくやくじょ》と申せような。まあ、わしらの名前事だけなら、大した問題でもあるまいが、そうではないのだ。人間てえのは、その狡智によって真実を歪曲《わいきょく》させ、大胆なる不正を行い、それを連綿《れんめん》と何千年も続けてきた奸佞《かんねい》であるぞ。つまり、人類の曲筆舞文《きょくひつぶぶん》なプロパガンダは、古来からの常套《じょうとう》手段である。邪悪《じゃあく》の塊《かたまり》なり。戦争となれば猶《なお》の事であり、先述の如き彼奴らの正義は勝利の中にだけある故、何が何でも奴らを掃滅させねばならんのである。努努《ゆめゆめ》、油断召《め》さるな、皆の衆。以上にござる。議長殿、ご見解を――

議長カブトムシ――御意、全きお説、感服仕《つかまつ》った。ちと長くなるが、わしからも、人間界の普遍的虚妄《ふへんてききょもう》と不正につき、これを剔抉《てっけつ》致したく存じ、二十分ばかり時間を頂戴したいが如何《いか》がであろう、皆の衆――

議長の鄭重《ていちょう》なる問いかけに、固より反対の声はない。カブトムシは粛然《しゅくぜん》と辯じ始めた。

――さて、それがしは日本国生まれである。仍って、爾今《じこん》の事例は日本国に関するものになる事、ご了承願いたい。

立て板に水の如き、議長の舌鋒《ぜっぽう》は次第に熱を帯びてきた。

――この地球に於ける崇高《すうこう》なる理念は何か。それは神秘の源地球の存続である。如何に執拗《しつよう》なる講釈を、捏《こ》ねくり返す人間とて、次に示す件に異存はあるまい。つまり、この地球が壊滅すれば、それは全ての絶対的な終焉《しゅうえん》である事を。その大危機が確実に近付いている事を、絶対的に否定できる人間もおるまい。そんな中、人間社会の〝嘘塗れ《うそまみ》〟は、日常茶飯の光景である。政《まつりごと》の長からして、これを率先垂範《そっせんすいはん》？ しているからな。政治とは、うそと権謀術数《けんぼうじゅっすう》を土台としている。それは有史以来、東西あらゆる人間界で為されてきた。近現代の為政者の秕政《ひせい》、腐敗、怠惰《たいだ》の例を挙げる迄もない。そうした輩《やから》に、匹婦匹夫《ひっぷひっぷ》の市井《しせい》人、財界人、果ては若輩ばら、学生等等にも蔓延。その結果、政官人、企業（人）の不祥事や兇悪事件などが頻発、今や、感覚が麻痺《まひ》する程、日常的となっている。一例を日本での平成十年代のある年、数か月の期間でみても以下の如し。

・マンションの耐震偽装《ぎそう》事件
・Aファンド事件。同ファンドを通じての株取引で、日銀総裁が利益を得た実態が判明。それより先、同ファンド代表は、株インサイダー取引で逮捕される
・B社製エレベーターの死傷事件の続発
・大手製薬会社C社による、経過措置を過ぎての、米国産牛原料を使用した医薬品販売の発覚
・複数の大手ドラッグストアによる、処方箋なしでの処方箋薬の販売の発覚
・大手損保会社D社に於ける、保険金の不正支払いの多発
・大手自動車会社E社による欠陥車の隠蔽《いんぺい》
・大手湯沸かし器会社F社の製品による、一酸化炭素中毒事件

等等他。上述の如き不祥事や事件は氷山の一角である。一国だけでの、こうしたものを十年、

二十年分と纏《まと》めれば、それこそ枚挙に遑《いとま》がない数になろうが、感覚麻痺の人類は、直ぐに忘れ去り、風化されて終《しま》うという特殊性を有す。と、同時に人類の過半が、それらと同様の悪人であるが故、慨歎《がいたん》の感情も起こらないのであろう。正に「浜の真砂《まさご》は尽きるとも世に悪ごとのタネは尽きまじ」なのである。さて愈《いよいよ》、世界的歴史的虚構の剔抉に移る。

それは日本国と日本民族に拘るものである。断っておくが、それがし出生は日本国であるが、日本国贔屓《びいき》でもなければ、特定の国に何らの思い入れもない。無論、日本人も人類の一種故、不《ふ》倶戴天《ぐたいてん》の仇敵《きゅうてき》である。唯唯《ただただ》、真実を明かす使命により、日本に関する史実を申し述べるだけにござ候。話は日本で謂《い》う、昭和十年代の日支事変から第二次世界大戦に纏《まつ》わる大逆無道《たいぎゃくむどう》の作為こそ、世界史上、最大級の虚構である。この大戦はアジア・太平洋地域を主戦場とした、日本対米英中蘭豪の死闘で、太平洋戦争とも大東亜戦争とも称す。有史来、最大規模の斯かる大戦の勃発《ぼっぱつ》因と、その総括こそは、正に言語道断《ごんごどうだん》、人類史上最大級の虚構であった。この悪逆非道《あくぎゃくひどう》は、日本側からすれば、謂われなき濡れ衣を着せられた、千秋《せんしゅう》の恨事《こんじ》となって今日に至っており、未来永劫《みらいえいごう》に累《るい》を及ぼす大懸念を有したまま、勃発からは一世紀近くの歳月を閲《けみ》している。但し、時間の問題もあり、これらは別の機会に陳述するとして、本日ここでは日本国の一民間企業の上下社員の不義不正について縷述《るじゅつ》する。実はそれがしの先祖が、ある市井の一個人の日録を直接、見聞きした実録による、人間界の不義不正の問題を俎上《そじょう》に載せようぞ。ある大手企業の平成十年前後の実話に基づいたものだ。随分と古い話と思われるやも知れんが、人類の悪弊《あくへい》は手を替え、品を替え、百年一日の如きであるからな。十分今日に通じるものであるな。それがしの祖先は、西暦一九九六年（日本で謂う平成八年）より、代代「甲之丞《かぶとのじょう》」なる諱《いみな》を名乗ってきたのだが、今二〇三一年であるから、そうさな、もう三十一年前にもなるんだが、その年即ち、平成十二年――西暦では丁度二〇〇〇年だな――での事であったそうな。その年の『第五代甲之丞管見録《かんけんろく》』による、一上場企業の人間模様が記録に残されているんだ。そのいきさつは知るべくもないが、恐らくはその第五代が東京都世田谷区のある神社内のクヌギの木に棲《す》んでいた所、近所の住人に採集され連行され、そこの家――会社の社宅――で飼われた折、その住人の『凡凡日録』に、その記述――一上場企業の人間模様――があり、それを第五代が何かの折、眼にしたものの記録ではないかと思量されるんだ。まあ、そんな経緯なんぞどうでもいいんだが、代代引き継がれたその『凡凡日録』を一読すれば、人間界上中下に亙る不義不正が一読瞭然《りょうぜん》なのだ。それ故、それを今日迄、代代温存してきた訳だがそれを基にして、その人間界の有様を披瀝したい。ここからは、その『凡凡日録』の作者を以降、便宜上「主《あるじ》」と称するぞ。されば――とある一上場製薬会社の事であったそうな。その企業に於ける平成十年度即ち、十年四月から十一年三月の業績は、売上、経常利益、純利益の、いずれも会社史上最高額であったそうな。一見、輝かしき時代の真《ま》っ只中《ただなか》にあるようであったが、然《さ》にあらずで、実際には病巨人で、その病は膏肓《こうこう》に陥《おち》っていた由で、その有様は狐《こ》狸妖怪《りようかい》の巣窟《そうくつ》であったという。その記述を残した住人である、当該企業の社員——主——によると、「——我が微衷《びちゅう》は丹心《たんしん》の絶対主義的正論から、事実に基づくものであり、会社の吾に対する低評価の怨恨《えんこん》、意趣遺恨《いしゅいこん》からくる狭量なものではない」との前置きがあったそうな。最初に剔抉されたのは、首脳部に纏わる問題だ。四半世紀もの長期に亙り、独裁社長として君臨してきたその御仁《ごじん》は、平成十二年五月に「勇退」し、代表権を有する会長に就《つ》いたが、その折の記者会見では、「——会長就任は、自分では昇格のつもりだ」と、院政を仄《ほの》めかすが如き怪気炎を上げていたそうな。何様、会社中興の祖とされたこの御仁の黄金時代には、これを囲繞《いにょう》してきた幹部らの畏怖《いふ》は尋常にあらざるものがあったそうな。然し、淵瀬《ふちせ》の変動の如く、或いは「一寸先は闇」と比喩《ひゆ》されるが如く、人の世は明日の事が分からないのである。即ち、祇園精舎《ぎおんしょうじゃ》の鐘の声ならずとも、諸行無常《しょぎょうむじょう》、栄枯盛衰《えいこせいすい》は必定《ひつじょう》であるのだ。社長を禅譲《ぜんじょう》した後も、実質的第一人者の会長として、政権のトップに居座り続けようとした、この御仁であったが、長期栄華の終焉はあっけなくやってきた。その破綻《はたん》の緒は身内も身内、倅の不祥事からであったのだ。己の息子を平成六年に途中入社させ、翌年には取締役に栄進させたのも、この御仁であったが、その倅が平成十一年十二月、会社顧問宅にこの顧問の顔写真にバツ印を付したものを送り付けた脅迫容疑で、十二年七月に書類送検されたのであったのだ。又、この顧問宅に無言電話を計三百回程もかけていたという。抑、御仁のオーナー会社に非《あら》ざる企業に於いて、社長たる己の威光で五十代の息子を途中入社させ、翌年には取締役に昇進させる事が罷り通るのであるから、権力とは空恐ろしいものだで。こうした記録を残した一介の従業員――五代甲之丞を飼育した主――は、そうした有様を自嘲気味に「片やは一年で取締役、こなたは勤続三十四年の末、昇給半額の沈澱組合員――浮世の戯画《ぎが》は巧《たく》まざるものなり」と長歎《ちょうたん》したそうな。それにしても、この御仁の如く長期に亙り権力中枢に君臨すると、物事を判断する規矩準縄《きくじゅんじょう》が、世の規準から逸脱するのであろうか。あの太閤秀吉の晩年も、その慧眼《けいがん》が失せたとしか考えられぬ程、帝王趣味の贅《ぜい》を尽くし放題であった上、幼嫡子《ちゃくし》秀頼に対する溺愛《できあい》から脱却できず、己の死後の見通しさえも立たなかった、と言わざるを得ない。それがしは、どこかそれに似《に》通《かよ》っている気がしないでもないのである。とまれ、この御仁の黄金時代は終焉を告げた。反会長派で干されていた幹部組こそ、奇《き》貨《か》居《お》くべしの好機とした者もあったろう。所が、それらを含め上中下に亙る多くの従業員が「中小悪党」なのであった。つまり、この会社は狐狸妖怪の巣窟だ。否、これが近現代のこの国の縮図なのである。狐狸妖怪と魑魅魍魎《ちみもうりょう》の騙し合いだ。大化け小化けの「百鬼昼夜行図絵」そのものなのである。社内を見渡せば、悪党にぼんくらが重なった「悪党ぼんくら社員」や、更に狡猾《こうかつ》が付加された「悪党ぼんくら狡猾社員」が少なくない。それらを三十代中後半から四十代半ばにかけて、管理職に昇進させ、登用してきたのは何とした事か。それらは従前に何を為してきたのであろうか。爾後《じご》それらの実例を詳述するが、これは幹部級も然りであった。何せ、古《いにしえ》には自宅建設費用の大半を経費で賄《まかな》ったという重役があったそうな。又、平成の一桁当時に次なる艶《えん》な?実話もある。ある管理職が近畿にある支店長に栄進、任命された折、当時の相談役に呼ばれ、祝言《しゅうげん》と共に次なる言を聴取した由である。「――昔の支店長と言えばなあ（自らの管轄《かんかつ》内の経費にて）妾《めかけ》を囲えたものだがなあ……。今の支店長じゃなあ……」と。その顧問の、自らの支店長時代の逸話でもあったろうか。「自宅建設費用疑惑」にせよ、「妾囲い」にせよ、こうした幹部級の有様を「武勇伝」だの「大物」として持ち上げたりもするのであるから、正義清廉《せいれん》の社員は遣《や》り切れまい。それにしても、連綿とこの方、このような不正が罷り通ってきたのは何故であろう。単簡に申すなら、多くの企業に於ける営業成績至上主義にこそ、その根源があろうな。この営業成績さえ上げれば、社会道徳に悖《もと》る他の行為行動すら、必要悪と見做《みな》す風潮が、長年の積弊《せきへい》として、社員上下に浸透してきているのであるからな。その証左として、日本を代表する財閥系列の大企業や、世界的に有名なる大企業の不祥事が次次と明るみになっているではないか。先にも申したが、もし、ここで十年来の不祥事例を挙げるなら、何十枚もの紙数を割《さ》かねばならんし、こうした事例は未来永劫絶えざる事であろうな。主たる住人が八幡《はちまん》許すまじと慨歎するのは、そうした不正を働いた輩が、不正を不問にされた上、その事自体なかったかのように、管理職に昇進するという事実であった。然らば、彼らは如何なる「邪《よこしま》」を為してきたのか。今から順を追って剔抉するが、狐狸妖怪共は一蹴《いっしゅう》するであろうな。又は一笑に付すであろう。「そんなもの、企業人にありふれた事――」と。実はこれこそ、現代日本人に於ける正邪の準縄が大きく崩れた一証左であるのだ。大和民族の過半が、亡国への道へ他の人人を誘《おび》き寄せていると、憂慮せずにはおれんのだ、とは主の嗟嘆《さたん》であった。ともかく、悪の権化を暴く。一、不正蓄財術＝カラ残業の巻からだ。これは狡猾的でいとも易き方策である。平成十一年三月末現在、主勤務の会社の従業員総数は六千七百八十名であったそうな。内、略《ほぼ》二割千三百数十が営業担当者であった。更にその内、凡そ千百名がＭＲ――医療用医薬品情報担当者――であった。本来、医薬品の情報担当者であるから、厳密には営業担当とは異なるが、個個に期間納入計画があり、実態は「医薬品情報担当兼営業担当者」とでも申すべきか。これ以外にも大衆薬部門に於ける、ドラッグストア、薬局・薬店を担当する広義のＭＲを含め、これらに携わる従業員は比較的、若手組合員が中心であった。その組合員ＭＲらが、就業時間外に病医院や調剤薬局、ドラッグストア、薬局・薬店、卸売会社などを訪問して、拡宣（病医院や調剤薬局に対し、採用自社品の処方件数増加促進や、未採用品の採用――納入――を計るなど、自社品の宣伝、情報提供の事で、医薬品業界用語）活動や、社内事務所に居残って資料作りなどの業務を行い、簡単な事務手続きを経れば、超過勤務・休日労働賃金が付加される。然しながら、多くの他の会社もそうであろうが、本来、所謂《いわゆる》「残業」とは、上司の命令で行うべきものである。当該企業の社規でもそうなっていたのだ。所が、実際この会社では内勤者であろうが、ＭＲなどの外勤者であろうが、殆《ほとん》どが本人の任意によるものであったのだ。つまり、数は少ないものの仕事熱心な、或いは単に「金稼ぎ」のためのＭＲらは、夜八時、九時迄も自主的に、病医院や薬局、関係卸店等を廻っていたのである。そうして、その結果——何月何日、何時から何時迄と拡宣などの極簡《ごく》単な業務内容——を、一か月分の所定用紙に自分で記入し提出すれば、毎十二日締めで、毎二十五日に支給される給料に加算支給されるという段取りだ。それの不正例を二点挙げる。①月十万円から十五万円にも上る超過勤務を、略毎月継続し、年間百二十万円から百八十万円を得る。それを二十年以上も続ける　②三—六協定による月間の超過勤務時間の上限ぎりぎりの残業を長年続ける——実の所、この二例はいずれも、略九十％前後は嘘申告によるもので、当人らは正に「濡れ手で粟」の謂わば「カラ残業」なのであった。こうした極端な例ならずとも「水増し申告」は日常茶飯であった。更に大問題なのが、こうした邪な方策で大金を得た者を、その上司らが正に、有ろう事か「よく頑張っている」と称《たた》え、評価するという大倒錯《とうさく》した現実であった。この大手製薬会社では、悪党らによる不正蓄財術が、更に別の「利」を生じさせるという皮肉を惹起しているのだ。これ、看過《かんか》できぬ「カラ残業」の巻。次なるは、主として販売促進経費に纏わる「黒い霧」の実話抄である。この方は上中下管理職の相当数が、随所で絡んでくる故、質量共にカラ残業の比ではなく、波瀾万丈《はらんばんじょう》の観を呈す程であったそうな。では、二、販売促進経費不正使用＝豪遊の巻なり。企業はその運営上、多大なる経費を必要とする。当然の事であるが、その最たるものの一つが人件費である。又、営業部門に於いては「販売促進費」——以下「販促費」と略す場合あり――がある。当然の事ながら、この販促費に関し会社の意図としては、これを計画的に使用し、活用して期間納入計画を全《まった》からしめよ、とする訳であるが、以下の如き不正使用が少なくないのだ。それはＭＲら担当者により、ブロック或いはチームにより、課所により、支店により、管理職の関与により、程度の差や方策の違いこそあれ、会社の意図を逸脱《いつだつ》した、裏《うら》腹《はら》なる使途《しと》が方方で目立っていた事に相違ない。その一、日常的に多い販促費悪用の実態としては、身内どうしの豪遊である。「官官接待」ならぬ「同同接待」とでも申すべき、この豪遊は主として飲食関係である。その行き先も、居酒屋、焼肉店、鮨屋《すしや》、小料理店、割烹《かっぽう》、高級料亭、スナック・スタンド、バー、クラブ等等であるが、一夜にこれらを二軒三軒と「梯子《はしご》」する事すら珍しくはない。身内どうしで通う、これらの飲食店にて費消される販促費は如何程に上るのであろうか。この会社の本社勤務時代の主が、支店経理監査担当職の経歴があった同僚に聴取した所、全社で膨大《ぼうだい》な額に上る由であったそうな。然《さ》もありなんであろうな。主が一般薬担当のＭＲ時代、五学年後輩のＭＲなどは、業務上全く関係あらざる、己が宿泊するホテルの若い女従業員や、行きつけのクラブホステスに至る迄の面面をもてなしたり、上司らでは、関係先の慶弔意の心入れを、販促費で支出し、己私人のそれであるかのように装う輩すら珍しくなかったそうな。邪悪な方策で世を渡る上手者らは、かくして方方で人望を集め、有形無形の実績に繫がり、自らの地位を高める一因にも、結果的にはなっていたのである。「李下《りか》の冠《かんむり》」「瓜田《かでん》の履《くつ》」所ではない。所で、ここでＭＲなる職種に関し、今少し補足しておきたい。無論、主による解説に沿って物申す訳であるがな。大手製薬会社の多くが「プロパー」と称される職種の外勤担当者を置き始めたのは、いつ頃の事か、背景は何か等について、方方閲してみたが確とはしなかった。が、諸諸の資料から総合して、下記のように推定された。国民皆保険制度が確立された、昭和三十六年よりも十年位前からと思われる。当時の画期的新薬であるペニシリンなどの抗生物質製剤が、増産され始めた頃からと思量される。プロパーとは「Propaganda」の略で、言う迄もなく「宣伝」の意である。殊《こと》に国家が関与するそれは、特定の思想を宣伝し、行動させようとする一種の政略とも言えよう。医薬品製造販売会社のプロパーは、病院や診療所、調剤薬局などに対して、自社品の特長を説き、その売り込みを主とする外勤者の称号であった。それが平成三年三月、「ＭＲ」と呼称が変更された。そのＭＲとは「Medical Representatives」の略で、当時の日本製薬工業協会によると、医薬情報担当者を次のように定義している。「医薬情報担当者とは、医療用医薬品の製造または輸入販売を業とする企業に属し、医薬品の適正な使用と普及を目的として、会社を代表し医療担当者に面接のうえ、医薬品の品質、有効性、安全性などに関する情報の提供・収集・伝達を日常業務として行なう者をいう。」（原文のまま）とな。又、当時の厚生省令による定義では、「医薬情報担当者とは、医薬品の適正な使用に資するために、医薬関係者を訪問すること等により適正使用情報を収集し、提供することを主な業務として行う者をいう。」（原文のまま）とある。つまり、医療機関である病院や診療所（開業医）及び調剤薬局などに、自社品を中心とする副作用情報他、広範囲に亙る医薬学術情報を的確に伝え、又、副作用情報等の収集を本分としている訳であるが、実際にはどの製薬会社のＭＲも営業を兼ねており、内実はそれを主体として活動していると言えるのだ。さて、本題に戻る。平成八年九月、販促費使用の裁量を任されていた主の同僚ＭＲ——同じ県を受け持つ一般薬担当ＭＲでブロック長、主よりも五年入社が後の輩——が主に告げたそうな。「説明会経費の使用残が支店計で約二百万円あり、その内、自分の所に二十万円割り当てられた」と。当時、支店販促課で一括管理していた小売店（薬局・薬店）説明会費が、期末の一月を残すだけという時に、二百万円近くも持て余していたのだ。この残額に対して、上司は管内六ブロックに、応分額を割り振った上、説明会の鋭意開催を督励《とくれい》してきた。然し、相手得意先の事情等もあり、急にはそう実施できないのも無理からぬ話で、各ブロック共、九月中の実際の開催数は少なく、結局はその説明会経費の使途は、何の事はない、これ又、邪道《じゃどう》な方策によって収束されたそうな。その一例であるが、同僚のブロック長は、その二十万円を以下のように、活用した事にした。担当地区に於ける馴染《なじ》みの中華料理店に赴き、十九万八千円を手渡し、領収書を「○○名様食事代」として貰い、入手した。つまり、この九月に、ある得意先（薬局やドラッグストア）の店主・店員を招き、ある自社品の説明会を、この中華料理店にて開催した事にしたのだ。その際の食事代としての領収書を入手したという次第なり。これは早い話が「カラ残業」ならぬ「カラ説明会」と言ってよかろう。この十九万八千円は手付かずであるから、この時点以降、その中華料理店で御馳走が、その金額になる迄、何回でも賞翫《しょうがん》可能となるのである。数百万円の利益を得るには、少なくとも数千万円の物を売らなくてはなるまい。余った販促金を本社に返還するのと、身内の者共で消尽《しょうじん》するのと、どちらが会社に対して忠誠であろうか。何故、上司らは本社に頭を下げないのであろうか。九月の一月だけで、何葉ものごまかし説明会実施報告書送付をもって、糊塗《こと》しようとするのであるから、拙劣《せつれつ》極まりない。瞞着《まんちゃく》せる販促経費は全社全部門総計で、年間如何程に上ったのであろうか。販促費を如何に上手く活用して実績を上げ、己の昇進、出世に結びつけるかという多くの者の考え以外、如何に巧《うま》く転用して会社人生を楽しむかという魂胆《こんたん》が、相当数に及ぶ会社人の胸に横溢《おういつ》している。斯くして、その実行が全国各地で、繰り広げられてきたのであった。以上、看過できぬ「販促費不正使用による豪遊」の巻。三番目は、販促費に纏わる「黒い霧」の第二話となる。三、販促経費不正使用＝高級品・高額品入手の巻。これは得意先である薬局等に於ける自社品推奨販売の御礼等として、当該得意先に贈呈した事にして、各種物品をＭＲら担当者個人が着服するというものである。本来、得意先に進呈するべき類の品品であるから、これらには普段、中中個人では買えぬ高級品や高額品が主体となっていた。主がある支店一般薬担当課所勤務時代の同僚Ｉは、首都圏支店の一般薬担当プロパーとしての勤務が長く、本社一般薬関係の上層部に、馴染みの仁が何人もいた由で、その内、特に「これ」とする幹部に対する心遣いが濃《こま》やかであったそうな。折折、中国地方各地の名産などを、そうした上層部の人達の自宅に送っていた。まあ、その費用が自弁であったなら、他人から虚礼と見られようが、胡麻《ごま》擂《す》りの一法とされようが、何ら問題はない。所が、この仁は仲秋の松茸を始め、中国地方の名産珍味を販促費で処理して、己の保身、栄達の一環としていたのだ。これは明白であった由、何とならば、同僚であった主に、この仁が自慢話の如くに宣《のたま》っていたそうであるからな。又、主自身、それらの経理支出票をも目にしていたというからな。その付け届け以外にもIは、こまめに生鮮品卸売市場を廻って、高級魚とろ鮪の切り身を購入したり、外勤途中に社有車で郊外の生産業者に迄も足を運び、地鶏の卵を定期的に買って、自宅の食卓に供するなど、食い道楽で鳴っていたが、これらも平然と販促費で処理していたのが大半であったという話だ。この仁だけではない。「同類項」は営業担当者間に多多見られたのであった。不正入手の品品は、先に挙げた名産、珍味以外にも、高級和洋菓子、同和洋酒、ゴルフボール、音響機器、アクセサリー用品から衣類に至る迄、多岐《たき》に亙る。就中、悪人共に最も持て囃《はや》されたのが、有名デパートなどの商品券であった。得意先に贈呈した事にして、己が入手すれば当然、好みの品が得られる故、悪漢夫人らも雀躍《じゃくやく》していたという次第なり。この商品券に関しては、ある時期から贈呈先の受領印を会社に提出する決まりとなり、以降この悪弊は略絶えたが、一部の悪党執念は凄《すさ》まじい限りである。偽の受領書を提出して迄、現物商品券を懐《ふところ》に入れようとするのだからな……。次なるも、会社から得意先に進呈する所謂「サービス品」の類であった。多くは拡売（拡販）施策に付随し、その品品として、ビール券、図書券、米券、テレホンカード等であった。ＭＲ他がこれらを着服するなどは、正に日常茶飯なのであった。のみならず、これらを貯め込んだ上、相当量（枚数）を換金屋に持ち込み、現金化していたという次第だ。テレホンカードなどは小箱に百枚入っていたが、この小箱一つで五万円近くになるという寸法なり。ここ迄長長と、ＭＲら営業担当者を中心とした販促費悪用の実態について、これらを列挙《れっきょ》し、俎上に載せ剔抉した。然しながら、まだ弾劾《だんがい》と筆誅《ひっちゅう》を納める訳にはゆかないのだ。主の代理としての、それがしはな。今から挙げる実例は、その悪質度が叙上《じょじょう》の三項目に弥増し、法に抵触《ていしょく》するは明らかと言えような。然らば、それらに移ろうぞ。四、証憑《しょうひょう》を偽造するＭＲの巻だ。ＭＲなどの営業担当者が得意先、卸売会社ＭＳ——これは医薬品等卸売会社セールス——らと食事や接待飲食を済ませた後、当該飲食店にその領収書を要求すると、店によっては面倒なのか、多忙時間帯であるからなのか、白紙領収書を寄越す事がある。このような場合、勿怪《もっけ》の幸いとばかり、実際の代金よりも水増しさせた金額を、入手者他が手書きし、それを会社に提出する手を間間みてきたそうな、主がな。実際には二人で三千円であったのを、五千円にするなどである。又、馴染みの飲食店には、ＭＲら側から水増し記入を依頼する事すら珍しくもないのだ。三名で一万八千円を二万七千円にして、書いて貰うなどである。こうした「犯罪」をいとも気軽にやっている輩を多多、眼にしたそうな、主がな。平成六年、とある支店経理課に国税庁の査察が入ったそうな。固より、経理関係の監査であった。その結果、飲食店他の領収書に関し、信憑《しんぴょう》性の疑われる領収書を提出していたMR二名が、直属上司、経理課長、支店長らから事情聴取され、問い質された。二人は不正行為を白状し、始末書提出と厳重戒告処分を受けた。後日、主他が仄聞《そくぶん》した所では、この両名が偽造して提出していた領収書は数葉程度のものではなかったそうな。この二者の内、一人は当時、課次長であったが、間もなく他支店に転出し、数年後には専門課長に昇進している。これを指摘しているのだ、それがしも往時《おうじ》の主もな。この例の如く、悪の一端が発覚した後に、他にもその当人に疑わしきがないかを調べるでもなく、それ所か何もなかったように昇級し、職制が上がるのであるから、何をか言わんやと、主の慨歎が聞こえる程であるぞ。それにしても当該企業は、よくよく「カラ」に縁が深いな。冒頭に触れたカラ残業に始まって、カラ接待、カラ説明会、カラ贈呈、カラ領収書、これから申すカラ出張、カラ訪問……等等。古にはカラ伝（伝票）、カラ売りというのも、決して椿事《ちんじ》ではなかったそうな。これらを為す社員らは「カラ社員」と称すべきであろう。さて、我ら代代甲之丞の主は、昭和四十一年三月に中国地方の営業所に入社、三年間倉庫・発送業に携わり、同四十四年三月から平成十一年三月迄、丁度、丸丸三十年間一狐裘《こきゅう》一般薬担当MR業を余儀なくされた由。その後は約八年間、本社勤務。この間、この一般薬部門を中心とする、悪の実態を、否応なく具《つぶさ》に見続けてきたとの事であるが、結びに、主の耳目を震撼《しんかん》させたという巨悪を、もう三例挙げておこうぞな。五、平然と為す巨悪人の巻。その一——とある支店の一般薬MRであったJは、担当する小売店（薬局・薬店）のボランタリーチェーンの本部に納めるべき販促金（社内では販売奨励金と称す）を、数年間に亙って着服し続け、偽造領収書を会社に提出していたという。横領せしその金額は何と、数百万円というから、小心者の主はその胆《きも》を潰したそうな。その二——平成十二年末現在、本社勤務の一人Lは、地方の出張所所長時代、夜な夜な販促経費で豪遊し、帰途はこれも経費処理のタクシーチケットであった。それだけなら、多くの悪党同様であったろうが、この仁は朝の出勤時にも屡《しばしば》、そのタクシーチケット出勤であった。販促経費使用を始め、あらゆる面で社員のお手本を見せるべき役目の出張所長が、有ろう事か、二十人近くの部下に対して、悪業の手本を示していたのであった。その三——ある事業所の一般薬担当MRであったNは、凡そ三年間に亙って、略毎週三日間二泊のカラ出張を続けてきたそうな。宿泊予定先のホテルに泊まらず、夜には自宅に帰っていたというのだ。これにより、一泊一万円余の宿泊代を浮かし着服、これを三年間継続したのであったから、胆は小さくはなかろう。試しに単純計算すると、週に二泊分で月に八泊分、年間では百泊分近くとなる。会議や研修会等もあったろうし、休暇取得もあったろうから、年間を七、八十泊と減じて計算しても、ざっと、七、八十万円の「実益」となるのだが、その金額はともかく、約三年間もけろりとして、カラ出張をし続けてきたのであるから、その魂胆には驚き入るばかりである。それにしても、Nの上司や管理職、周辺関係人らはその不正に、長年気付かずに及んだのであろうか。これも摩訶不思議《まかふしぎ》と言わねばならんのである。この不祥事発覚により、これ以降、出張精算書には宿泊したホテル・旅館の領収書貼付《ちょうふ》が全従業員に義務付けられたが、それを迷惑千万とした社員が方方にいたそうだで。全くなあ。これら以外にも、一般薬部門の本社や支店の幹部管理職が、部下の若手女従業員と懇《ねんご》ろになり、会社の多額販促金——一例では数百万円——を転用して貢《みつ》いだ実例、MRによる猥褻《わいせつ》目的での会社女子寮への忍び込み、動機不明の支店内での刃物振り翳《かざ》しによる支店長らへの脅し、評価不満による支店長ら支店幹部に対する長期間の陰湿なるいやがらせ、女性の下着多数の盗み等等他、百鬼昼夜行は様様な悪行《あくぎょう》これ止まず、不義不正は止まる所を知らないのであった。この会社の相当数の社員が、社会人としての道徳を無視し或いは蔑ろにし、そうこうしても営業実績さえ上げれば、勝利者としての評価を得るのである。それ故か、至る所で悪がはびこり、悪で築かれた勝利者は、自己を正当付けるに造作なく、周辺も称揚《しょうよう》するのである。否、それ所か、出世という「嘉賞」を与えもするのだ。以上、主の勤務してきた会社に於ける、MR他の営業担当者他に蔓延している、看過し難き「宿痾《しゅくあ》」の実態について縷縷述べた。が、ここで挙げた以外にも多多、悪行を観てきた主の無念は、忽《ゆるが》せにすべからざる諸悪が歪曲されて、高評価に直結するという、世の大倒錯を何とか正そうとする人間が非常に少ないという現実にあったのだ。——以上ここで、それがしの挙げた事例は、殺傷沙汰《さっしょうざた》の如き兇悪事件とは異なるが、人間界のどこにでもある、謂わば日常なのである。ありとあらゆる悪事が到る所で横行しているのだ。それだけの事なら、人間界での馬鹿騒ぎと、嘲笑しておればいいんだが、そうはゆかんのだ。一方で、魑魅魍魎や狐狸妖怪たる多くの人間が、わしら昆虫界に対し、一顧《いっこ》だにせず、一抹の情け容赦《ようしゃ》もなく、踏み潰そうとするだけなのであるから、始末が悪いのである。故に、如何にして彼奴らを叩き潰し返すかを、本日こうして討議しているのだわね。

皆の衆、それがしの広長舌《こうちょうぜつ》、ご清聴《せいちょう》深謝、多謝。されば、本題に戻ろうぞ。我ら十四軍余による曠古《こうこ》の大策戦の展開を、いつ、どこで、どのようにして発動し、実行に移すかである。実は去年来、中央司令本部にて練り上げた、その案をそれがしの補佐役でもある、本部参謀総次長のミヤマクワガタ殿から説明申し上げたい。では、ミヤマクワガタ殿どうぞ。

議長の左隣に坐していた、ミヤマクワガタは、起立し鄭重に一礼した上で、徐《おもむ》ろに辯《べん》じ始めた。

昆虫総軍中央司令本部参謀総次長・ミヤマクワガタ――不肖、手前、僭越《せんえつ》ながら職制により、策戦手順案をお示し致す。その前に先ず、議長カブトムシ殿に御礼申し上げます。只今のご説法、人間共にだけでなく、我らの生き様にも通じ、身の引き締まる思いでございます。数多のご箴言《しんげん》有り難く、拝聴《はいちょう》させて頂き申した。さて、では、一つひとつ箇条《かじょう》に申し述べます。

一、全軍を統括する、昆虫総軍中央司令本部を、現在の通り、ここ米国ルイジアナ州モンロー市近郊とし、新たに、第二中央司令本部を設け、これを印国のカンプール市近郊とする。これにより、現「総軍中央司令本部」を「総軍第一中央司令本部」に改める。但し、第一は第二に対する上部組織とする。尚、第一の管轄地域としては、南北アメリカ大陸、アフリカ大陸及び、東経30°以西の欧州とし、第二は、それ以外の地域即ち、アジア全域、中近東、オーストラリア大陸、北・南極とする。それらに関連し、各軍の本営も二箇所の中央司令本部から、半径五十キロ以内の適地に置く事。それらとは別に、バッタ軍はアフリカのアンゴラ国ルアンダ市近郊に、第二本営を置く事。アリ軍は南米アルゼンチン国パンパ大平原内、サンタフェ市付近に、同様第二本営を置かれたい。

二、人間社会が謂う所の、主権国家の首都近郊に、各軍の主軸大師団を集結させる事。例えば日本国なら、首都東京都と神奈川県の略境界を流れる、多摩川中流の河原等に、全十四軍の各大師団を整然と集結させるべし。人口一万人に付き、各軍昆虫兵数を一千万から一億匹兵（人間一人に付き、千から一万匹兵）となるよう配慮する事。この項と一項は遅くとも、現時点から十年以内に仕上げる事。

三、開戦目標時期を概《おおむ》ね、十年後の二〇四一年五月とする。南半球地域は同年十一月とする。申す迄もなく我らは変温動物であるに則《のっと》り、極力短期決戦とし、勝敗の目途《めど》として、半年を目標と致したい。

四、全昆虫九十五万近くの種は、十年後に各各現在の通常一年の生息数の千倍を目標とするべし。即ち、少なくとも年次倍増を必達させる事。単純計算をすると、一年後に1が2に、二年後には2が4に、三年後に4が8に、四年後には8が16に、五年後には16が32に、六年後には32が64に、七年後にもなると、64が１２８になり申す。更に八年後では１２８が２５６に、九年後ともなれば、２５６が５１２に、そして十年後には何と、５１２が１０２４になるという次第にござる。つまり、現在の千倍を超える訳でありまする。ために、個個が交尾《こうび》交尾に明け暮れるべし。要する所、寝食を惜しんで交接に精励すべし――。

と、この言に出席昆虫の一部から窃笑《せっしょう》が漏れた。然し、本日の会合は懇話や懇親が目的ではない。昆虫界が人類を滅亡させるには、何をどうすべきかの軍略会議なのである。厳粛であるべき会に、笑いは禁物であろう。クスリと笑った虫達も忽《たちま》ち、謹直《きんちょく》の態に服した。その雰囲気を感じ取ると、ミヤマクワガタも話の歩を進めた。

参謀総次長・ミヤマクワガタ――次に、五番目として

五、農作物や果樹、樹木等を壊滅させる使命のバッタ軍やガ軍、チョウ軍、カミキリ軍他は、田畑、果樹園、森林等の至近場所に、兵数をうまく分散させて大集結させた上、指令がある迄駐屯させる事。

六、直接的に人類や家畜を攻撃したり、関与するハチ軍、アリ軍、ハエ軍、カ軍、ゴキブリ軍、カメムシ軍、セミ軍、トンボ軍、コオロギ師団等等は、人間共が集中して住む、都市部を中心に、

その規模に鑑みて兵力を分散し、陣取るべし。その際、二項で触れたように、各軍及びそれに準ずる師団は、人口一万人に対し一千万から一億匹兵数とした上で、将兵を整然と分け、駐屯させる事。尚、この兵数戦略は「衆寡敵せず《しゅうかてき》——」とされる、兵法の初歩にござる。釈迦《しゃか》に説法でござるが——。

参謀総次長による説明が再開されて、間もないこの時点に於いて、それ迄沈思黙考《ちんしもっこう》の態そのものであった、カマキリ軍のオオカマキリが忽然《こつぜん》、声を大にした。

——待て、待て、待たれい！　なじか、俺には一つも物を言わせんが、推参《すいさん》なり、だ。

昆虫界の首魁たるを自負する、オオカマキリではあるが、生憎《あいにく》、与党仲間は出席者にはいなかったし、元元、そのオオカマキリに対し、意趣遺恨を抱く昆虫が少なからずあった。で、オオカマキリ自身、ここ迄沈吟《ちんぎん》と控えていたのだ。又、古来オオカマキリとカブトムシは、幾千代《いくちよ》にも互り敵対しており、その積年の確執《かくしつ》故か、この会議に於いても、議長カブトムシは、カマキリ軍のみ無視してきた程である。偏頗《へんぱ》は現にあったのだ。ミヤマクワガタによる説明の中途で、話を遮《さえぎ》った事もあり、オオカマキリは一応、改めて自身の発言を求めた。すると、議長カブトムシは黙諾《もくだく》の表情で、顎《あご》を僅かに下げた。瞬時の静寂が流れた。オオカマキリは魔魅《まみ》の双眸《そうぼう》で議場を睥睨《へいげい》し、揚言を始めたのであった。

カマキリ軍・オオカマキリ——冒頭、言明する。人類の殆どは極悪、兇悪である。それは俺も同見解だ。が、一部には正真正銘の善人がいる。これらを一緒くたにするのは何故だ。次に、人類を殲滅させるというが、大言壮語《たいげんそうご》も甚だしい。天地が引っ繰り返ろうが、到底無理だ。人類同士の、それこそ相手を絶滅させる目的での戦は、有史来の古今東西、枚挙に遑がない程あったが、そのような実例は皆無だ。況《いわん》や、現代のドエライ兵器を有す人間共においてをや、である。奴らが核兵器をほんまに使用したなら、人間界もそれ以外の生物界も木《こ》っ端微塵《ぱみじん》に吹っ飛び、使用量によれば昆虫界も全滅を余儀なくされるは必定であるぞ。核を使用せずとも、我ら昆虫に対しては、多種の農薬の類を惜しみなく、ばら撒くであろう。縦しんば、先制攻撃によって、優勢に立とうが、直ぐに、大反撃に出合い、勝敗の帰趨《きすう》は眼に見えているのだ——。

抑、この会議の論点は、昆虫界総力をもってして、人類相手に大戦を挑む事を前提にして、最も勝算の高い戦略は何かを討議するものであった。戦わんとしている以上、士気を最も肝要とし、決して弱音は吐かないものだ。然るに、こうしたカマキリの言は、乃公出《だいこうい》でずんば——の猛者が多数のこの出席者連にとって、意想外《いそうがい》に映った。

と、ここで議長カブトムシは右前脚で机上を叩き、険相《けんそう》の面《おもて》で一点を睨《にら》まえて言い放った。

——昆虫界の雄と自称のものが、随分と弱気の辯よのう。言わんとするは承知の上で、決戦の覚悟に及んだのだ。懦弱《だじゃく》なカマキリ軍を元来、当てにはしていないのだ。疾《と》く去るがよかろうな。

陰翳《いんえい》を含む顔をやや傾けながら、オオカマキリは辯駁《べんばく》した。

——懦夫《だふ》はそっちであろう。真の勇者とは、犠牲者を如何に少なくするかに腐心し、その術を考え実行に移す者をいう。汝《な》れ、男子に非ず、侏儒《しゅじゅ》なり。

——わしは議長だ。其の方こそ日頃、他の種を残忍に殺し、食らってるではないか。物を言う資格なし。即刻、退場せよ！

——撞着した事を言うな。汝れの寵愛《ちょうあい》厚いトンボ、ハチ、アリなども肉食であるぞ、知らんのか。他も植物やその樹液等を食んでいるのだ。所詮《しょせん》、どの生命体も、何かを口に入れないと生きていけんのだ。その自覚すらないのか、汝れには！

互いに舌鋒鋭く、論《あげつら》い、駁《ばく》し合う様に、堪りかねてミヤマクワガタが、言言火を吐く激論に割って入った。

——ま、まあ、各各《おのおの》落ち着いて給れ。お互いの身上長短《しんじょうちょうたん》は措《お》こうぞな。本日の要諦《ようてい》は対人類の政戦略をどうするかだ。のう、みんな——。

すると、議場内の大勢が、賛同の大声を上げげた。ミヤマクワガタは続けた。

——オオカマキリ殿のお説も一理あると思う。真の善人を巻き添えにするのは忍びなく、本意でもない。無論、昆虫総軍が勝てるという保証もない。一方、人間が無慈悲で一片の反省すらない生物である由は、既に何十万年前からの、来《こ》し方、歴然たる事実で、行く末も変わるまい。それらを肝に銘じた上で、さてどうするかだ。九十五万種、何京匹にも及ぶ全昆虫が、絶滅させられようとしている今日、ここは乾坤一擲の決戦に挑むべきではあるまいか。勝利の確立は僅かかも知れない。総力戦で当たるのだ。とにもかくにも……さすれば、人類に猛省の機会を生じさせるやも知れん。万に一つのそれを信じて、大死《だいし》一番《いちばん》戦うのが我ら、畢生《ひっせい》の大業《たいぎょう》ではあるまいか。のう、同志皆の衆――

一同多くから拍手が上がった。このミヤマクワガタの辯は、オオカマキリの顔を立てつつも、このまま便便と無為に時を重ねれば、昆虫界趨勢《すうせい》は、じり貧からどか貧となり、滅亡への道をまっしぐらに駆けるに等しい、としたものである。それよりも、十年間の準備による万端の体制でもって、一か八かの戦端を開くべしとした、苦衷《くちゅう》を吐露《とろ》したものであった。彼はゆっくりとした調子で続けた。

――敢《あ》えて、火中の栗を拾う、という俗諺《ぞくげん》もありまするが、切迫した現下《げんか》に鑑み、人畜以外の生きとし生けるもののため、十年一剣を磨き、天網恢恢疏《てんもうかいかいそ》ながらも悪人共を逃がさず、これを叩き潰し、以て、天罰たらしめん事こそ、天命ではあるまいか、のう、オオカマキリ殿。

と、これに、オオカマキリは複雑な表情をした。何か口外しようとしたが、それを垣間《かいま》見た、カブトムシが先に口を開いた。

――オオカマキリ殿、我が無礼ご容赦されたい。斯様な不束者《ふつつかもの》で喃。この通りお詫びする。

と、深く首《こうべ》を下げた。その上で、

――わしからもお願いしたい。昆虫界の弥栄《いやさか》のため、全軍が一致猛進、粉骨砕身《ふんこつさいしん》して戦おうではないか。強力なるオオカマキリ軍の力戦は、勝利の鍵にござるぞ。

この呼びかけにもオオカマキリは、肯《がえ》んじないのではあるまいかと、一同の多くが固唾《かたず》を呑んで見守った。当のオオカマキリは、宿敵であったこの議長からの意外な言に、心の均衡を失い返答に窮した。が、意を決したように、

――な、何の、無礼の角《かど》はお互いとしよう。未曾有《みぞう》の大危機は間違いないよ喃。黙っておれば、俺らの滅亡は必定、直ぐ先かも知れん。内訌《ないこう》の時ではないから喃。確と、承知仕った。

この力強い賛同に皆、愁眉《しゅうび》を開き、俄然《がぜん》、燃え盛る戦意は沸騰した。平時なら、傲岸不遜《ごうがんふそん》の骨頂として敬遠され、孤絶を余儀なくされるカマキリではあるが、今は違う。何様、平生からこの種は、単独で敢然と人間に手向かう程の自称、勇者であるのだ。尤も、人から観れば蛮勇《ばんゆう》の沙汰と、冷笑を浴びせるだけの些事《さじ》に過ぎないが……とまれ、オオカマキリは発言を続けた。

――願わくば、最重要な戦線に於いて、十年後のカマキリ軍に一番槍の先駆けを命じられたい。一個の人間に付き、千匹兵小隊の未来カマキリ軍が一挙攻勢に出る。二千丁の鎌でだ。

すると、直ぐ様、カブトムシが口を挟んだ。

――それがしのカブト軍も、十年後の戦端の暁には、先陣同道を仕るべく、代代の後生に引き継がせようぞ。強力なる鎌と角を兵刃《へいじん》として、隗《かい》より始めるという訳よ。それで、話は前後する

が、その開戦・先陣の件を含めた具体策に戻る。先にも二度触れたが、開戦の火蓋《ひぶた》切りを、十年後の二〇四一年五月（北半球）と十一月（南同）とする件についてはよろしいな。但し、アフリカ全域と、南アメリカ全域は戦略上、北半球とする。仍って、ここで謂う南半球とは、主に豪州とニューギニア島、スマトラ島、セレベス島及び、ニュージーランド国とする。詳細の日にちは今暫《しば》く先に決定させる。次に、その第一攻撃目標のその又、第一としてこれを、国連本部を含む米国ニュージャージー州他、西経75度以東の米国全域とする。爾今、これを「米国東部強襲軍」と称する。以下は十年後の開戦時、取るべき手順を示すので、各軍各師団は、代代の後裔《こうえい》への引き継ぎを円滑に進められたい。先申した様に、後裔のカマキリ軍とカブト軍両両《りょうりょう》相携えて先陣を切り、狼煙《のろし》を挙げる。その狼煙とトンボ軍による連絡隊の「攻撃開始命令」を確認するか、或いは直接、狼煙を見届けたる軍は直ちに、戦闘に入るべし。申す迄もないが、この「米国東部強襲軍」は、全十四軍に付き、各軍それぞれ三百億匹兵となる。その総計は四千二百億匹兵の天文学的数となる。そこで各軍は的確に、ここ十年の早い内、その将兵動員に遺漏《いろう》なきに努めるべし。又、北半球各地域に駐屯展開する各軍も同様、早早に戦備を拡充させ一命あれば直ちに、戦闘に入るべし。その将兵数に関し、今一度確認旁申し上げておく。例えば、人口凡そ五千万人の国家であるならば、各軍個個に、五千万×千匹兵＝五百億匹兵、となる。この将兵数をもって、当該国の主要都市に分散させ、戦端開始に備える事。尚、中近東から西アジアに駐留する、サバクトビバッタ師団は、先にルワンダに移管させるとしたが、戦略上これを取り止め、いま在《あ》る現地付近での戦闘に備える事。最後になったが、宣戦布告文はトンボ軍が、国連本部攻撃直前に投じる段である。以上申した概要及び、ミヤマクワガタ殿による六項目の策戦手順と、先に発表された各軍の戦略を総合的に勘案した上で、皆の忌憚《きたん》なき意見等を聴きたい。更なる骨法《こっぽう》があれば是非、拝聴したいものだわね。

午後二時かっきりに開始された、この策戦会議であるが、既に五時間近くが経過、会場辺りの平原が舂《うすず》く時分となった。夏未だしの草原は、清爽《せいそう》なる緑風がそよ吹いていた。落日の余映の中、会議は依然踊り続けた。

議長による戦略要諦の概説後は、それに関する、全軍全員での討論となった。就中、逢《お》うさ離《き》るさの紛糾となったのは、次なる項目の判断基準（評価）であった。

・勝利又は大勝利（完勝）
・部分（局地）的勝利
・戦線膠着《こうちゃく》（停滞）
・敗北
・停戦又は終戦
・人類との講和折衝《せっしょう》

概して、出席者一同、十年後の大戦に臨む逡巡《しゅんじゅん》はないものの、その方策・手順等になると、個個の才略の優劣もあってか、侃侃諤諤《かんかんがくがく》、甲論乙駁《こうろんおつばく》の議論百出となったのは、必然とも言えようか。結局、議長兼長官兼参謀総長兼甲虫軍代表カブトムシが、中心となっての、執《と》り成《な》し、調整が奏功、最終的な戦略骨子が以下の如くに決定された。即ち、

一、我らが仕掛ける大戦の大義名分は、人類以外の全生物が、人類によって滅亡させられるのを断固、阻止するために行うものである。このまま坐して、拱手傍観《きょうしゅぼうかん》はできぬのである。つまり、衆生済度《しゅじょうさいど》――人間以外の全生命体を、絶滅の淵から未然に救うためである。これは時空を超えた悠久《ゆうきゅう》の大義であり、崇高なる理念である。

二、開戦年月を十年後の二〇四一年五月とする。現在からそれ迄の間、各軍は戦備万端、遺漏なきに努める事。中でも最重要項目として、虫兵数を各軍は、現有勢力の少なくとも千倍以上となるよう注力し、必達させるべし。その暁の全軍勢力数を、大凡《おおよそ》、八千兆匹と見込む。尚、この間、人類に我らの企図を察知されぬよう、秘匿の保持に遺憾《いかん》なからしむる事。

三、我ら昆虫は申す迄もなく、変温動物であると共に、多くの種が一季で生を終える。この特性を考究、概ね、半年間の短期で雌雄を決する覚悟で、虎狼《ころう》の人間共に挑む。尚、米国に所在する国連本部への突撃をもって開戦の嚆矢《こうし》とする。即時に呼応すべく、全世界全国家の各戦区に待機する全軍は、開戦連絡の報あり次第、直ちに蜂起《ほうき》すべし。

鎌軍・甲軍の人類襲撃之図

四、勝利等の基準は事前に設けない。即ち、八千兆匹兵もの超超大軍が、一気呵成《いっきかせい》に怒濤《どとう》となって人類を懲《こ》らし、これを天誅《てんちゅう》と自覚させるべし。それこそが、我ら昆虫界の総意であり且つ信念である。

五、冬来たりなば、戦の勝敗に拘らず、我ら成虫はその生を終える。仍って、その日迄文字通り、死闘を展開、勝ち負けの判定は翌年の世代に委ね、継戦の判断も次世代に委任する。

六、八千兆匹兵もの空前未曾有の超超大軍が、死力を尽くせば、縦令《たとい》、完勝が能わざるとも、不逞《ふてい》の人間共に少なからず、猛省の機会を与え得るものと確信し、八千兆匹兵の英霊をもって、第一世代の終戦とする。

七、既に決定済みであるが、本日以降昆虫仲間同士の殺生《せっしょう》及び食い合いを厳禁する。

八、昆虫総軍第一中央司令本部総司令長官を、カブトムシとし、それ以下の幹部を早急に選出する。又、各軍の司令部長官他、幹部を可及的速やかに選出、決定させる事。

九、尚、戦略手順他の細部は、先にミヤマクワガタによる説明済みの六項目を基本とする。

十、本日の会議の最後に、各軍代表は「連判状」に血判《けっぱん》した上で散会する。

深更《しんこう》の窈然《ようぜん》たる星空には、十六夜《いざよい》月が皓皓《こうこう》と、下界を照らす中「人類殲滅策戦会議」は終わった。

悠久のときを経て、憤怒《ふんぬ》の総昆虫軍が蹶起《けっき》したのだ。開戦の狼煙は十年後、二〇四一年五月と定まった。果たして、その日に地球は存続しているのであろうか。

（完）

昆虫生態集 ①

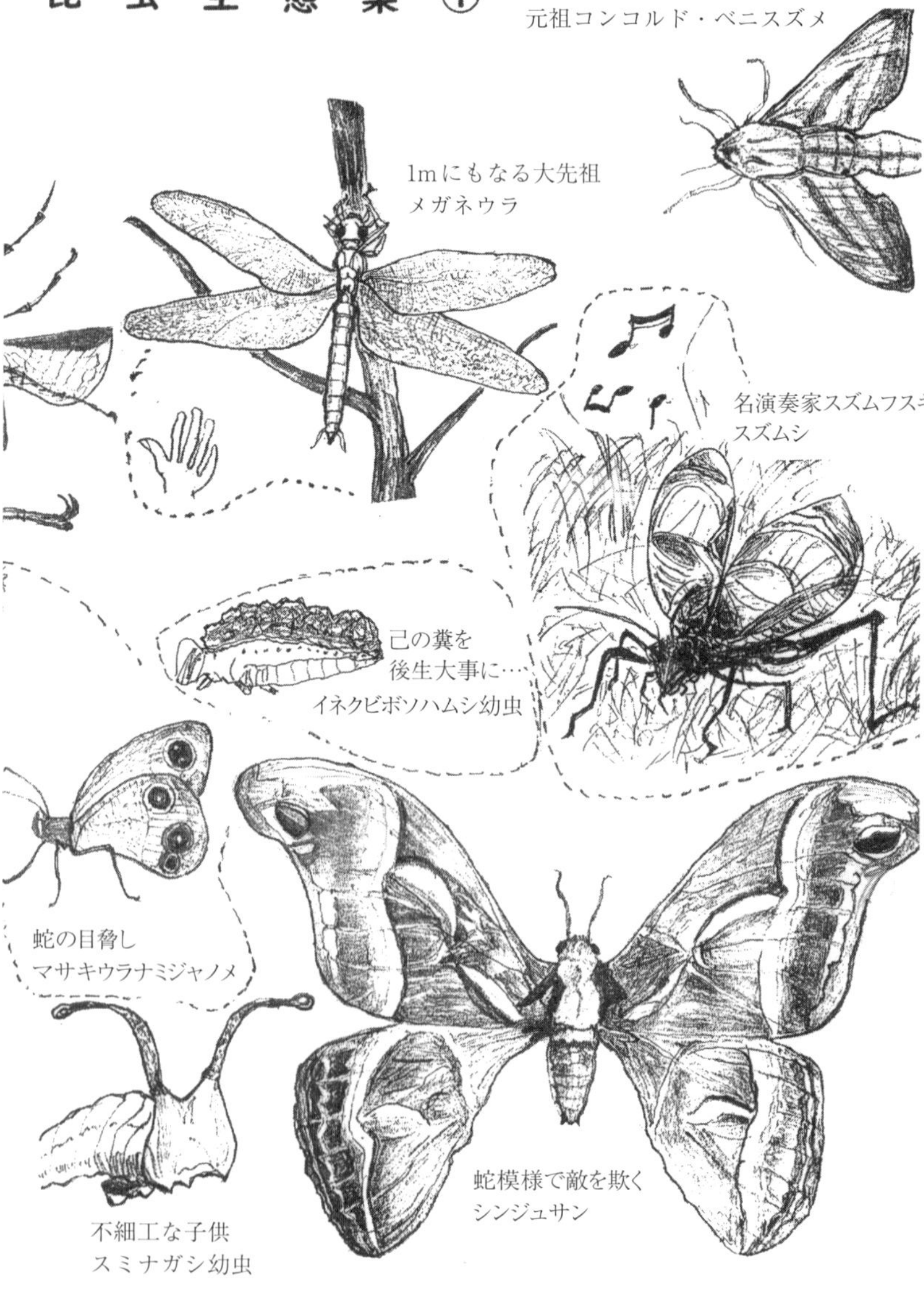
元祖コンコルド・ベニスズメ
1mにもなる大先祖
メガネウラ
名演奏家スズムフスキー
スズムシ
己の糞を
後生大事に…
イネクビボソハムシ幼虫
蛇の目脅し
マサキウラナミジャノメ
蛇模様で敵を欺く
シンジュサン
不細工な子供
スミナガシ幼虫

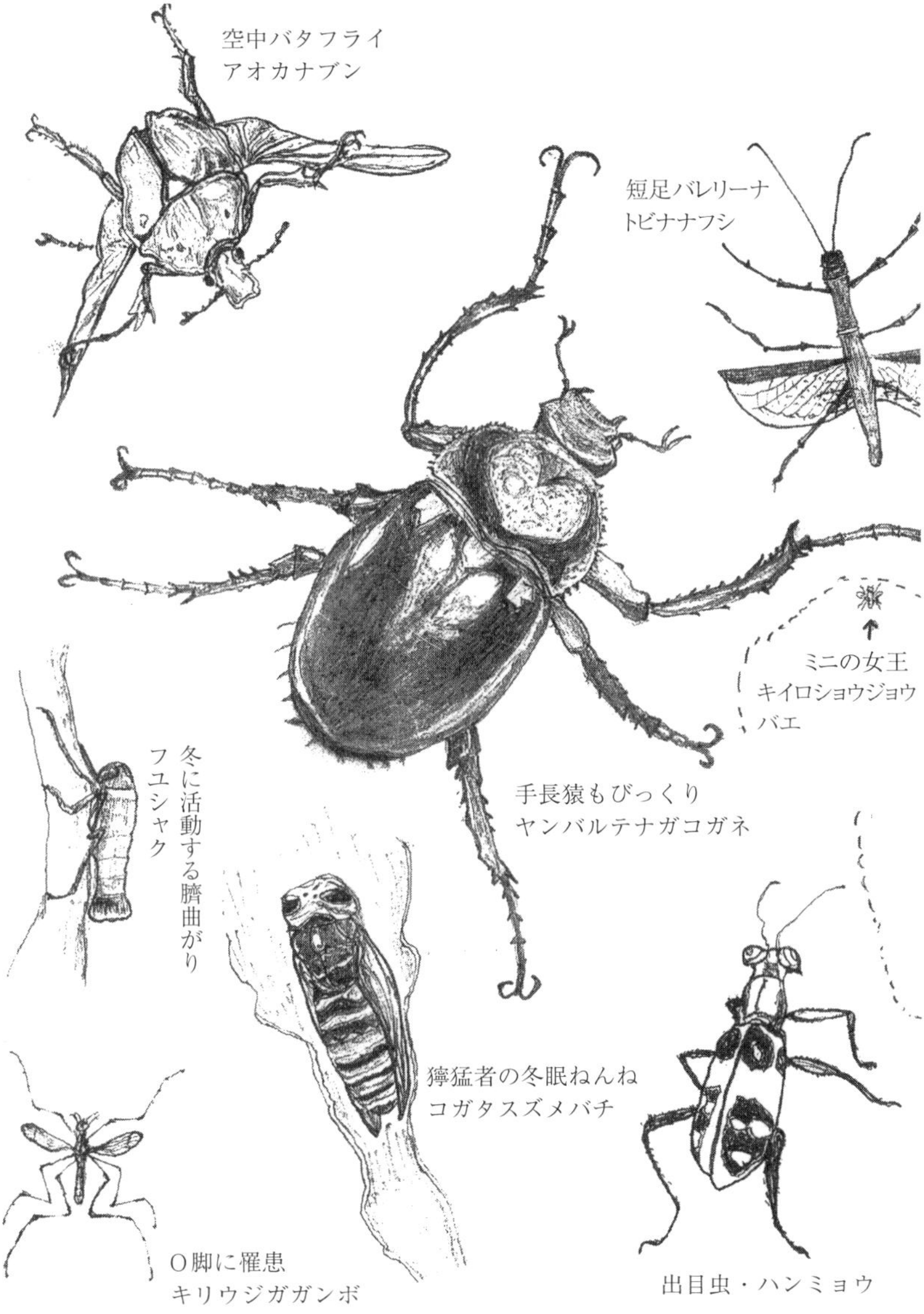
空中バタフライ
アオカナブン
短足バレリーナ
トビナナフシ
ミニの女王
キイロショウジョウバエ
手長猿もびっくり
ヤンバルテナガコガネ
冬に活動する臍曲がり
フユシャク
獰猛者の冬眠ねんね
コガタスズメバチ
O脚に罹患
キリウジガガンボ
出目虫・ハンミョウ

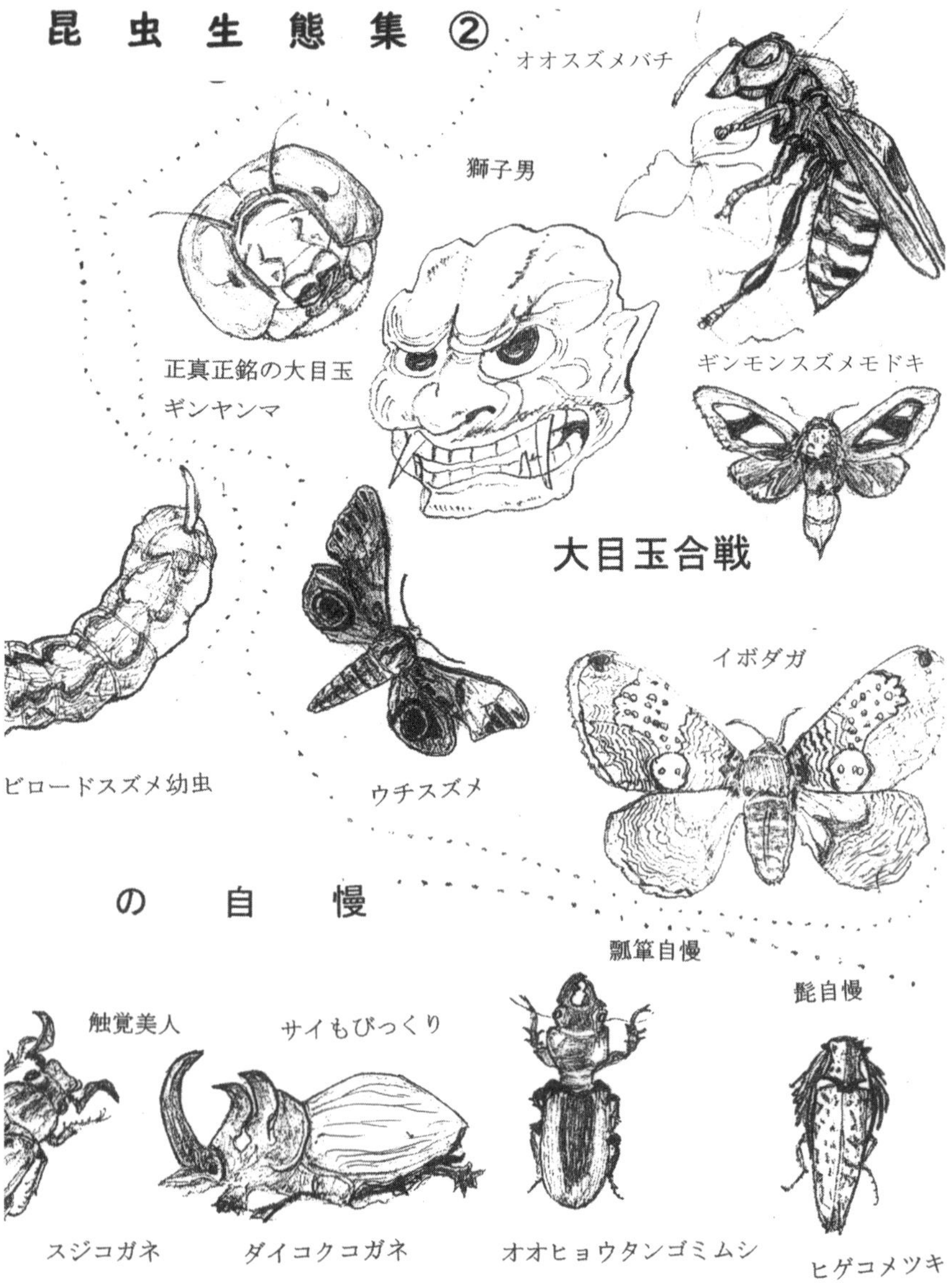
昆虫生態集②
オオスズメバチ
獅子男
正真正銘の大目玉
ギンヤンマ
ギンモンスズメモドキ
大目玉合戦
イボダガ
ビロードスズメ幼虫
ウチスズメ
の自慢
瓢箪自慢
髭自慢
触覚美人
サイもびっくり
スジコガネ
ダイコクコガネ
オオヒョウタンゴミムシ
ヒゲコメツキ

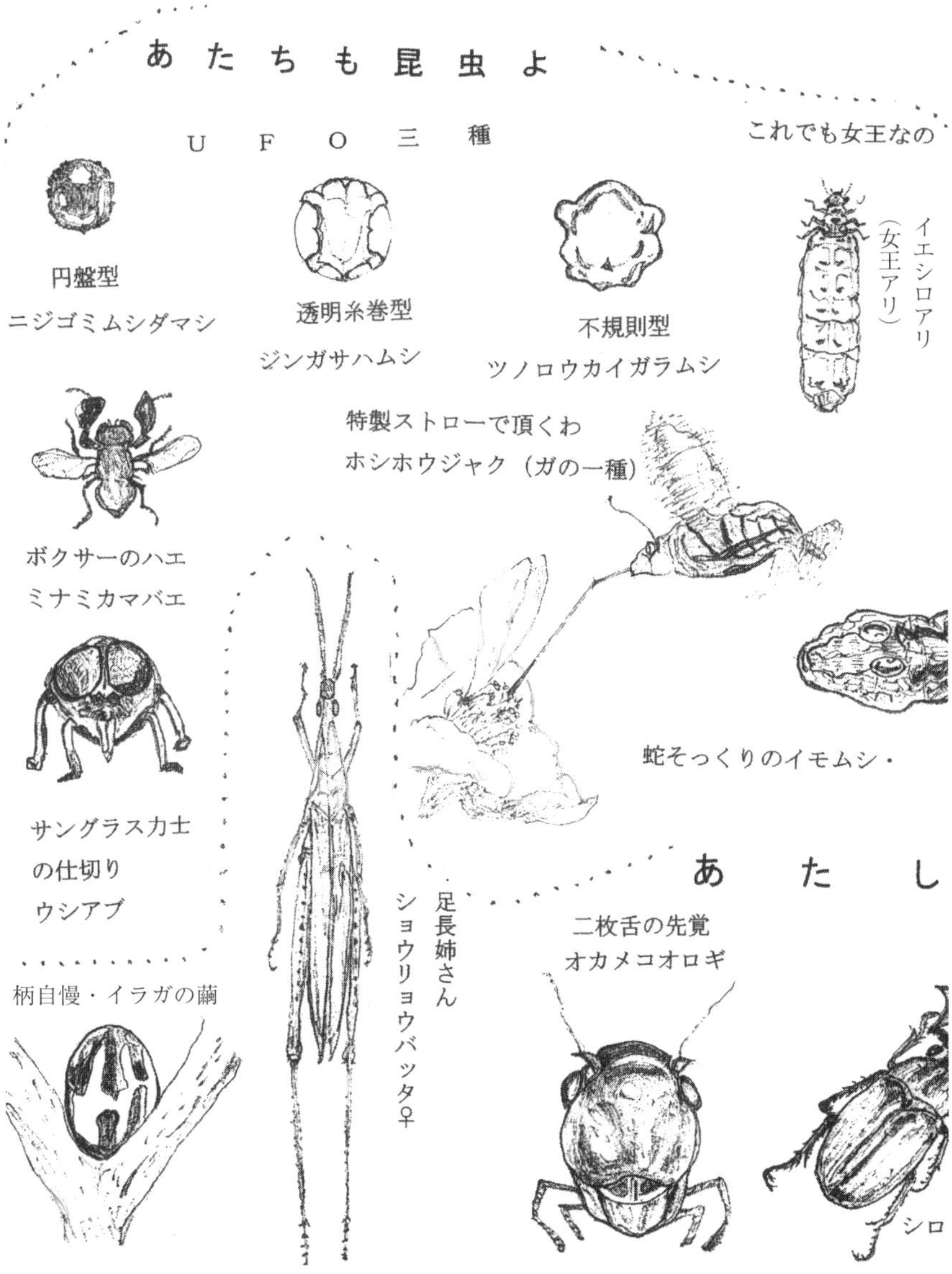

あたちも昆虫よ
UFO三種
円盤型
ニジゴミムシダマシ
透明糸巻型
ジンガサハムシ
不規則型
ツノロウカイガラムシ
これでも女王なの
イエシロアリ（女王アリ）
特製ストローで頂くわ
ホシホウジャク（ガの一種）
ボクサーのハエ
ミナミカマバエ
サングラス力士の仕切り
ウシアブ
足長姉さん
ショウリョウバッタ♀
蛇そっくりのイモムシ・
あたし
二枚舌の先覚
オカメコオロギ
柄自慢・イラガの繭
シロ

【本文イラスト】　小野直光
【装幀・本文組版】　星島正明

小野直光（おの・なおみつ）

昭和23（1948）年、広島市で生誕。製薬会社に41年間勤務。その傍ら団塊世代（昭和22～24年生まれ）を題材とした自伝的物語や詩歌を創作。

昆虫寓話集

2025年4月6日　第1刷発行

著　　者　小野直光
発 行 者　赤堀正卓
発行・編集　株式会社産経新聞出版
〒100-8077 東京都千代田区大手町1-7-2 産経新聞社8階
電話 03-3242-9930　ＦＡＸ 03-3243-0573
印刷・製本　株式会社シナノ

ISBN978-4-86306-193-4 C0093